漫娱图书
MANGA BOOKS
古 代 偶 像 1 0 1 书 系

宋朝茶话会

古人很潮 ● 著

长江出版社

漫候图书

目录
CATALOGUE

第三章

采访一下，你们为什么要写这种词

宋·朝·茶·话·会　第一章

聊一聊那些
非同一般的
人生经历

TEA PARTY
CHAPTER.1

《谒金门·春半》———朱淑真

※ 原文

春已半。触目此情无限。十二阑干闲倚遍。愁来天不管。

好是风和日暖。输与莺莺燕燕。满院落花帘不卷。断肠芳草远。

※ 译

春已过半，目光所及处自是百花凋零，我整日凭栏远眺，伤感着春日逝去带来的愁怨，这愁上心头时，上苍都无法帮我解脱。

风和日暖的好春光里，我却不如那成双成对的莺莺燕燕。院里又落满残花，使人不忍看到这景象，我干脆将帘子垂下，坐在屋里痴痴地发呆。芳草在天边，思念的情郎也远在天边，使人断肠。

恕我直言，
你的思想和我不在同一水平面

文 ///// 拂罗

出嫁后的朱淑真，时时会想起自己的少女年华——

昨天过节出去玩儿，在街上看见个俊秀公子，可惜当时太害羞，没能去搭个讪，唉。

十八岁的朱淑真踮着脚，坐在自家小院的秋千上晃啊晃。她的少女时代跟许多同龄少女一样，除了写词之外，还喜欢犯犯花痴。朱淑真本人是觉得这爱好没啥，却遭到了爹娘和亲戚朋友的一致反对，尤其是最近她过完十八岁生日之后。

"别人家姑娘这个年纪都忙着生娃了，你还犯花痴！"这是爹娘近来最常对她说的一句话，"你看看隔壁的李姑娘，就从来不搞这些幺蛾子，什么词啊、诗啊的。"

朱淑真不以为然，李姑娘不写词是因为她从小不爱看书，可人家喜欢绣花，和自己没事儿喜欢写写词是一样的，没啥可对比的。更何况家里这不是有能力让她读书、写文章，外加玩音乐嘛[1]，不管怎么说老爹也是当官的，吃穿不愁。

更何况前几天她瞧见才女苏蕙的一幅《璇玑图》，喜出望外，

---

1 《蕙风词话》：幼警慧，善读书，文章幽艳，工绘事，晓音律。

当即就要买买买的时候，家里的态度不也是"行，买买买"嘛[1]，
爹娘是古板了点儿，但对于他们的唠叨，朱淑真是压根没放在心
上。

晃悠晃悠着，朱淑真这灵感就来了，她急忙跑进屋里写了首
词，《忆秦娥·正月初六日夜月》：

弯弯曲，新年新月钩寒玉。钩寒玉，凤鞋儿小，翠眉儿蹙。

闹蛾雪柳添妆束，烛龙火树争驰逐。争驰逐，元宵三五，不如
初六。

昨天过节可真热闹啊，街上火树银花，她还特意穿上最喜欢
的小凤鞋出去的，只可惜这鞋子有点儿挤脚，跟姐妹们追着跑的
时候疼得她直皱眉，不知道这窘样有没有被那个公子瞧见。

屋外传来老爹的声音："小真，来相亲——"

"来啦！"

朱淑真叹了口气，走出门去，看见她的相亲对象坐在院里，
开场第一句就是："你会做饭吗，做饭好不好吃？听你爹说你喜
欢写什么诗词，我觉得女人还是少写词吧，毕竟女子无才便是
德……"

朱淑真：保持微笑。

逼婚也不带这么逼的啊，这个月都第十个了。

有的有颜值没才华，有的没颜值没才华，总而言之，老爹选
的小伙子全都是她看不上的，就知道追名逐利，连句诗都对不上
来。

可接下来发生的事，朱淑真一直觉得非常荒唐，非常戏剧化。

就在她百无聊赖地打发走了一个又一个相亲对象，过完了
十九岁生日那天，爹娘又兴冲冲地拿来个相亲资料。朱淑真一瞅，

---

1 《璇玑图记》：一日家君宴郡，悴衙偶于壁间见是图，偿其值，得归遗予。

对方是个小官吏，就是大俗人一个，约会都不想参加，立刻 pass 掉了。

爹眉头一皱："没让你相亲，你以后就嫁给他了！"

"啊？"朱淑真惊呆了，"我认识他吗？"

"让你嫁你就嫁，哪来这么多废话！"爹眉头又一皱。

——多年后，朱淑真偶尔回忆自己的前半生，那时她有优越的家境，还有对爱情的憧憬，可她怎么也不会想到，爹娘比她想象中更不开明，一切幸福都随着失败的婚姻彻底破碎。

从那天起，朱淑真感觉自己的人生就像走马灯，从一开始拼命反抗，到最后父母之命、媒妁之言，各路亲戚朋友都来劝她"哎呀，一国公主都得和亲，何况你一个普通小姐呢""想开点儿，人家是当官的，虽然官职不高，但嫁给他你是吃穿不愁啊"。

她要嫁的那个普通官吏，深受爹爹喜欢，爹爹却从没考虑过她这个女儿的感受。

冲破礼教的代价何其严重，她一个小女子能违抗的了吗？

她违抗不了。

朱淑真看着爹严厉的脸，娘满面的泪，听着街坊的议论声，含着泪点了头。从相亲到火速闪婚，都是父母高高兴兴一手包办的，真的没她什么事儿。在新郎官揭开红盖头的那一瞬间，她的心情是绝望的——眼前这个男人，根本不是她爱的，甚至连有好感都算不上。看着他油腻腻地给宾客敬酒的场面，朱淑真是打心眼里不喜欢。

她喜欢的样子他全都没有。

或许丈夫没表面那么俗呢？

宾客散去之后，看着这个心不在焉的家伙，朱淑真的心里燃起一丝希望，她拎着自己写的诗词给他看："你觉得我写得怎么样？"

她丈夫正忙着数大婚时的份子钱，迷茫地一抬头，接过她写的词瞅瞅，又看看自己新婚妻子满眼的期待，摇摇头，扔了句："看不懂，什么玩意？"

语气里甚至带着一丝丝对她爱好的鄙夷。

那一刻，朱淑真甚至能听见自己的心"哗啦"碎一地的声音。她郁闷地回房，对于被爹娘霸道包办的婚姻越想越悲愤，含泪提笔写了首诗，然后久久地盯着这首诗，委屈得大哭了一场。

鸥鹭鸳鸯作一池，须知羽翼不相宜。

东君不与花为主，何似休生连理枝。

这场毫不般配的婚姻，就这么一天天地过下去了。

少女时代过去以后，已是妇人年纪的朱淑真，她最开始对花前月下的追求终于渐渐破碎，夫妻俩一个追逐诗与远方，一个追逐眼前的苟且。志趣不和的两个人只能注定越走越远，更要命的是，当年出嫁不久她就发现，这个人不仅毫无文采，还只想着在官场追名逐利，投机取巧。

朱淑真曾写了首《贺人移学东轩》相赠丈夫。

旷轩潇洒正东偏，屏弃嚣尘聚简编。

美璞莫辞雕作器，涓流终见积成渊。

谢班难继予惭甚，颜孟堪希子勉旃。

鸿鹄羽仪当养就，飞腾早晚看冲天。

那年她对挽回夫妻感情还有一点期待，你再看不懂，我这诗里满满的激励你总该感动一下了吧？

怎么又写这玩意给自己看？朱淑真的丈夫正忙着弄自己的公文，在心里叹了口气，接过扫了一眼："嗯嗯，挺好的，对了，今天的饭做了没？"

做饭做饭，整天做饭！

似乎看出妻子的愤怒，她丈夫一愣："那……衣服补了没？"

"我只想让你看看我给你写的诗，这是给你写的啊，你连看都不看一眼！"朱淑真含泪出声。

她丈夫也火气上来，拍案而起，终于说出了心里话："写诗，你一个女人写什么诗！"

朱淑真与他大吵一场，愤怒地回房，成婚这些年他们已经不知吵过多少次了，每次都是因为志趣不合。

朱淑真每次只能提笔泄愤：女子弄文诚可罪，那堪吟月又吟风。磨穿铁砚非吾事，绣折金针却有功。

"是是是，你说的都对，我一个女人舞文弄墨就是有罪了，穿针引线就是有功了！"

在旁人看来，官员家的女儿嫁给了官吏，吃穿不愁还有人伺候，已经很满足了。可朱淑真的婚后生活，她自己也没有想到竟会是这样：在她写诗的时候丈夫就丢下句："不缝衣服写什么玩意呢？"在她赏花望月的时候泼冷水："情怀能当饭吃？"

一生太短不能将就，自己的一生眼看就要在将就里过去了，除了写诗，能怎么办呢？

她真的没有勇气反抗，她身处的一切也不允许她去反抗，在这个女子毫无地位的时代里，她手里唯一能称作反抗武器的，也只有这些诗词了。

独行独坐，独倡独酬还独卧。伫立伤神，无奈轻寒捉摸人。

此情谁见，泪洗残妆无一半。愁病相仍，剔尽寒灯梦不成。

——《减字木兰花·春怨》

开篇连用五个"独"，一层层表达出作者强烈的孤独感，与李清照的《声声慢》异曲同工。上阕写无可奈何又黯然神伤的焦灼，下阕则刻画出两幅场景：一个以泪洗面的少妇，以及她在寂夜里守着孤灯彻夜无眠。

深夜饮酒，杯子碰在一起都是梦碎的声音。对于朱淑真来讲，情况要更惨一点，根本没有人跟自己深夜饮酒，她却也听见了梦碎的声音。那个不解风情的丈夫只知道睡大觉，盘算功利，琢磨不透自己老婆一天天都在念什么酸诗。

久而久之，朱淑真对婚姻的最后一点盼望也彻底磨灭了。她不期盼能和这个人缓和关系了，整天把自己关在房里写诗聊以自慰。直到某天，朱淑真忽然得知有人大肆骂她"红杏出墙""不守妇道"，她甚至有了个外号叫红艳诗人。

正是自己写的这些诗词，让她卷入了"婚外恋"的舆论风波。

春已半。触目此情无限。十二阑干闲倚遍。愁来天不管。

好是风和日暖。输与莺莺燕燕。满院落花帘不卷。断肠芳草远。

——《谒金门·春半》

这是一首抒发所嫁非良人的春愁闺怨词，"春已半"化用了李煜的"别来春半，触目愁肠断"。而这里的"芳草"代指梦想里的意中人，上阕并未明述作者的"此情"是指什么，但关联下文，多半是指婚姻生活不幸，导致精神上的哀愁和孤独。

明代画家沈周曾评价过"绣阁新编写断肠，更分残墨写潇湘"[1]，朱淑真的诗词造诣很高，与李清照"查堪比肩"，但不同的是，在古人眼里李清照是思念丈夫而作词，而朱淑真明明身为有夫之妇，却写出"断肠芳草远"这样思念情郎的词来，于是有了"婚外恋"一说。

一开始她丈夫保持沉默，可随着流言蜚语渐渐增加，他再也不能忍受了。

1 《石田集·题朱淑真画竹》。

"你看看，你写的什么玩意！给谁写的？！"

面对丈夫的责问，朱淑真默默拎起自己的诗词，正是她写的那些"娇痴不怕人猜，和衣睡倒人怀"[1]"但愿暂成人缱绻，不妨常任月朦胧"[2]。这在别人眼里不仅仅是开车，连车门都焊死了，尤其是"有夫之妇"身份，似乎更给她的婚外恋扣了个实锤。

朱淑真已经不想辩解了，面对丈夫愤怒的质问，她只是静静地倚着窗，思绪飘飞去了很远的地方。去了她待字闺中时那年的节日，满街都是火树银花，她与姐妹们追着跑跳，又忽然觉得新鞋挤脚，懊恼间皱起眉，无意间一回头，正好与那含笑的公子四目相对。

春风吹起一地花瓣，从此扰乱了她的少女心。

她再也没有见到那位公子，那位公子却成了她词中面容模糊的一个影像，那是她对婚姻最美好的憧憬。

她的词有多热情，她的现实就有多惨淡。

在冷战多年后的某天，她丈夫忽然兴冲冲地下班回来。

"告诉你个好消息，我升迁了，你快收拾收拾行李，咱们搬家！"

这段婚姻的后半段，朱淑真是在跟着丈夫东奔西跑的日子里度过的。远游山水是每个词人的愿望，其实一开始她也是万分期待，说不准这次同游还能和这个人改善下关系。可随着一路宦游，朱淑真的心第二次冷了下来。

从宦东西不自由，亲帏千里泪长流。已无鸿雁传家信，更被杜鹃追客愁。

日暖鸟歌空美景，花光柳影谩盈眸。高楼怅望凭阑久，心逐白

---

1 《清平乐·夏日游湖》。
2 《元夜》。

013

云南向浮。

——《春日书怀》

这是一场不自由的游玩，春光大好，花影烂漫，她难得心情不错，忘了身边人是个庸俗的小吏，正要拉着丈夫一同观赏景致，一回头，看见他正醉醺醺地在宴席间喝酒，手里还搂着年轻貌美的小歌女。

这一刻，丈夫轻浮的身影和她梦中那泡影般的公子猛地撞击在一起，只化作片片拾不起来的碎片，残忍地宣告着她少女时代的幻想有多么可笑。

朱淑真愤然离去。

"走吧，走吧。"身后传来丈夫不耐烦的声音，"再也别回来了！"

朱淑真产生回娘家的念头已经不止一次了，她还有另一首寄给父母的《寄大人》。字里行间不自觉地透出满满的委屈，因为写诗产生的社会舆论，因为精神境界和丈夫不同，终于让她产生了逃回家的念头。她想念无忧无虑的少女时光，家到底是她唯一的依靠。

去家千里外，飘泊苦为心。

诗诵南陔句，琴歌陟岵音。

承颜故国远，举目白云深。

欲识归宁意，三年数岁阴。

——《寄大人·其一》

这个外柔内刚的姑娘当然不肯直白地把"我想家了"说出口，可她还是回家了。令她没想到的是，扑面而来的只有谴责。在那个年代，回娘家的有夫之妇是不光荣的，面对着爹娘与街坊异样的目光，朱淑真的心情愈发低落。

出嫁的女人就与这个家毫无关系了吗？在这个家里，她只能像个外人一样暂住了吗？哪里才是她的家呢？

到最后，这段婚姻是以分居为结局的。她那个薄情的丈夫沉迷于酒色功名，居然没有找过她。而她因为这些画面香艳的作品，还有跑回娘家的举动而备受谴责。

"听说她红杏出墙呢。"

"你什么时候回夫家去？街坊们都嫌丢人呢。"

朱淑真已经不年轻了，最好的少女年华早已过去。这一年她四十五岁，迈着仓皇绝望的步伐，一步步走入了冰冷的江水之中，再也没有人看到过她。

——朱淑真的一生结束了。

她终究解脱了，以另一种方式解脱了。根据不同的记载，有说她最后抑郁而死，"不得志殁"[1]，但更确凿的是说她投水而死，所以"不能葬骨于地下"[2]。

在她死后，她那不开明的爹娘将多数"使人难堪"的艳词付之一炬，也烧掉了她一生的大多足迹[3]。从此，她给后世人留下的永远是模糊的侧影。

朱淑真是南宋著名的才女，满身才华，奈何所嫁并非良人，只是个"庸夫"[4]，此生郁郁，将满腔对爱情的憧憬寄托于作品，却在当时被冠以"不检点"之名。

她一生创作诸多诗词，多为婚姻不幸的哀叹之作，尤其擅化用前人的语句。她长居闺中，所以主题多为春闺见闻，具有灵活生动的特点，诗词中人物动作栩栩如生。作为词人，她在漫漫历史长河中并没有十分卓越的贡献，但作为女词人，她反映了那个

---

1 《池北偶谈·朱淑真璇玑图记》。
2 《断肠集序》。
3 《断肠集序》：并其诗为父母一火焚之，今所传者，百不存一，是重不幸也。
4 《断肠集序》：风韵如此，乃下配一庸夫，固负此生矣。

时代身为女子的整体呼喊，所以确切来说，她化作了一个"不自由，毋宁死"的符号。

这呼喊声回荡在山谷，始终没有回响吗？

不是的。在她死后，终于有个叫魏仲恭的男子为她的经历落泪，为她的待遇不平。他在序言里痛斥她的"愚夫"，"一唱三叹"她的遭遇，并为她将那些火中余生的作品收录成一本《断肠集》，仿佛要将她的一生妥善珍藏。

两个灵魂之间总有共鸣，虽然已是姗姗来迟。

从古至今，在大多随波逐流的浪花里，总会跳出那么几个不肯低头的灵魂，她们曾逆流而上，虽然终被汹涌的江水吞没，但我们努力至今，不是为了向谁开战，也不是为了与谁对立。

而是为了有一天，当我们向着空谷呐喊的时候，终有万顷回响。

《临江仙·梦后楼台高锁》——晏几道

原文

梦后楼台高锁，酒醒帘幕低垂。去年春恨却来时。
落花人独立，微雨燕双飞。

记得小苹初见，两重心字罗衣。琵琶弦上说相思。
当时明月在，曾照彩云归。

译

梦醒后只见高楼阁门紧锁，酒醒后唯见帘幕低垂。
去年的春恨涌上心头，使我烦恼。斯人在落花纷扬时
孑然独立，燕子在细雨霏霏中成双翩飞。

犹记当年与小苹初见，她穿着绣双重心字的罗衣。
琵琶声轻弹诉着相思，当年的月光犹在，如此皎洁，
曾照在那彩云般的倩影身上。

潦倒落魄的贵族
也要谈恋爱

文/////拂罗

如果让晏几道给他爹立个传记，估计他会写"我爹晏殊在官场上是个传奇"。

如果让晏几道给自己立个传记，估计他会写"而我在情场上也是个传奇"。

当晏几道还是个小屁孩的时候，"穷"这个词对他来讲特别陌生，"银两"对他来讲只是个数字，他在往来宾客的话语里听见最多的就是"宰相"这个词，因为他老爹晏殊就是个宰相，再加上他还有六个当官的哥哥。

"哥，什么是当官儿？"

"就是公务员。"

"那哥，宰相是什么官？"

"就是除了皇上之外，你是老大。"

年幼的晏几道对自己的家境有了初步认识，他家很有钱，非常有钱，如果他想"从几万平方米的庄园中醒来，床边有二十个仆人问好"是完全可以做到的。但在他的记忆里，自己一出生，老爹晏殊就是个老头儿了——晏殊是名副其实的老来得子，他对这个小儿子自然万分疼爱。

这孩子能被全家捧在手心，不仅因为年龄小，还因为晏殊惊讶地发现，自己七岁的小儿子居然能写作文，真是完美地继承了自己的优良基因啊！晏殊激动得胡子直翘，立刻把小儿子当成了重点培养对象。果然不负老爹厚望，这孩子十四岁就迈入了高考考场，还考了个进士回来！

"我儿天才啊，天才！"晏殊高呼，"儿啊，你以后想当个啥……"

"不，老爹，我不想当官，我想找小苹她们玩儿。"

晏殊："嗯？"

小儿子哪都好，就是不想当官，喜欢整天和漂亮小姐姐在一起玩儿，根据晏几道自己写的《生查子·金鞭美少年》，里面就实况记录了他的少年生活：金鞭美少年，去跃青骢马。牵系玉楼人，绣被春寒夜。

除了填词作诗就是四处浪，莫名和多年后《红楼梦》里的宝玉少爷神似。

晏殊："我儿这天赋点……哪里继承歪了？"

作为标准的含金汤匙出生的小少爷，晏家也的确不急着让他当官，老爹也就睁一只眼闭一只眼，没管。

晏几道就这么无忧无虑地生活着，天天和小伙伴们出去玩儿，小伙伴有谁呢？沈廉叔、陈君龙……他们都是当时的贵族子弟。而前文提到的"小苹"又是谁呢？就是他朋友家里的小歌女。

——晏几道以写婉约词出名，如果细读他的词，不难发现少不了"莲、鸿、苹、云"四个名字，其实这四位姑娘，都是朋友家的歌姬。根据晏几道后来的自序，他当时最喜欢和沈廉叔、陈

潦倒落魄的贵族也要谈恋爱

君龙这两位朋友聚会，一旦写好新歌词，就让几个美人儿款款地唱下来，这是他一辈子最美好的回忆。[1]

有些感情是不能走心的，大家看透不说透，欢笑一场也就过去了，但晏几道偏偏是个死心眼的青年，一言不合就谈恋爱，秒速一见钟情。在那个视歌女为物品的时代，唯独小晏心思敏感，动了真情。

有多敏感呢？这满楼逢场作戏的男女里，唯独宰相家的小七公子，是用正常男女恋爱的视角来看待这一切的。

西楼月下当时见，泪粉偷匀。歌罢还颦。恨隔炉烟看未真。

别来楼外垂杨缕，几换青春。倦客红尘，长记楼中粉泪人。

根据这首《采桑子》回忆，当年还是个青涩少年郎的晏小七，在青楼无意间瞧见一个姑娘偷偷流眼泪，哭完就连忙用脂粉掩掉泪痕。她给客人唱完歌，好像还皱了下眉头，一瞬间的事，小晏当时没看清楚，可那姑娘既然是偷偷地哭，他也不好上前安慰。

下阕是晏小七的自述，"一转眼好多年过去了，我在这风月场间流转，早就成了个中年倦客，可眼前却不时浮现当年那个抹眼泪的姑娘。"

由此可见，小晏同学的性格有多可爱，从一群浪荡子弟间脱颖而出。

正因走了心，小晏的情诗简直到了撕心裂肺的程度，他写过"梦魂惯得无拘检，又踏杨花过谢桥"。据记载，当时有个刻板的理学老先生叫程颐，看完这两句，居然给撩得老脸一红，有点儿不好意思，就笑着调侃"真是鬼话，鬼话"。[2]

可见小晏撩妹水平高超，妥妥地稳拿男主剧本。

1 《小山词》自序：始时，沈十二廉叔、陈十君宠家，有莲、鸿、苹、云，品清讴娱客。每得一解，即以草授诸儿。吾三人持酒听之，为一笑乐。
2 《邵氏闻见后录》程叔微云：伊川闻诵晏叔原"梦魂惯得无拘检，又踏杨花过谢桥"，笑曰："鬼语也。"意亦赏之。

和朋友家的歌女们玩耍的时候，他给小云唱情歌。

秋风不似春风好。一夜金英老。更谁来凭曲阑干。惟有雁边斜月、照关山。

双星旧约年年在。笑尽人情改。有期无定是无期。说与小云新恨、也低眉。

——《虞美人·秋风不似春风好》

又给小鸿写情书。

小梅枝上东君信。雪后花期近。南枝开尽北枝开。长被陇头游子、寄春来。

年年衣袖年年泪。总为今朝意。问谁同是忆花人。赚得小鸿眉黛、也低颦。

——《虞美人·小梅枝上东君信》

小莲则是个可爱的女孩子，晏几道写她跟在后面偷偷地瞧自己，居然懊恼让绿荫遮挡了视线"生憎繁杏绿阴时，正碍粉墙偷眼觑"[1]。而小苹给他留下的印象更深刻，是个遗世而独立的形象。也正是多年后为了怀念小苹，晏几道写了那首著名的《临江仙·梦后楼台高锁》。

梦后楼台高锁，酒醒帘幕低垂。去年春恨却来时。落花人独立，微雨燕双飞。

记得小苹初见，两重心字罗衣。琵琶弦上说相思。当时明月在，曾照彩云归。

这首词主要分成四层，如同四幕戏剧，层层深意推进。第一层写"梦后""酒醒"只看见楼台高锁、帘幕低垂，并未写梦境本身，却自然能让人联想梦境如何美好。第二层写"去年""春恨"，表示二人已相识许久，又勾勒出一幕小景。第三层则借代小苹所穿

---

1 《木兰花》。

潦倒落魄的贵族
也要谈恋爱

的衣物来寄托思念。第四层收尾，写当时月色下作别的地方，仿佛还余下一抹彩云般的倩影。

杨万里《诚斋诗话》评价是"好色而不淫矣"。风流不等于下流，"深情"贯穿了晏几道诗词的始终，他主要写的是心灵感受，已经从普通艳词之流跳了出来。

如上所说，这是首怀念红颜的歌词，唱出来总归带着些忧伤的调子。为什么说是怀念？因为晏几道作为贵族少爷的人生，只维持到了公元 1055 年，晏几道十七岁这年，他爹晏殊病逝了。

晏小七还记得那天满府吊丧的哭声，他始终有种不真实的恍惚感。

爹走了，也带走了少年无忧无虑的前半生，BGM 立刻换成了悲凉的调调，这让少年忽然看清了人生真实的模样。从此这个意气风发的公子哥开始了另一种人生，苦苦支撑着老爹留下的家业，勉强度日。

随着时光流转，局势变迁，就连和他要好的四个歌女，也因为好朋友的变故而纷纷失散。

爹走了，家里垮了，自己还失恋，这日子一天天过的，唉。

这事儿仔细一琢磨也有点蹊跷，宰相老爹虽然走了，但偌大的家业总在吧？何况他还有那些当官的哥哥，人脉也不是白来的，怎么这么快就经历社会的毒打了呢？

说来也是祸不单行，这边相府日渐衰落，那边王安石正闹变法，昔日交好的权贵们该走的走，该贬的贬。转眼晏小七已经三十六岁了。公元 1074 年，经过这些年的风雨，晏府早已没了昔日的繁华，而他一个叫郭侠的朋友因为进贡《流民图》反对变法，立刻把新党的怒气值蓄到了满格，导致两人直接被丢进了监狱。

你抓鲁迅关我周树人……不是，抓郭侠关晏几道啥事？

其实晏几道自己一想，也想不通这是啥事儿。原因是新党从郭侠家里搜出来一首他赠郭侠的诗，叫《与郑介夫》，写的是什么呢？"小白长红又满枝，筑球场外独支颐。春风自是人间客，主张繁华得几时。"[1]

乍一看没啥，但的确也能找碴，毕竟人要想抬杠，给他个杠杆儿他能撬动地球。

"好哇，你这不是讽刺咱们新党吗？！"

晏几道随后也被丢进了监狱，和郭侠大眼瞪小眼。虽然宋神宗喜欢这诗，后来又把他给放了，但对于本就摇摇欲坠的晏府来讲，仿佛是残血时敌方又来了个普攻，直接阵亡了。何况此时的晏几道早已不是当年的公子哥了，他一直辗转着做些低微的官职。

晏几道有个特别了解他的朋友，叫黄庭坚。黄庭坚曾针对这位老兄的优缺点，说他有"四痴"，直白点就是你丫为啥混成这样：一，性子太直；二，文章写得好却不参加考试；三，太能挥霍钱，让家里人跟着受罪；四，这小子太善良，不管人家咋骗他，他都不恨，没啥阅历。[2]

黄庭坚对这位老友是既无奈又佩服，还说过"不受世之轻重"，但聪明如黄庭坚，也忘了提及这位老兄的另一痴——情痴，这个咱们之后再讲。

话说回来，晏老爹以前认识这么多人，晏几道巴结巴结人家，投靠个关系好的，再怎么说也不至于饿肚子吧。其实晏几道也考虑过，不过现实给了他重重一击。当时是公元1082年，他在颍昌当官。巧了，当地知府不是我老爹的徒弟，韩维嘛！

---

1 《侯鲭录》：熙宁中，郑侠上书，事作下狱，悉治平时往还厚善者。晏几道叔原皆在数中。侠家搜得叔原与侠诗云："小白长红又满枝，筑球场外独支颐。春风自是人间客，主张繁华得几时。"裕陵称之，即令释出。
2 《小山词序》：仕宦连蹇，而不能一傍贵人之门，是一痴也；论文自有体，不肯作一新进士语，又一痴也；费资千百万，家人寒饥，而面有孺子之色，此又一痴也；人百负之而不恨，已信人，终不疑其欺己，此又一痴也。

晏几道高高兴兴地给人家献上几首自己写的词，几天以后，韩维回信来了，晏几道拆开信一看，整颗心凉得透透的。

信里写：你的确有才华，但你品德不足，希望你能用多余的才华来弥补不足的品德。[1]

真是世态炎凉。

不提携就不提携，居然还翻脸把人儿子给骂了，晏殊要是知道估计棺材板都压不住。这事儿对晏几道打击也很大，也在某种程度上改变了他的性格。

我谁也不求，行了吧！

后来晏几道的性子变得越来越直，直到什么程度呢？作为宰相家的天才小七，文圈里的知名大大，他一直等到晚年，终于等来个大好机会，只不过幸运女神刚降临，就被他骂了回去。当时蔡京在朝廷里当宰相，蔡京这人是个妥妥的反派奸臣，不过也是晏几道的小迷弟，几次派人求晏几道给自己写首词，要量身定做那种。

晏几道最后无奈了，行吧，我写。

蔡京拿到心仪大大的诗，欢天喜地一看，傻眼了。

这两首都是《鹧鸪天》，"九日悲秋不到心，凤城歌管有新音"以及"晓日迎长岁岁同，太平箫鼓间歌钟"，挺好挺好，挺不错，没啥不对的。

蔡京："等等……我呢？本官的名字在哪？吃了？！"[2]

用户【晏几道】失去了【蔡京】的100点好感。

蔡京怒而粉转黑，晏殊就这么丢了这次好机会，继续过他的

---

1 《邵氏闻见后录》：监颍昌府许田镇，手写自作长短句，上府帅韩少师，少师报书"得新词盈卷，盖有余而不足者。愿郎君捐有余之才，补不足之德，不胜门下老吏之望"云。
2 《碧鸡漫志》：年未至，乞身，退居京城赐第，不践诸贵之门。蔡京重九、冬至日，遣客求长短句，欣然两为作鹧鸪天。

落魄贵族生活。

如果说这事儿表现出他性格刚正不屈，是继承了他爹，那么接下来这事儿就真是他自己的锅了。时间再往前挪些，根据《砚北杂志》记载[1]，当时文圈里一个特出名的大大——无数人做梦都想见的苏轼大大，亲自跑过来想见晏几道。

晏几道翻了个白眼："现在朝廷里那些高官，多半都是我家的旧客，连他们我都没空见，何况你？"

这话说的。

其实晏几道也不至于没情商至此，只是少年时生活太过奢靡，和如今落差太大，面对另一位文豪的来访，我想，晏几道心中是十分低落的。一个人越缺少什么，他就会越将什么放在台面上，小心翼翼地维护着自己脆弱的自尊。

但苏轼怎么可能想这么多，苏轼只知道自己挨骂了，有没有给他个白眼我不知道，总而言之，用户【晏几道】失去了【苏轼】的 100 点好感。

——上帝关上晏几道的大门，顺便还封上了他的窗，然后上帝临走前一回头，看见晏几道默默蹲在角落里把老鼠洞也堵上了。

之前说晏几道还有第五痴，情痴。其实对于文人来讲，他心灵的归宿永远寄托于作品，尤其是落魄失意的文人。既然人生不如意，那就寄情于恋爱中吧，落魄的贵族也要谈恋爱啊。

晏小七已经变成了晏老七，他打着图标黯淡的贵族认证，依然把恋爱视为人生大事。

留人不住。醉解兰舟去。一棹碧涛春水路。过尽晓莺啼处。

渡头杨柳青青。枝枝叶叶离情。此后锦书休寄，画楼云雨无凭。

——《清平乐·留人不住》

---

1 《砚北杂志》：元祐中，叔原以长短句行，苏子瞻因鲁直欲见之。则谢曰："今日政事堂中半吾家旧客，亦未暇见也。"

这首诗的意思就是，佳人怎么留也留不住，眼睁睁地看着她乘舟远去，小晏同学甚至产生了幼稚的火气，那以后我再也不给你写情书了，咱们之间的感情也没什么证据，到此为止吧！

也可能是因为这辈子失去太多，晏几道最恐惧失去。对他来讲，最美的梦莫过于失而复得。

就在最失意的时候，晏几道居然偶遇了当年那四位歌女的其中一位。两人重逢，小晏同学不敢相信自己的眼睛，佳人的倩影真的就在眼前吗，还是自己因为过度思念而产生的幻觉？

彩袖殷勤捧玉钟。当年拚却醉颜红。舞低杨柳楼心月，歌尽桃花扇底风。

从别后，忆相逢。几回魂梦与君同。今宵剩把银釭照，犹恐相逢是梦中。

——《鹧鸪天·彩袖殷勤捧玉钟》

当年初遇，你殷切地捧着酒盅频频向我劝酒，我也开怀畅饮直到满脸通红，直到月亮坠于楼外那柳梢，你我还尽情跳舞歌唱，连手中的桃花扇也无力摇动。

自分别后，我时常回忆起那次相逢，多少次梦中与你相拥。今夜我举起银灯，恨不得将你的容颜细细看遍，只怕这次的相逢竟又是在梦中。

上阕注重刻画回忆，以夸张的手法写男女初遇，把酒言欢，尽情歌舞，同时虚实结合，例如"桃花"和"风"是虚，"杨柳"和"月"却是现实。下阕先道出饱经离别的思念之苦，梦魂萦绕，再写今日相逢竟不敢相信这是真实，读来有种梦幻的美感。

晏几道与晏殊并称"二晏"，二者风格不同，而据《蒿庵词评》评价，"叔原以贵人暮子，落拓一生，华屋山邱，身亲经历，哀丝豪竹，寓其微痛纤悲，宜其造诣又过于父"。相比壮志满酬的父亲，晏几道体会过人间清苦，风格偏向忧愁，所以也有造诣超越父亲之说。

你瞧。

小七真正怀念的哪里是浪漫的恋爱啊，他真正怀念的分明是当年的自己，那个意气风发的锦衣少年，那个他早就失去的人生。然而此时的晏几道已经是个落魄贵族，他也再没有能力永远和恋人长相厮守，只能与之作别，继续沉醉在梦中。

晏几道也的确做了一辈子这样的梦，写了一辈子这样的词，他最出名的心血合集莫过于那本《小山词》。

公元 1110 年，七十二岁高龄的晏几道缓缓合眼，结束了自己多情的一生。

从纸迷金醉宴请宾客，再到美人散去繁华凋零，满地的荒废里，只有那曾经的贵族子弟不肯褪下那身华服，兀自弹着琴，在废墟里高唱着盛世时的曲。

他给自己写过一篇序文，开头一句，概括此生。

篇中所记悲欢合离之事，如幻、如电、如昨梦前尘，但能掩卷怃然，感光阴之易迁，叹境缘之无实也。

原来故事里那个锦衣少年，他一直没能走出歌舞升平的梦。

《石州引·薄雨收寒》——贺铸

原文

薄雨收寒，斜照弄晴，春意空阔。长亭柳色才黄，远客一枝先折。烟横水际，映带几点归鸿，平沙消尽龙荒雪。犹记出关来，恰如今时节。

将发。画楼芳酒，红泪清歌，顿成轻别。回首经年，杳杳音尘都绝。欲知方寸，共有几许新愁？芭蕉不展丁香结。枉望断天涯，两厌厌风月。

译

细雨敛了寒气，斜阳拨开天晴，高阔的天地间春意浓浓。长亭边那柳树才刚刚泛出嫩黄，便已有心急的远行客将它折下。春水流淌过烟霭，映着几点远道而来的归雁，边塞上的雪已经消融，犹记我出关时也是今天这般光景。

记得出发前你在画楼为我送别，流着泪为我唱歌，当时不知离别苦，未料到我们竟如此轻易地离别了。回首经年音信全无，你可知我心又添了多少愁？如同芭蕉不展丁香纠结，远隔天涯空余憔悴，两地说相思，空对风月。

叁 我很丑，但我很温柔

文 ///// 拂罗

瞧我们发现了什么宝藏？一本北宋词人的日记！

《我的日记》

——贺铸 著

熙宁二年一月初一　阴

我是贺铸，字方回，今年十七，我要从现在开始坚持写日记，等老了也好有东西回忆。

许个愿，嘿嘿，我想要个女朋友，还有，我想快点儿找到工作。

熙宁二年一月初二　晴

我就先从我的身世开始讲起吧。说到我贺铸的祖先，那可不得了，我的祖先是唐代谏议大夫贺知章。我跟开国皇帝宋太祖也有点儿亲戚关系，是他结发妻子孝惠皇后的后人，不过既然写日记要客观，我不得不遗憾地说句公平话。

虽然出身名门贵族，但我依然难找工作，原因就是在我出生之前，因为皇后早逝、祖宗造反之类的原因，老贺家已经相当没落了，简单点儿说，我家是真没钱。

然而我还是找到了工作。

🏵 熙宁二年一月初三　晴

上次写到我找到工作，这多少也要归功于我的祖先，我好歹混了个祖荫。防止后人看不懂，我在这儿解释一下吧。大宋有个恩荫制度，如果你是中高级官员的子弟、亲戚什么的，要是不想科举或不能科举，就直接给你开个小后门让你当公务员。

听着挺好是吧？但这个含金量……说实话，不高，国家不太承认，升官、评职称有点儿难。我家族除了有个恩荫之外，也借不上光，所以还得靠我自己奋斗。

总而言之，壮士还请自己努力。

你问我为什么不走科举这条路？摔，我穷啊，我今天从早上到现在都没吃饭呢。

🏵 熙宁二年六月初八　晴

我是已经上任很久的贺铸，现在才抽空来记日记。

国家给我一个右班殿直的官职，正九品，说白了就是个警卫，还要我来汴京上任，我就来了。虽然我一点儿也不想干这个，我想上战场保家卫国。

那我为什么来？因为穷啊。

现在就缺个女朋友啦，听说有人要给我介绍个对象呢，也是同宗室的，跟我一样是皇族后代，门当户对，想想还有点儿小期待呢，嘿嘿。

今天我去见她了，大老远一看见我的脸，她就笑。

我知道大家对我的相貌有点儿误解，所以当时有点儿生气，问她笑啥。她不说话，只递给我一个手帕让我擦擦汗。我们聊了大半天，她说我这个人好有趣啊。

她真的好温柔啊！我决定我生命中的那个女人就是她了！虽说我们已经天南海北地聊了不少东西……但我还不知道她对我印象咋样呢。应该不错。

许个愿，希望她能成为我的女朋友。

熙宁二年七月初一　阴

有个不幸的消息，我被调到后勤当监军了，负责看管武器库。

什么？我生不生气？我当然特别生气！我冲过去就问上司为啥把我调走，我要武功有武功的！

上头说，贺鬼头啊，你半夜执勤的时候已经吓晕十个人了。

这是相貌歧视！我只不过长得奇怪了点儿，至于说我像怪物吗！同事还赠我个外号"贺鬼头"还说我脾气暴！

我现在一想起来都生气，老子哪里脾气暴了？这要是让我知道是谁先说的，我非打死他不可！

熙宁二年七月初五　晴

今天我又和她约会了，明天我决定向她告白。

他们都说我长得丑……她会不会嫌弃我呢？加油啊，贺铸。

熙宁二年七月初六　晴

特大好消息！我终于能结婚了！

事情是这样的，我今天晃悠晃悠到快分别的时候，才鼓起勇气向她告白，她笑得特别好看，不过看我的眼神好像在看一只哈士奇。

我问她，你嫌弃我丑吗？

她回答，我只看到你满腹才华。

她真的同意了吗？啊，明天我得再确认一遍。

🌸 熙宁二年七月初七　晴

她真的同意了！我今天确认过四次了！开心！我问第四次的时候，她都不耐烦了！

我问："你真的决定好要嫁给我吗？"

她拍了我的头一下："嫁，嫁，嫁，嫁！行了吧？"

我乐得扛起她就跑，把她吓得直尖叫，问我干啥，我就说了："你不是说'驾'么？"

我真是情话小能手，诶嘿嘿……总之，我连登门提亲的日子都挑好了！

🌸 熙宁三年三月初二　晴

这里是已经变成新郎官儿的贺铸，想不到我贺铸也有老婆了，谁说我长得丑就谈不了恋爱的？我不仅要谈，还要谈得比这群小子都风光！

🌸 熙宁四年七月初六　晴

我老婆挑灯给我补衣服的样子真美，嘿嘿，我还写了首《问内》送给她，内容？才不给你们看。

🌸 元丰五年七月初三　晴

十一年了，我终于找到了我的日记本。

眼看着人到中年，又调任又坐冷板凳，先是元年改官到滏阳都作院，现在又来徐州领个什么宝丰监钱官，全是小官儿，跟保家卫国半点关系都没有，真晦气，我干脆叫"四年吟笑老东徐"得了。

贺铸啊贺铸，翻了一下当年记的日记，已经变成恋爱日常碎碎念了，不行啊，你要记点儿值得纪念的事啊。

🌸 元丰五年八月十六　晴

昨天约一群文人踏青去了，人家吃瓜群众说那群"瘦排骨"一个个都仙风道骨，就我画风突变，气死我了。

要说画风突变，我那位叫米芾的损友才是画风突变好不好。他明明是书法圈子的大佬，却长得特魁实，脾气还特古怪，一点儿也不像艺术家，我俩一见面就吵架，从年轻吵到现在。

圈子里有人还劝我，贺鬼头啊，你就别跟人家吵架了行吗？

不行！是那小子先惹我的好不好！

谁让我俩一见面，他总把鼻子翘天上去，问我"你瞅啥？"[1]

这我能乐意？我当时就回他："瞅你咋地？"

"你再瞅？""我就瞅！"

当时的围观群众都说我俩有毒吧，他才有毒吧。

🌸 元祐三年十一月二日　晴

六年了，本子都落灰了。

这里又是好久没记日记的贺铸，原因是我这些年仕途式不顺。

---

1 《宋史》：二人每相遇，瞋目抵掌，论辩锋起，终日各不能屈。

一开始先是任武职，现在连武职都当不下去了，幸好之前有东坡学士他们帮忙改了文职。说实话，我不想当官了，当官应该是施展抱负的大好机会啊，西夏狗都打过来了好不好？我这还是咸鱼一条呢。

生气，这一天天过的。

🌸 绍圣三年三月初三　晴

一晃都人到中年了才继续记日记，这拖延症是改不了了。

不知道后人会怎么称呼我，是文人还是武将？不客气地说，其实我两样做得都挺好。我一开始的确想朝着武将发展，但转来转去也就在各种小职位之间调任，负责练练兵、驻守边关。那边西夏狗都快打过来了，想我大宋居然还割地赔款，用贡品换和平，你说这不是扯淡嘛，能换到啥时候，一辈子吗？

至于我，之前说过，我因为职称含金量不高，再加上也不会巴结人，在官场混得不太好，我祖先就是因为主战才没落的，我这主战当然没戏。

愁啊，愁死人了。

不过这些年，我开发出了第二职业，原来我还可以是个文人。明天贴一首我写的词。

🌸 绍圣三年三月初四　晴

少年侠气，交结五都雄。肝胆洞，毛发耸。立谈中，死生同。一诺千金重。推翘勇，矜豪纵。轻盖拥，联飞鞚，斗城东。轰饮酒垆，春色浮寒瓮，吸海垂虹。闲呼鹰嗾犬，白羽摘雕弓，狡穴俄空。乐匆匆。

似黄粱梦，辞丹凤；明月共。漾孤篷。官冗从，怀倥偬；落尘笼，簿书丛。鹖弁如云众，供粗用，忽奇功。笳鼓动，渔阳弄，思悲翁。

不请长缨，系取天骄种，剑吼西风。恨登山临水，手寄七弦桐，目送归鸿。

这是我写的一首《六州歌头·少年侠气》。

既能写豪放也能写婉约，我可真厉害，听说还有人夸我豪放："少时侠气盖一座，驰马走狗，饮酒如长鲸"，夸我婉约："骚情雅意，哀怨无端。"哈哈哈，承让承让，小意思小意思，也就天下第二吧。

吾笔端驱使李商隐、温庭筠，常奔命不暇。

啊，为了让后世人能看懂，我还是用你们的话说吧，我的笔尖能驱使李商隐和温庭筠，让他们累个半死！

绍圣五年十月初三　晴

我又好久没写日记了，原因是我一把年纪还做这么屁大点儿的小官职，不爽，干脆辞职不干了，跟老婆一起隐退到苏州来了。

之前从第一页开始翻了下，当年我居然才十七岁，断断续续地记日记，现在我都快五十岁喽。

绍圣五年十二月一日　晴

今天爱妻逝世，没心情写日记，就这样吧。

靖国元年七月初五　阴

距离上次写日记又过了三年啊。

爱妻逝世之后我就离开了苏州，直到昨天，我故地重游又喝了点儿酒……一下就想起她了，现在整个人都飘忽忽的。

别以为我长得丑……呃不是，我长得虎头相，就没老婆了。你们知不知道我老婆可是出身皇家宗室，貌美如花、知书达礼，还心灵手巧，我最喜欢看她在烛光下给我缝补衣服了，特别温柔。

你们知不知道……

可能是看我老婆跟着我太苦吧，老天才先我一步把她召回去享福了。

我能做的也只有给她写写词了，这首《鹧鸪天》就是为她写的。

重过阊门万事非，同来何事不同归？梧桐半死清霜后，头白鸳鸯失伴飞。

原上草，露初晞。旧栖新垅两依依。空床卧听南窗雨，谁复挑灯夜补衣？

我刚刚祭拜完她的墓，现在正一个人躺在空荡荡的床上听雨，当时的雨就像今天一样，淅淅沥沥。

今后还有谁能为我挑灯缝衣服呢？唉……

老婆，我好想你……

后人注：
　　最后两句尤其感情深切，所以在宋朝词海中占有一席之地。贺铸的豪放词受苏轼影响，婉约词又受晏几道等人影响，集于两者之间，文学造诣颇高，尤其是"炼字"见长。

🍵 重和元年一月十二　阴

连天阴雨，可能人到了六十六岁，就经常回忆起往事吧，我是来忏悔的。

老婆对不起，你走之后的这些年，我遇到过第二个女人，她跟你特别像，她是个歌女，可她一点儿也不在乎我的长相，她说我有才华就够了。

我一下子就想到了你，恍恍惚惚还以为是你来找我了。

贴一下我当时写的日记吧，零零碎碎的。

其一

今天我遇到了我生命第二个"她"。她和我老婆一样，夸我文采特别好，我决定暂时把心里的伤痛埋起来，再次寻找一回属于我的幸福。

其二

她果然对我有好感。

其三

今天我们又一起写诗作词了，久违的开心。但当我告诉她，我要去边塞，不能带她走的时候，她哭得说不出话。

对不起。

其四

自从来到边塞之后，我已经好久没有记日记了，今天重新找到日记本，是因为收到了她寄来的一封信"独倚危栏泪满襟。小园春色懒追寻。深恩纵似丁香结，难展芭蕉一片心"。

她很想我，可我今天也不能回去，我能做的只有给她回一首《石州慢》。

薄雨收寒，斜照弄晴，春意空阔。长亭柳色才黄，远客一枝先折。烟横水际，映带几点归鸿，东风销尽龙沙雪。还记出关来，恰而今时节。

将发。画楼芳酒，红泪清歌，顿成轻别。已是经年，杳杳音尘多绝。欲知方寸，共有几许清愁？芭蕉不展丁香结。枉望断天涯，两厌厌风月。

当时为什么如此轻视那次别离呢？唉，转眼已经过来这么多年了，这么久杳无音信的日子，她还是莫要在我身上耽搁时间了吧。

……

接下来的残页我已经找不到了。

后来她果然明白了我的意思，再也没有写信过来。

祝你过得幸福。

我都快要忘了，自己当年是那么渴望爱情的一个人。

后人评：

　　"轻别"指当时不懂事，轻易地离开了佳人，一转眼已是经年，随着分别时日长久，二人相思之愁愈发漫长，"芭蕉"则化用李商隐"芭蕉不展丁香结，同向春风各自愁"，也回应了佳人寄来的诗句。

　　南宋词人张炎评价他"善于炼字"，从他的作品当中，我们也能看出其人的化用和炼字功底。

❀ 宣和六年一月十二　　阴

我又回苏州来了，这次是真的闲居了，我就在这儿养老了。

昨天给米芾那老小子上坟去了，没钱买酒，带去的都是便宜货，老小子要是活到现在，估计还得怼我两句。直到现在这阴雨还没停，回来的时候路过横塘，看见一个美丽的姑娘，侧影特别像我老婆，只不过她走得快，我只能目送人家走远。

便写《青玉案》一首吧。

凌波不过横塘路。但目送、芳尘去。锦瑟华年谁与度。月桥花院，琐窗朱户。只有春知处。

飞云冉冉蘅皋暮。彩笔新题断肠句。试问闲愁都几许。一川烟草，满城风絮。梅子黄时雨。

一辈子太多事，这记日记的习惯也就时不时地忘掉了，如今这家里也是空荡荡的只剩下我一个。我想，人在老年孤独的时候，总会不由自主地追忆一生吧，想我贺铸年轻的时候天天哀号着"颜值不高也要谈恋爱"，现在想想，早就没了当年的冲动喽。

我真的是老了，身体近来也每况愈下了，最近接连有催债的登门造访，我干脆把地契给抵押了。

我贺铸宁可饿死、没地儿住也不求人。

🏵️ 宣和七年二月十五　阴

我也有过建军功立伟业的梦啊。

🏵️ 宣和七年二月十七　阴

到最后却只落得孑然一身。

唉，唉，唉！

根据日记主人的相关记载，在宣和七年，他卒于常州的某处僧舍，享年七十三岁。

贺铸的一生真的像日记里所述吗？

是的，贺铸生于北宋，词风豪迈与婉约并存，堪称全才。就是长得不太有"文采"。根据《宋史》记载，他"长七尺，面铁色，眉目耸拔"，铁黑的脸，耸拔的眉，有个外号"贺鬼头"。

贺铸也知道大家对他评价不高，但他对自己长相的评价是"自负虎头相"，自己长得多威风啊。正如同日记里那样，长得丑不妨碍我谈恋爱啊，贺铸追逐过两段美好的爱情。

他的结发妻没有留下名字，只知道姓赵。史书里说他"娶宗女"，是同宗族的一个女子，两人相濡以沫一直到中年，直到贺铸近五十岁时闲居苏州，赵夫人病逝了。后来第二个爱人也因为贺铸的仕途调任，忍痛分别，没能长相守。

贺铸一生郁郁不得志，后因喝酒误事始终得不到满意的官职，最后在今江苏一带隐居，家里藏书万卷，晚年主要以校对书籍打发时间。通过他的日记，我们能隐约窥探到他心有猛虎，细嗅蔷薇的那一面。

传说他死后与妻子同葬。

他终于在另一个世界，在油灯下笑看着妻子缝补衣物了吧。

《卜算子·赠妓》——谢希孟

原文

双桨浪花平，夹岸青山锁。你自归家我自归，说着如何过。

我断不思量，你莫思量我。将你从前与我心，付与他人可。

译

船桨下浪花平稳，两岸青山却锁了前路，你且回家，我亦归去。往后如何生活？我不会思念你，你也莫要思念我，便将你以前托付与我的真心，转交他人吧。

秦楼楚馆怎么了，我的最爱 （肆）

文/////拂罗

南宋年间，码头上一声撕心裂肺的呼唤划破了所有人的耳膜。

"谢郎，你说好的要与奴家长相厮守呢——"

又是哪个渣男始乱终弃了？街上百姓纷纷投以鄙夷的目光望过去，看见一个美貌歌女梨花带雨地追着自己的情郎，而那位情郎，半只脚已经踏上船了。

谢郎全名谢希孟，字古民，号晦斋。

莫慌，莫慌，老谢你可以的。谢希孟惊恐地看着自己曾经的红颜知己跑过来，深深地吸了口气。老谢，你的曾祖父谢克家，四舍五入他可是个副丞相，他可是弹劾过著名反派秦桧的副丞相啊，你是他的后人，这个小场面你一定可以应对的。

唉，当初就不应该来青楼，不来青楼就不会认识陆姑娘，不认识陆姑娘就不会跟老师闹掰。话说回来，要是听了老师的话我就不会沦落到今天……对了，姑娘不是都爱听唱词么，就写首唱词吧！

对于写词，谢希孟是有绝对的自信的。

首先，他出生在书香门第。根据爹娘自豪的讲述，在他还没出生的时候，他曾祖父谢克家就向皇上递过弹劾秦桧的折子。当时老一辈组队打团，加上皇上宋高宗大笔一挥，就这么把秦桧给踢了下去，这皇帝手诏也就留在了他们家。

等秦桧五年后再爬上来，觉得这手诏留着忒丢人，还后患无穷，就想千方百计给要回来。他祖父谢伋出场了，叉着腰，拎着手诏在秦桧眼前晃来晃去。

"你给不给？"

"就不给，嘿，气死你。"

不过后来秦桧怒气条满格，到底给抢了回来，还让人把谢伋远远踢出了京城。幸亏他老谢家运气强悍，那边谢伋还没滚远呢，就被人恭恭敬敬给请回来了。年幼的谢希孟问过老爹："为啥啊？"

"因为秦桧死了啊。"[1]

有这样的祖辈，谢希孟琢磨着自己也差不到哪儿去，他在二十四岁时已经是文圈里知名的小 V 了，人称"逸气如太阿之出匣"，还早早中了个进士回来，壮志满满，誓要效仿孔子干一番大事儿，其他文人不幸的诅咒，在他谢希孟这儿，不存在的。

他跟这位漂亮姑娘是怎么认识的呢？说来话长。

谁都想干一番大事业啊，可谢希孟颠颠来官场一看，傻眼了，这官场也太乱了吧，跟泥潭似的，有人越陷越深，有人正成为泥潭一员，还有人在深陷之前及时自拔。谢希孟谨慎地想了想，决定还是做后者，留下句"贵圈真乱"就走了。

然后他就在秦楼楚馆里遇见了这位姑娘，姑娘姓陆——居然跟他老师陆九渊一个姓。谢希孟进楼里的时候，瞧见这姑娘柔柔地唱着歌儿，正含情脉脉地望过来，看得他全身发酥，就这么一

---

1 《宋史》：桧请下台州于谢伋家取秦熹礼所受御笔缴进。

秦楼楚馆怎么了，我的最爱

见钟情了。他还一掷千金给人家姑娘盖了个小楼。[1]

最开始总是美好的，谢希孟叹了口气。

"谢郎，你真的会赎我出去吗？"

"陆娘，你看我都给你盖了楼，你还不信我吗？"

早知今日如此，就听老师的话了，谢希孟又叹口气。

——这一番花前月下卿卿我我，终于被他的老师给撞破了。陆九渊是个理学大师，一看自己徒弟沉迷美色无法自拔，气炸了。老头儿气冲冲地跑过来，指着他的鼻子就开骂："士君子朝夕与贱娼女居，独不愧于名教乎？"[2]

谢希孟当时满脑子都是美人，翻了个白眼，没理。

后来听说他给陆姑娘盖的鸳鸯楼建成，老头儿差点给气得原地死亡，又气冲冲地跑过来跟他聊人生。谢希孟这次早有准备，满脸笑嘻嘻："老师我不仅给她盖楼了，我还给她写了篇《鸳鸯楼记》呢，你听不？"

他早知道自己老师有文人病，听见文章就挪不动步子，不过也可能……是被自己给气傻了吧，反正陆老师当时一脸懵地点了头。

谢希孟就一本正经地说："自逊、抗、机、云之死，而天地英灵之气，不钟于世之男子，而钟于妇人。"[3]

这话乍一看没毛病。

不过陆逊、陆抗、陆机、陆云这些全是陆九渊的老祖宗，谢希孟的言下之意就是埋汰埋汰他老师，说你可比不上你老祖宗，你连我这位陆姑娘都比不上呢。

这话细听怪怪的，根本不是"乍一看"这个意思。

1 《谈薮》：谢希孟在临安，狎倡陆氏。
2 《谈薮》。
3 《谈薮》。

陆九渊 HP-100。

其实吧，在打发走老师之后，谢希孟也是认真地想过跟陆姑娘长相厮守的，不过下一秒就被他给否定了，因为陆姑娘含情脉脉的一句"非你不嫁"，让谢同学虎躯一震，婚姻生活实在不适合自己啊。不少姑娘怒斥过他"大猪蹄子"，小谢同学自己倒也没反驳，因为"食色，性也"，他的确是大猪蹄子。

谢同学认真地思考了一会儿，缓缓开口："我想家了，我要回家。"

陆姑娘："啊？"

谢希孟就马不停蹄地跑了，坐船跑的，一刻都没犹豫，他是"一日，忽起归家之念，匆匆辞官"[1]，可见当时有多急。

嗯？！

不过谢同学没想到的是，陆姑娘居然这么执着，一路伤心欲绝地追着自己跑到江边来了，在江边哭得梨花带雨，引得众人围观。

"当时这个姑娘距离我的小船只有几步之遥，但我相信在四分之一炷香之后，那哭声的主人会彻底离我而去，从此毫无瓜葛——因为我决定写一首词。"

谢希孟飞快地摘下头巾，在上面写了首词，跑了，只留下满心期待地看完词，然后在码头痛哭欲绝的陆姑娘。

这首词是啥内容？

双桨浪花平，夹岸青山锁。你自归家我自归，说着如何过。

我断不思量，你莫思量我。将你从前与我心，付与他人可。

——《卜算子·赠妓》

船桨已铺平归路，两岸青山也锁了归途，说的是今后如何过

---

1 《全宋词》。

下去？你回你家，我回我家，我从此不思念你，你也莫思念我，把你以前对我的一片心思，付与他人就好。

前两句都是描写离开前的场景，浪花平却两岸锁，说明作者心里仍有愁绪，但接下来就说得相当绝情了，"断"字有绝对的意思，我绝对不会想你，你去爱别人吧，再见。

"真惊险啊，差点就结婚了。"

多年以后，某天好朋友陈伯益跑过来看他。当提起自己辞官后，在秦楼楚馆的浪荡生涯，谢希孟如是说道。

陈伯益是个老实人，暗暗翻了个白眼，想着你对我毒舌也就罢了，人家姑娘居然没甩你一巴掌。

谢希孟很毒舌，尤其是这厮晚年隐居在灵隐寺之后，简直火力全开，乡里左邻右舍都知道，就连陈伯益也曾深受其害。原因是某天陈伯益不在家，谢希孟擅自跑来人家家里做客，一抬头，哎，看见一幅自画像，是陈兄的。

说实话，画像的确不好看，满脸乱糟糟的大胡子。

谢希孟按捺不住了，提笔就在上面写："伯益之面，大无两指，髭须不仁，扰扰乎其旁而不已，于是伯益之面所余无几"[1]。

陈伯益这脸还没两指宽，他这胡子也忒不留情，不停侵略他的脸，所以伯益这脸就更不剩下多少领土了。

陈伯益：原地死亡。

陈伯益不开心。

后来有天谢希孟正在家里喝茶，忽然瞧见陈伯益又主动上门拜访来了，居然还拿了一幅自画像过来："老兄啊，你看我这次

1 《古今谭概》。

画得咋样？"

这次开了美颜相机，又穿道袍又穿僧鞋，特仙气。

谢希孟默默地和陈兄对视。

"啊……老兄你真是禅鞋俗人须鬓，道服儒巾面皮。秋水长天一色，落霞孤鹜齐飞啊！"[1]

"行了我说完了，陈兄，陈兄你能把刀放下了吗？"

根据谢希孟本人回忆："我距离当场去世只差那么一点点儿。"

谢希孟毒舌了大半辈子，唯独有个事儿不大开心。在隐居的这段日子里，为了避讳，他给自己改了名儿叫谢苴，没想到居然就被陈老兄给逮着反毒舌的机会了。陈老兄一张口："啊哈哈哈……你可真像炊饼担子被人给挑走了的武大郎，又像叫人给高喝上来，穿了白麻布孝服的孝子。"[2]

谢希孟："……"

天道好轮回，苍天饶过谁。

毒毒舌，写写词，辞官之后的日子就这么过着，然而直到谢希孟晚年去世，他再也没回去找过那位陆姑娘。

关于谢希孟文献中没什么记载，只知道他仕途不顺，曾沉迷青楼楚馆，晚年以整理祖父的稿子度日，后来就像一滴水消失在历史长河中，没泛起多大的涟漪，只留下那么一首《赠妓》流传下来。

渣男的故事结束了。

不过，这位老兄也忒不会说话了，同样是离别前作诗，同样是赠给青楼女子，还有另一位宋朝诗人姓施，写的词画风就截然

1　《坚瓠集》：伯益又尝写真，衣皂道服，蹑僧鞋。希孟赞之曰："禅鞋俗人须鬓，道服儒巾面皮。秋水长天一色，落霞孤鹜齐飞。"
2　《谈薮》：伯益于是以两句咏其："炊饼担头挑取去，白衣铺上喝将来。"闻者笑倒。

不同。

> 相逢情便深，恨不相逢早。识尽千千万万人，终不似、伊家好。
> 别你登长道。转更添烦恼。楼外朱楼独倚阑，满目围芳草。

——《卜算子·赠乐婉杭妓》

看看别人的临别赠词。

不过从时代背景来看，无论是谢希孟的《赠妓》，还是这位宋朝诗人的《赠妓》，这两人到底都是一去不回头，对于苦苦挽留自己的风尘女子，后者心中有几分情真意切，那就不能轻易断言了。

谢希孟的那句"不钟男子钟妇人"，虽然他说出这句话时只是嘲讽自己的老师，并无咱们乍看的意思，不过抛却这个故事背景，这句话却经过后人的一代代流传，最终被曹雪芹化用在《红楼梦》中，变成了另一种更深刻的含义，红楼梦中的女儿家，已经逐渐摆脱了传统形象，在各方面皆不输男子。

话说回来，既然一去不回头，那么是像谢希孟那样，决绝断了念想好呢，还是像后者，留下满腔柔情念想，却终究是一场镜花水月好呢？

若不能长相守，那么这抉择，终究在诸人心中吧。

《卜算子·不是爱风尘》————严蕊

原文

不是爱风尘，似被前身误。花落花开自有时，总赖东君主。

去也终须去。住也如何住。若得山花插满头，莫问奴归处。

译

我并非生性喜爱在风尘里生活，沦落风尘只是命运捉弄。花开花落自有定数，可这一切还要凭神君做主。总有一天我会离开这里——就算留下又如何生活呢？倘若有朝一日我能将山花插满头，过上梦中的生活，您便莫问我的归宿了。

我有颜又有才，你有吗？

文//////拂罗

（伍）

"严姑娘，唐大人送了信，邀姑娘出去踏青赏花呢！"

唐大人派人来楼里送信的时候，严蕊正伏案写新词，她一边细细拨着琴弦，一边轻声唱出来，闻言一抬头，听是熟客唐大人，欣然一笑："好，我这就去。"

——南宋淳熙年间，提起严蕊这个名字，无人不知，无人不晓。她是个官妓，所谓官妓者，不仅要长得漂亮，还要善歌善舞、有才艺，才能得到官员们的青睐。严蕊，字幼芳，就是其中一位佼佼者，每天都有不远千里来见她一面的人。

"严姑娘，严姑娘我们爱你！"楼下日常响起迷弟打 call 的声音。

严蕊好不容易从迷弟们疯狂的热情中抽开身，款款来到了桃花林内，果然看见唐大人早在林中等她——唐太守全名唐仲友，每次开宴会必定请她来助兴。这位大人和其他客人不一样，他本身便有才华，又比其他客人更欣赏她的才华，两人的关系可谓日渐增进。

阳春三月，桃花灼灼，唐仲友执酒杯看美人起舞，兴致高涨："严蕊啊，不妨你用桃花为题，写词一首？"

胸有墨水心不慌，严蕊莞尔一笑，一首《如梦令》已款款唱出。[1]

道是梨花不是。道是杏花不是。白白与红红，别是东风情味。曾记，曾记，人在武陵微醉。

这首词颇有意思，杏花也不是，梨花也不是，这首词开头并未点出是什么花，到最后"人在武陵微醉"才让人忽然想起《桃花源记》来，啊，原来是写桃花，红红白白。

这次相会在浪漫中难舍难分地结束，严蕊还想着自己未填完的新词，她要赶回去早些填完才好。谁知刚回楼里不久，一队凶神恶煞的官兵就忽然冲上了她的房间，在惊呼声里带走了这位知名的才女。

迷弟们拎着打 call 的牌子，集体陷入了震惊。

"我犯了什么罪？"严蕊也一头雾水。

没人回答她。

"说，唐仲友是否与你一同留宿过？！"

直到被押至牢狱里，严蕊才听懂他们要审问什么。她愣了下，忽然反应过来怎么回事了，这是有人要害唐大人啊！

再严刑拷打也不能害了大人。

严蕊咬着牙坚决地摇头，她这个反应超出狱卒的意料，本以为一个小女子，光是被押到这地牢就已吓得魂飞魄散，哭喊着要招供了，没想到还挺有骨气。

狱卒一声厉喝："审，给我审，这可是朱大人的命令——"

哪位朱大人？

---

1 《情史》：唐与政仲友守台日，酒边尝命幼芳赋红白桃花。即调《如梦令》。

原来严蕊的这场牢狱之灾，跟远在朝堂的另一个名字有关系，他就是朱熹。朱熹跟唐仲友作为同事，无论是政治还是学术都意见不合，这两人是仇人见面分外眼红，尤其是朱熹，一直想搞个事把对方给踢下去。

搞事总得有理由吧，这朱熹苦苦寻思了很久，整整列出来六条罪状递了上去，除了违法、贪污，其中还有一条“行首严蕊稍以色称，仲友与之媟狎”，[1]什么意思？大宋法律规定，官员可以和官妓唱歌跳舞，但不能留宿，有伤风化。

无论有没有这事儿，就差个实锤了。朱熹得意扬扬地把状子递上去，然后下令：“来人，把这女人给我捉起来，审！”

真是飞来横锅。

严蕊是个聪明的女子，她一下就猜到有人要利用自己陷害唐大人，不能说，怎么也不能说。

三天过去了。

又三天过去了。

朱熹得意扬扬地等了几天，满以为这个柔弱的风尘女子肯定一打就招，甚至不打都吓坏了，没留宿也得说留宿过，等到那时候，唐仲友那小子可就惨喽。

三天之后又三天，一天天过去了，牢房那边还是没好消息。

朱熹急了，中途出啥事了？莫非还能有人劫狱不成？他派人一问，没什么盖世英雄来劫狱，是严蕊自己一直没招！

原来严蕊被闯进房门的官差捉走之后，经历了整整两个月的严刑拷打，几乎死去，也没说一句朱熹期盼的话来。[2]

朱熹惊呆了，这女人不怕疼？

“大人，她说……身为贱妓，纵然与太守有染，亦不至死。”

1 《朱文公文集》。

2 《宋元学案》：欲摭仲友罪，遂指其与蕊为滥，系狱月余。

好个有骨气的风尘女子！朱熹压着怒气："她还说什么？"

"她还喊，然是非真伪，岂可妄言以污士大夫，虽死不可诬也！"[1]

这喊声也曾在阴森的地牢里响起过，在一片血光之中，穿囚服的女人高昂着头，她的声音无比坚定："岂能以妄言诬陷唐大人，我宁可死，也不诬陷任何人！"

朱熹傻眼了，他没料到这种情况，进也不是退也不是，这女人不怕疼吗？

不怕疼吗？当然怕，严蕊只是个柔弱的普通女子。可每次昏迷之前，她的眼前都会浮现出她的恩人，聪慧如她，知道自己一旦开口，就会给他带来无妄之灾。

不能说，不能说……

这样的日子整整过了两个月，终于在某天，地牢的门被狱卒猛地打开。已经奄奄一息的严蕊虚弱地抬起头，听见青天白日下那一声解脱般的高喝："你出来吧，岳大人要见你！"

原来面对朱熹的指控，看着红颜知己遭受酷刑，唐仲友那边并不是毫无表态，这两个月间他也四处奔波，开始反过来指控朱熹。

朱熹和唐仲友的内斗，与牢狱中一个女子血光里的呐喊，层层波澜泛起，终于这喊声也传到了朝廷，以一个"贱妓"之口，传入了男人们的耳中，甚至震惊了当时的皇帝宋孝宗。

宋孝宗想了想，说了句"秀才争闲气"，把朱熹从当地调走了，严蕊的案子则交给岳霖审理。

——宋孝宗的这个态度很微妙，在宋朝的背景下，身为皇帝，哪方势力太盛都不利于统治，所以皇上轻飘飘一句"秀才置气"，

---

1 《情史》。

直接化解掉了这件事的本质，不仅没问罪唐仲友，还给了朱熹一个台阶下。.

见好就收吧你们，朕已经很心累了。

严蕊并不明白这些，只知道自己终于有希望了。她披枷带锁，踉踉跄跄地往前走，终于见到了这位岳大人正用同情的目光看着自己。

这位岳霖是谁？严蕊隐约听说过，岳霖是岳飞的后人，他早就听说了那两位大人的大战，也听说中间还夹进来一个无辜的风尘女子，早就有放弃这事儿的念头，他象征性地审了下已经奄奄一息的严蕊："真有这事儿吗？你以后怎么办呢？"

严蕊明白，他的意思很明显了，你表达表达心里想的，本官就顺水推船放你走吧。

她热泪盈眶，当即以一首词来表达。[1]

不是爱风尘，似被前缘误。花落花开自有时，总赖东君主。

去也终须去，住也如何住！若得山花插满头，莫问奴归处。

——《卜算子·不是爱风尘》

上阕自辩，自己并非是风尘中低贱的女子，只是身不由己，命运总是掌管在他人手中，也隐隐有请求岳霖出手相救的意思。下阕表达自己不愿继续这样的生活，"山花插满头"指的是一个自由的想象。

这首词以徐徐道来的方式讲出，不卑不亢，将其中的度把握得当，可见严蕊的聪慧大气。风尘只是埋没了她的血肉之躯，并未埋没她的风骨。这首词也被后世人改编成戏剧《莫问奴归处》。

岳霖深受感动，顺水推船判严蕊从良，将她从风尘中救出。

故事最后是如何结尾的？是个好结局。

1 《情史》：朱政除，而岳霖商卿为宪，怜之，命作词自陈。

传说严蕊后来被一个皇族宗室纳为妾，终于脱离了前半生的风尘苦海，想必唐仲友和岳霖听见此事，也是十分欣慰吧。[1]

严蕊这个人确实存在，但这段故事真假，王国维在《人间词话》对这首《卜算子》的作者表示怀疑，"唐仲友戚高宣教作"，所以真假现存争议。

不过真假又有什么关系呢？不伤大雅，张爱玲的一句话，语境不同，但略作改动也能用在严蕊身上，这也是上千年来许多风骨女子的写照。

"在这个时代里，她很低很低，低到尘土里去。然后在尘土里，开出花来。"

---

1 《情史》：岳喜，即日判令从良。而宗室纳为小妇，以终身焉。

《浪淘沙令·帘外雨潺潺》——李煜

※ 原文

帘外雨潺潺，春意阑珊，罗衾不耐五更寒。梦里不知身是客，一晌贪欢。

独自莫凭栏，无限江山，别时容易见时难。流水落花春去也，天上人间。

※ 译

帘外正传来细雨潺潺声，转眼春光又要消散，罗织的锦被已耐不住五更天的清寒。我只有在醉梦中才能忘掉自己已是过客，才能享受片刻的欢愉。

独自凭栏远眺，眺望这无垠江山，每次遥想当年曾经拥有，我的心中便无限悲伤，原来离别这么容易，再见又这么难。就像流水落花随着春光一同离去，今昔对比，一晌在天上，一晌在人间。

我从来都不想当皇帝

文 ///// 拂罗

今天要讲的这位词人，身份特殊，背景特殊，其实哪哪都特殊，因为在自古文人不幸的诅咒下，在无数文人徘徊在被贬谪和回帝都的死循环下，这位老兄，他登基了。

"大家好，我叫李从嘉，万万没想到，我，登基了。"

人生走到尽头时，四十二岁的李从嘉眼前浮现的是自己登基的那一幕，看着跪了一地的群臣，他怎么也想不通，自己怎么就轻轻松松坐上了这个无数人争来抢去的宝座，也怎么都想不通，自己怎么就接到一手烂牌，直接把南唐给断送出去了。

南唐一共有三位皇帝，先主李昪，中主李璟，后主李煜。而李煜原名就叫李从嘉，他是李璟的第六个儿子，上面压着五个哥哥，下面有个弟弟李从善。如果不出意外，这皇位怎么着也轮不到李从嘉来坐，何况他大哥李弘冀还早就是太子了，皇帝的事儿用不着他操心。

身为皇族小透明，不愁吃、不愁喝，美滋滋。

于是文艺青年李从嘉把天赋全加在了艺术创作上，整天乐呵呵地在宫里舞文弄墨。

后来他看见他二哥夭折了，三哥夭折了，四哥夭折了，五哥夭折了。

李从嘉："哈？！"

李从嘉："大，大哥，你最近身体好吗？"

李弘冀："你干啥？！"

说实话，李从嘉的确有点儿怕他这位大哥，他老爹李璟就是个文艺皇帝，所以从李璟这辈起，他们老李家的血统多少沾着点儿文艺，唯独他这位大哥，在一群文青之间用拳头脱颖而出，力拔山兮气盖世，是个硬汉。

这些本来都不关李从嘉的事儿，要命的是李弘冀是个疑心重的人，首先就盯住了自家叔父李景遂，誓要争个你死我活。你说你都是太子了，为啥还这么干？原来当初李昇驾崩，李璟跟李景遂推让过皇位，还把政务交给自己这位皇弟全权处理，这就引起了李弘冀的危机感。

王储之战必起腥风血雨，这李景遂要是死了，如狼似虎的大哥肯定盯上自己啊。李从嘉由于惜命外加特殊原因，挤在中间扮绵羊，不敢动不敢动，还给自己取了个号"莲峰居士"，意思是"大哥我不跟你争，你俩玩儿你俩的"。

为了让自己绵羊形象更真，李从嘉本色出演，这段时间只在美人之间厮混，忙着谈恋爱、写歌词，没空争权。当时陪在他身边的妃子是周娥皇，十九岁就嫁给了李煜，也就是后来的大周后。

斗到最后，他大哥终于把自家叔父给毒死了[1]，也把自己这太子之位给作丢了。李璟可能是见惯了这些尔虞我诈，心累，他再一看清流似的暖男李煜，顿时眼前一亮："好哇，儿砸，你成

---

1 《南唐书》：弘冀刺知之，乃使亲吏持鸩遗从范，使毒景遂。

功吸引了爹的目光，爹封你当吴王。"[1]

李从嘉：？！

再后来，李从嘉正在宫里舞文弄墨，忽然听见宫人来报，他大哥也死了。

李从嘉：？！

传言李弘冀是半夜看见叔父的鬼魂给吓死的[2]，似乎有点儿荒谬。还有人推测说，极有可能是他老爹下的毒手，一说是担心长子权力过盛，二说是当年南唐已衰败，只能向后周世宗柴荣俯首称臣。柴荣不希望南唐出现李弘冀那样强势的国君，所以他老爹只能选择了小绵羊一样的六儿子。

又过了几年，李从嘉二十四岁时，老爹李璟病死了，国丧之后普天同庆"吴王登基啦"！[3]

李从嘉：？！

在这个喜大普奔的日子里，只有李从嘉觉得心里苦，他这人生哪是和其他文人一样起起落落啊，简直是起起起起。

之前我们说李从嘉防着他大哥，还有个特殊原因：根据记载，就像每个传奇开头一样，他出生就是"一目重瞳子"[4]。老天爷看来很倔强，认定你当皇帝，你就一定要当，甚至将重重障碍都铲平了，亲自把你推上宝座。

重瞳其实就是一个眼睛有两瞳孔，古人比较迷信，认为重瞳的人都是大圣人、大君王，例如舜帝、项羽，都是鼎鼎有名的大人物。

老天爷："年轻人，我很中意你啊。"

李从嘉："教练我想写文……"

1　《新五代史》：自太子冀已上，五子皆早亡，煜以次封吴王。
2　《南唐书》：弘冀属疾，数见景遥为厉。
3　《新唐书》：元宗殂，太子嗣立于金陵，更名煜。
4　《新五代史》。

老天爷："年轻人，我很中意你啊。"

李从嘉："教练你根本没听我说话对不对。"

文艺青年李从嘉就这么摇身一变，变成了南唐皇帝，接管了一手烂牌，改了个名叫李煜。

不，说皇帝其实是不准确的。南唐的国土在他爷爷那儿还算强盛，到他老爹那儿就已经削弱了大半，加上后周当年发动战争，他爹不得不把长江以北的国土全送给了后周，从此变成了一手烂牌。最后到了李煜这儿，已经连皇帝都算不上，只能算是这片土地的主人，算是国主。

李煜看着这一手烂牌，心里更苦了，还能咋整呢？一边管理国家，一边写文吧。

让一个文人当皇帝，这不是扯呢！可李煜虽说不是盛世明君，却偏偏仁心宽厚。有臣子直言进谏，甚至掀翻了他的棋局，他都一笑而过，可谓最仁慈的国主[1]。他最大的不幸就是投错了胎，诗人的心，皇帝的命。

要不是阴差阳错当了皇帝，李煜怎么着也能在民间混个"男神诗人"的称号。

宋人龙衮就曾评价："后主自少俊迈，喜肄儒学，工诗，能属文，晓悟音律。姿仪风雅，举止雅措，宛若士人。"

当时北方有个赵匡胤，他发动了推翻后周的"陈桥事变"，建立了宋。面对赵匡胤的步步逼迫，李煜完美地继承了上一辈的作风，继续割地赔款 ×1，割地赔款 ×2……南唐灭亡迟早要成定局，无止境的退让只是保全一时的办法。

这皇帝当得，有多憋屈？

当时还有个南汉也在苦苦支撑，就在登基十年后，李煜眼看

1 《南唐书》：主初嗣位，数与婿幸弈棋，俨入见，作色，投局于地。

着宋灭了南汉，心中那叫一个惶恐，赶紧连自己"唐朝"的号都去掉了，直接改名江南国主，还战战兢兢地派弟弟李从善去跟宋朝服软："咱打个商量呗，你也不用客客气气尊称我国君，你直呼我名就行了。"

其实早在之前李煜就这么求过一次，对方没同意，这次对方总算同意了，却扣留了李从善。什么概念？ PK不仅投降还掉了装备。

本国商人跑来告密，说宋军在荆南偷偷造舰队呢，这是要搞事啊，陛下你赶紧派人烧了它们去。[1]

李煜："算了算了，不敢动。"

当时殿脊有个装饰物叫鸱吻，每次宋朝使者过来，李煜就命人把这玩意拆下去，等人家走了，再悄悄安上去。[2]

可想而知，李煜这日子过得有多憋屈，其实也算是捏着一手烂牌放弃自我了。在当后主的这段日子，根据记载，李煜每日都是在后宫的欢歌笑语里度过的，每天谈谈恋爱、填填歌词，他终于逃往了自己青年时就梦想的国度。[3]

晚妆初了明肌雪，春殿嫔娥鱼贯列。笙箫吹断水云开，重按霓裳歌遍彻。

临风谁更飘香屑，醉拍阑干情味切。归时休放烛花红，待踏马蹄清夜月。

——《木兰花·晚妆初了明肌雪》

这首词主要写了夜宴歌舞升平的景象，创作时间要早几年，是在南唐全盛时所写的，上阕写宫娥们鱼贯出场，写盛大的宫宴

1　《南唐书》：国主闻太祖灭南汉，屯兵于汉阳，大惧。遣太尉、中书令郑王从善朝贡，称江南国主，请罢诏书不名，从之。有商人来告，中朝造战舰千艘，在荆南，请密往焚之。国主惧，不敢从。
2　《南唐书》：乾德后，遇中朝使至，则去之，使还复设。
3　《新五代史》：煜尝怏怏以国蹙为忧，日与臣下酣宴，愁思悲歌不已。

我从来都不想当皇帝

场面，下阕写曲终人散后尽兴而归的场面。其中《霓裳羽衣曲》本在唐玄宗时遗失，后被大周后和李煜共同发现，这两人亲自整理，然后命宫人奏响，无比尽兴。

从这首词我们也能看出来，作为帝王的前期，李煜是如何的天真不谙世故，他单纯的眼中只有这歌舞升平的盛况，甚至不闻战事。所以相比之下，李煜前期的词作艺术价值不那么高，而且多写富贵华丽的生活，词风没有跳出当时的"艳词"的窠臼。

目睹国家渐渐衰败，那段时间的李煜是既矛盾又快乐的，矛盾是因为荒废政事，快乐是因为佳人相伴。这佳人指的就是大周后，也是个文艺女青年，和文艺男青年李煜正好一拍即合，陆游就曾评价过她"通书史，擅歌舞，尤工琵琶"。[1]

但老天爷好像不太甘心只让这小子当个咸鱼，又像是恨铁不成钢，直接跟李煜开了个大玩笑：传说大周后生病，把四岁的孩子送到别院去抚养，没想到有一天孩子在佛像前面玩耍，猫把一盏大琉璃灯碰倒，直接在地上"哗啦"砸得粉碎，把这可怜的娃活生生吓死了。

我实名怀疑这只猫是上天恶意派来的使者。

经历过丧子之痛之后，大周后悲痛欲绝，病情恶化，不久以后也随着去了。[2]

但根据史料记载，其实李煜也算是个多情的渣男，周后的死和他脱不了关系。大周后有个相差十四岁的妹妹，在周后卧床不起的这段时间，她妹妹跑来皇宫看姐姐，谁知道一来二去，这少女竟然和姐夫扯上了关系，偷偷地成了恋人，也成了日后的小周后。传说李煜词中"刬袜步香阶，手提金缕鞋"[3]描述的就是与

1　《南唐书》。
2　《南唐书》：越三日，沐浴正衣妆，自内含玉，殂于瑶光殿之西室。
3　《菩萨蛮》。

小周后幽会的场景。

纸包不住火，大周后感觉自己头上有一片青青草地，在二十九岁时就与世长辞。李煜悲痛不已，特意写下《书琵琶背》《挽辞》等诗来纪念。《新唐书》里记载，他痛骂自己"鳏夫煜"。

然后立了小周后。

果然，传闻众多绯闻诗人刚给老婆写完悼亡诗，回头就另寻新欢……石锤了。

至于多情的李煜究竟爱谁，后世推测他可能两个都爱……就算是在伦理观念不同的古代，在大皇后病逝之后马上又立小皇后，也是引来不少议论。

放在现代这就是年度渣男语录啊：我不是花心，我只是心碎成了很多片，每一片都爱上了不同的人。

这时候南唐 GDP 已经不景气了，应该说除了宋之外，其他小国的 GDP 都很不景气。赵匡胤已经量身定制了宏图霸业表，后蜀和北汉这些小国正忙着联合抗宋的时候，李煜在干啥呢？他在立小周后，还干出了错杀忠臣等一系列糊涂事儿。

南唐苟延残喘的那几年，赵匡胤频频暗示李煜，干脆投降算了。他给李从善封了个官儿，在好地段给了个宅子，暗示老兄你也赶紧过来吧，但三番五次都被李煜装糊涂糊弄过去。所谓糊弄一时，糊弄不了一世，终于在公元 974 年九月，赵匡胤以李煜不去朝见为理由，强行打了过来。

一切都晚了，李煜身边蒙蔽人眼的奸臣太多，敌人都打到国都来了，那边还通报说没事儿、没事儿，直接加快了沦陷的速度。李煜终于正面召集了十五万大军，打算火攻烧毁宋军的船只，却没想到风向一转，反而烧死了自家人，历史上称为皖口之战。[1]

---

1 《南唐书》：至皖口，与王师遇，倾火油焚北船，适北风反焰自焚，我军大溃。

仿佛是老天爷一声长叹，感叹南唐气数已尽。

李煜终究没有殉国，毕竟自他刚刚接手南唐就是个逆风局，他也终于逆风投了，率领家人一起被押到汴京，开始了被软禁的生活。

这世上杀人莫过于诛心，李煜的半辈子都放在爱情上，然而野史记载，小周后随他投降之后，却常常被召入宫中，回来后"出必大泣，骂后主，声闻于外，后主多宛转避之"[1]。

李煜的反应是什么？是默然不语，四处逃避。作为国君，他丢了他的国家，作为丈夫，他也没能保护自己的女人。

他只好和大多数逃避现实的悲观者一样，日日写诗作词，这期间他的作品，多为感慨自己对故国的思念，但也就是在这期间，痛苦的经历终于让他的文风产生了改变。

帘外雨潺潺，春意阑珊，罗衾不耐五更寒。梦里不知身是客，一晌贪欢。

独自莫凭栏，无限江山，别时容易见时难。流水落花春去也，天上人间。

——《浪淘沙令·帘外雨潺潺》

门帘外传来雨声潺潺，转眼春意又要辞去。罗织锦被受不住五更的寒冷，我只有在梦中才能忘掉自己已是羁旅之客，才能享受片刻的欢乐。

独自一人在高楼凭栏远望，遥想起昔日拥有的无限江山，原来离别容易再见难。像匆匆流逝的江水、凋零的落花一样，跟着春天一同归去吧，今昔对比，分明一个是天上，一个是人间。

亡国恨、思乡情，这些都狠狠纠缠在一起，促成了李煜后期文风的飞跃，他后期的文风早已褪去了昔日的浮夸，用真实情感

1 《江南录》。

代替了无病呻吟，将昔日的金迷纸醉化作了满纸伤心泪，李煜后期的文风，充满了"剪不断理还乱"的浓浓愁绪。

对此，明代戏曲家沈际飞曾评价："'梦觉'语妙，那知半生富贵，醒亦是梦耶？末句，可言不可言，伤哉。"[1]

也正因为这段经历，让李煜彻底跃上了词坛，在词史上占有一席之地，或许老天爷如此安排也是别有一番用意吧。在李煜等人出现之前，词主要以"艳"为主，并不能登上大雅之堂，且感情隐晦，而李煜后期多采用直抒胸臆，意境多以"悔恨""悲凉"等深远主题为主，可以说和后来的苏轼等人相同，扩大了词的领域。

其中还有一首，被称为绝命词。

春花秋月何时了，往事知多少？小楼昨夜又东风，故国不堪回首月明中！

雕栏玉砌应犹在，只是朱颜改。问君能有几多愁？恰似一江春水向东流。

——《虞美人·春花秋月何时了》

清代陈廷焯的《云韶集》就曾评价过："一声恸歌，如闻哀猿，呜咽缠绵，满纸血泪。"

这首词可谓是写出了李煜最高的悲痛与悔恨，"小楼昨夜又东风"，在苟且偷生中一遍遍地度过日升月落，自己的国却早已灭亡，一个"又"字用得最为痛彻。其实李煜后期词中的"故国"，已经不仅仅只是他怀念的故国，更多已成为一种朦胧的象征，表达了李煜心中的渴望。

相传作词前，宋太宗曾叫来了李煜的老部下徐铉，让他前去打探李煜的口风，李煜看见昔日故人来访，顿时泪湿了衣衫，拉

1　《草堂诗余正集》。

着徐铉的手悲叹："当初真不该错杀潘佑、李平两个忠臣啊，悔不当初！"

徐铉讪讪地笑，坐了一会儿，回去为了自保，就原话告诉了宋太宗，也就是赵光义。后来《阅微草堂笔记》里有句"徐铉不负李后主"这句话究竟是讽刺还是其他，就不得而知了。

总之这首诗入了赵光义的耳朵，传闻赵光义是"大怒"拍案而起[1]，如果让他长啸一声的话，他说的可能是："可算让我逮着理由了！"

终于，在这一年七夕节，李煜生辰这天，赵光义派人送来一杯掺了牵机剧毒的酒。李煜或许浑然不知，或许知道了也毫无办法，只能一饮而下，痛苦挣扎了几个时辰之后，凄惨而亡，享年四十二岁。

或许当年汴京曾有万户灯火，共祝七夕，李煜却是凄凄惨惨地死在静谧的居处，过眼繁华终究不再属于他。恰应了一句话，他是绣在屏风上的鸟——悒郁的紫色缎子屏风上，织金云朵里的一只白鸟。

死，也还死在屏风上。

有后世人郭麐评价："作个才子真绝代，可怜薄命作君王。"

但愿来世，这个温柔的男子能摆脱上辈子帝王家的枷锁，安安心心地做自己热爱的事吧。

《醉花阴·薄雾浓云愁永昼》——李清照

原文

薄雾浓云愁永昼，瑞脑消金兽。佳节又重阳，玉枕纱厨，半夜凉初透。

东篱把酒黄昏后，有暗香盈袖。莫道不销魂，帘卷西风，人比黄花瘦。

译

薄雾蔓延，厚云正浓，正如日子多烦忧，龙脑香在金兽香炉中袅袅升烟，转眼又是一年重阳，我卧在玉枕和纱帐中，夜半的冷气刚刚将全身浸透。

我在东篱旁一直喝酒到黄昏过后，菊花暗香已浸了满袖。莫说这清秋不伤神，西风卷起珠帘时，分明使人比黄花更消瘦啊。

我的爱好
其实是打牌喝酒

柒

文/////拂罗

匿名提问　名人八卦　文学

易安居士真的又打牌又喝酒吗？

事情是这样的，题主无意间捡到了一本日记，好像是易安居士所写的，题主就想来问问，这本日记真的是居士写的吗？如果真的是，那居士真的又打牌又喝酒吗？

下面贴上部分日记内容。

《李清照日记》

一日。

在杭州没做什么有意义的事，今天才更深切地感到无聊，苏轼、晏殊他们写的什么玩意——不是你写，就是我写，写他个什么东西？

明诚走了，颇有落寞之感。

二日。

打牌，喝酒。

三日。

喝酒，打牌。

四日。

今天得整理整理明诚的《金石录》了，易安啊易安，你怎能如此堕落！先前定下的计划你都忘了吗？子曰："吾日三省吾身。"不能再这样下去了！

五日。

喝酒，打牌。

六日。

打牌。

关注问题　✎写回答　⊕邀请回答　💬23 条评论　⬆分享　…

查看全部 2,333 个回答

李 @李清照

既然提到我了，那我就不请自来了，首先我可以告诉题主，这本日记是我写的，请尽快邮寄还给我，谢谢。还有我可以很负责任地告诉你，我的确又打牌又喝酒，这个怎么了？我非得过凄凄惨惨的无聊生活嘛，我可不是那种怨天尤人的性子。

谁说喝酒只能是男人的爱好？喝酒嘛，我觉得一天喝几杯，挺正常的，我在年轻时候就喜欢喝，不过那时候又没有照片，只能写词留念，无词无真相，我就上词吧，两首《如梦令》。

常记溪亭日暮，沉醉不知归路。兴尽晚回舟，误入藕花深处。

其实是打牌喝酒

我的爱好

争渡，争渡，惊起一滩鸥鹭。

说出来没什么丢人的，当时我是最好最天真的年华，做点傻事儿也无可厚非。记得那天我出门划船玩儿，在船上喝了点儿酒，分不清哪条路才是回家的路了，等我迷迷糊糊回过神来，我这小船儿啊，已经划进荷花池深处去喽，这不是别有一番趣味嘛！

——要我自己评价的话，那次算是半醉吧。

昨夜雨疏风骤，浓睡不消残酒。试问卷帘人，却道海棠依旧。知否？知否？应是绿肥红瘦。

这是第二首，也是我少女时候写的，嗯……我记得当时是晚上吧，外面风吹雨打的，我喝点儿小酒就睡着了。第二天丫鬟帮我卷帘子的时候我才刚醒，看外面风雨停了，我才想起在院儿里种的花，就赶紧问她外面的海棠花有没有被打落呀。

它们无一幸存 QAQ

——那次，微醺吧。

二次编辑\\\\\\\\\\\\\\\\\\我是一条分割线\\\\\\\\\\\\\\\\\\\\\\

我是李清照，讲真，这个问题我能回答一辈子，评论里有人说这本日记是南渡之后写的，劝我心情那么低落就别喝酒了，愁上加愁。

好意心领啦，人不喝酒还有什么乐趣？当然是快乐要喝酒，不快乐更要喝酒。

还有朋友找到了我写的《蝶恋花·上巳召亲族》，问我那次是什么情况。

永夜恹恹欢意少。空梦长安，认取长安道。为报今年春色好，花光月影宜相照。

随意杯盘虽草草。酒美梅酸，恰称人怀抱。醉里插花花莫笑。

可怜春似人将老。

那次也不是我一个人喝酒啦，是亲戚聚会。之所以写下来，是因为那天宴席上的菜真的挺一般，但酒居然是美酒，这就很让人开心，值得纪念了，更何况当时心情微妙。等你们老了就知道了，人啊……自从上了年纪就开始想家，比如我，我一喝醉就想回京城，我连京城昔日的街道都能认出来呢，王叔的糖饼，李婆婆的酒，还有明诚……唉。

你们就别笑话我喝醉后头发簪花啦，人能活几载？我就像这春天一样，马上就老了，记得刚成婚时还簪花一朵，问明诚我俩谁好看呢。

——那次，也是微醺吧。

不码了，邻居招呼我打牌去了，等我更新啊。

三次编辑\\\\\\\\\\\\\\\\\\\\我是一条分割线\\\\\\\\\\\\\\\\\\\\\\\\\\

我是李清照，我回来更新了，评论有人问我喝得最嗨的时候写的是哪首词。我回忆了一下，应该就是那首《声声慢》了吧。我这个作品知名度挺大的，就是"寻寻觅觅，冷冷清清，凄凄惨惨戚戚"那篇，我不想太矫情，但南渡之后经历这么一大堆事儿，我的确是有点抑郁，我抑郁就喝酒，一喝酒更抑郁。

写《声声慢》的时候，我的心情真是……怎么说呢，唉，唉！怎一个愁字了得！

——那次，我是真醉了，醉到想回我的家，想找我的国，想找回早就失去的东西，这还不是大醉吗？

评论里居然有人质疑我的酒量，说我四十多篇作品中二十多篇有酒，然而每次在词里总写自己喝醉，是不是酒量很……

嗯？你们想说，很什么？

其实是打牌喝酒

我的爱好

@李白 @苏轼 来啊斗酒啊，咱们边喝边押注啊！对了，我还得 @寇准 这位大爷，他可是比我还沉迷喝酒的人啊，陪他喝酒的属下差点儿给喝死好不好？

> ●评论@李白：好啊大妹子，来喝酒啊！

> ●评论@苏轼：哈哈哈，是李家的小姑娘啊，你忘了你上次写词论怼我的事儿啦？好吧，我这么宽宏大量的人，当然要跟你喝喽。

> ●评论@寇准：……说好不提黑料。

四次编辑\\\\\\\\\\\\\\\\\我是一条分割线

我是李清照，哎呀，我注意力全在酒上，差点忘了回答第一个问题。不过就算我不回答，我的真粉丝也该知道吧，我可是嗜赌如命的人啊。不知道的都是假粉丝，哼。评论里说我静若处子，动若疯兔的，出门右转，拜拜。

我玩过的游戏可多了，不过我最喜欢打马，不是殴打小动物那种打马，是一种棋子游戏啦。大家有兴趣可以看看我的《打马图序》。我天生就喜欢，没法子，一看见游戏我就走不动路，废寝忘食的。

说到战绩我就开心了，我啊，玩儿了一辈子，总赢。

为什么？当然是因为精通，虽然自从南渡以来我连工具都弄丢了，不过真正的境界是什么？不在手中而在心中！我心里有赌啊，从没忘过，不接受一切反驳。

评论里有小伙伴夸我胆子大，我想我胆子的确很大，顶风作案，虽说大宋严禁赌博，甚至严重到要砍头的，但我听说当年的宰相都带头赌博呢，我小小一个李清照算什么。

@寇准 还是这位已经退圈的老兄。

当年他们辽人要攻宋，当时的陛下特别慌，一问下人，寇准正在家里又赌博又喝酒呢！陛下安心了，丞相都这么淡定，没事儿。

后来上战场，陛下又没看见宰相，一问，宰相大人又在军营里赌博喝酒呢。你们猜怎么？陛下一听又安心了，宰相都这么淡定，妥妥的没事儿。

后来还真就没事儿了。

你们看，赌博也有用吧。我就算是孤孤单单，也不能整日大哭小号啊，人总要保持几种爱好。

>••评论@寇准：不要为了找个同流合污的罪证，把老夫也牵扯进来！

五次编辑\\\\\\\\\\\\\\\我是一条分割线\\\\\\\\\\\\\\\\\\\\

我是李清照，同一个问题就不打算回答太长啦，我回来是因为评论里有人提问，问我除了打牌喝酒还喜欢做什么。

我觉得是金石学吧，明诚走了之后我天天研究。

我那个年代啊，金石学其实就是你们的考古，"金"是铜器，"石"指石刻，我和明诚通常都是根据手头这些现有的资料来校对古籍，看看有没有遗漏错误的地方。这是个好兴趣，不过也有缺点。一，烧钱；二，明诚还在时总告诉我，他头上凉凉的。

我现在头上也凉凉的。

既然发誓要把明诚留下的《金石录》整理完，我说到做到，先记一下日记：今天可得码字了，易安啊易安，你怎能如此堕落！

有人说我写词太悲伤，今日感觉画风突变，其实我觉得，悲伤是人生中的一种颜色，既然世界五彩斑斓，为什么要只在意晦暗呢？就算你一无所有，起码……你还有回忆啊，不对吗？

对了，谁推荐一款生发剂？

六次编辑\\\\\\\\\\\\\\\我是一条分割线\\\\\\\\\\\\\\\\\\

我是李清照，这真的是我最后一次答题，因为评论有粉丝问了个好问题。

"放点儿好酒，再摆个牌局，是不是就能引来野生的易安大大了？"

好问题。

或许吧。

不过，你得叫赵明诚。

▲赞同 85,730 ▼ 💬5,000 条评论 ⬆分享 ✏收藏 ❤感谢 …

TEA PARTY
CHAPTER.2

宋·朝·茶·话·会　第二章

喝点小酒

助·助·兴
切记莫贪杯

《天仙子·水调数声持酒听》——张先

原文

水调数声持酒听，午醉醒来愁未醒。送春春去几时回？临晚镜，伤流景，往事后期空记省。

沙上并禽池上暝，云破月来花弄影。重重帘幕密遮灯，风不定，人初静，明日落红应满径。

译

手捧着酒杯细细听那《水调歌》的歌声，午间醉酒虽醒，愁还没有醒。送走了春天，春天何时再回来？临近傍晚，照着镜子，感怀逝去的年华美景，如烟往事在之后漫长的岁月里让人独自沉吟。

鸳鸯在黄昏时分的池边依偎共眠，花枝在月光下舞弄自己的倩影。一重重帘幕密密地遮住灯光，风儿还没有停，人声已安静，明日落花定然铺满园中小径。

唯美酒与美人不可辜负也

文 ///// 琴城野老

张 张先

万能的朋友圈，本人想征求笔名一个，请朋友们集思广益，多提宝贵意见！

要求：要美型，要有内涵，如果能完美体现出本人的经历和气质就更好了。

在线等。

5小时前　　　删除

欧阳修：这简单啊，我最喜欢你的《一丛花令》了，里面那句"沉恨细思，不如桃杏，犹解嫁东风"甚是精妙，我看你就叫"桃杏嫁东风郎中"好了。

张先：哈哈哈，会不会有点浪啊？不行不行，还是斯文点比较好。

张先词作同好会会长：男神你好，其实我们粉丝团私下一直叫你"张三中"，因为你的词始终离不开三件事，"心中事，眼中泪，意中人"。

苏轼：吃瓜围观，排楼上的。谁不知道你这辈子最爱写言情词啊，我觉得"张三中"这个ID概括得很贴切。

张先：你们启发了我的思路，与其叫"张三中"，还不如叫"张三影"呢！我一生写得最满意的作品都是带"影"的。一句是"娇柔懒起，帘幕卷花影"，一句是"柳径无人，堕絮飞无影"，还有一句是我最得意的"沙上并禽池上暝，云破月来花弄影"。决定了，从今天起我的官方笔名就是"张三影"！

如果宋朝的词人们有朋友圈，那么张先所提及的这句"云破月来花弄影"一定是集赞无数的刷屏之作。这句词出自他的名作《天仙子·水调数声持酒听》：

水调数声持酒听，午醉醒来愁未醒。送春春去几时回？临晚镜，伤流景，往事后期空记省。

沙上并禽池上暝，云破月来花弄影。重重帘幕密遮灯，风不定，人初静，明日落红应满径。

写下这首词的时候，张先已到了"知天命"之年。眼看这一生的时光过去了一大半，事业方面却始终没有做出什么值得称道的成就。当的都是小官，赚的都是小钱，在名利场中始终籍籍无名，比起他的好朋友苏轼、王安石这些职场达人，实在是有点逊。

所以，在这首《天仙子》中，张先很坦然地自嘲了一把。上阕一口气写了五件伤感的事：听了一首哀怨的歌，名字叫《水调》；喝了一场消愁的酒，酒醒愁未醒；眼看这春天归去，不知几时能归来；照照镜子，发现年华已老；追忆往事，只有无限感伤。

写到这里，张先要表达的心情已经很明显了：大半辈子没啥建树，感觉自己像个 loser，不开心！

为了排遣郁闷，去园子里散散心吧。太阳渐渐西沉，只见那鸳鸯鸟在暮色中交颈同眠，月光从云层里透出来，花枝在月下舞弄着倩影，一重重帘幕密密遮住了灯火，风儿还没有停，人声已经安静下来，想必到了明天，落花就会铺满园中的小径。

那一刻的张先看着这妩媚的暮春胜景，心情是复杂的。眼前的景致如此美妙，心中的伤感似乎也被冲淡了不少。尤其是"云破月来花弄影"这句，写得超级满意，成就感爆棚。回头想想，自己这一生虽然没有做成什么大事，但始终有美酒畅饮，有美人相陪，有诗词相慰，也就能知足常乐了。

如果和张先同个时代的词人们有微信群，那群聊的情景有可能是这样的……

大宋填词同好群（188）

欧阳修

> 讲道理，论事业，张先不算是什么人生赢家，但是论幸福感，他绝对是我圈词人里面最高的了。

王安石

> 张先你可别学别人嗟叹什么郁郁不得志，你一辈子诗酒风流，不像我们在官场中如履薄冰、压力山大，我们都羡慕死你了好嘛！

欧阳修

> 就是，你看我们的朋友圈，每天发的不是工作心得，就是出

唯美酒与美人不可辜负也

差总结，有时候仕途不顺，忍不住还要发点贬官产生的负能量。你再看看你的朋友圈，不是宴会实录，就是旅游自拍，写个词经常转赞过万，说明生活很安逸，还有什么不满足的呢！

张先

这倒是，在我的人生观里，最重要的一条就是：唯美酒与美人不可辜负也！平凡的小幸福或许也是一种幸运吧。

苏轼

这一点我可以作证，张先绝对是用生命在践行他的人生信条。不信你们翻他前几天的朋友圈，他新纳了一个十八岁的美人大摆宴席那天。

宋祁

【截图】，翻到了，还配了诗呢："我年八十卿十八，卿是红颜我白发。与卿颠倒本同庚，只隔中间一花甲。"张先你这首诗我很服气，美人姿色也不错，祝福你们。

张先

谢谢祝福。那天苏轼也来捧场了，他还跟我和了一首，诗曰："十八新娘八十郎，苍苍白发对红妆。鸳鸯被里成双夜，一树梨花压海棠。"从那天以后，"梨花海棠"就成了老夫少妻的雅称。苏轼你应该感激我才对，如果没有我这一出，又怎么能激发你的灵感，写出这个千古名句来呢！

苏轼

不是我说你，你和你的爱姬相差六十岁，听说你最大的儿子和最小的女儿也相差六十岁，真是我圈第一风流花心大萝卜，论谈情说爱，你这功力也是没谁了。

晏殊

八十多了还这么有生活激情，佩服佩服。作为你的铁杆粉丝之一，我回忆了一下，你这一生创作的诗词好像绝大多数都是写诗酒作乐、男女之情的，这完全就是你自己的人生写照嘛。

张先

没错，我认为爱情是一个人生命中最美好的东西，我这一生经历过很多段感情，每一段都是真爱！我用写词的方式将真爱的点滴都记录下来，每每回顾，都觉得余味无穷。

欧阳修

看一遍张先的词集，就相当于盘点一遍张先的情史。爆个料，我一直很推崇的那首《一丛花令》，写的其实是他年轻时候的一段风流韵事。当年他追求过一个妙龄的小尼姑，经常与小尼姑在池中小岛的阁楼上幽会，后来被迫分离，才写下了这首词聊作纪念。都不知道是该说你荒唐好，还是该夸你文采好了。

宋祁

什么？连尼姑都撩过？还有没有点节操了？

张先

惭愧惭愧，那都是年轻时候的风流债，话说回来，谁年轻的时候没经历过几次刻骨铭心的恋爱呢？

苏轼

张先爱过的人岂止一个小尼姑，他和当今风月场中几位著名的花魁都传过绯闻，妥妥的老司机。他给汴京的李师师写过《师师令》，给杭州的龙靓填过《望江南》，给谢媚卿作过《谢池春慢》，大宋的秦楼楚馆里但凡有点名气的美人，几乎都收到过他的大作。为啥张先事业发展得一般般，大家心里都有数了吧？因为他的脑子都用在撩妹上了啊！

晏殊

从某种角度上来说，张先对美人的追求已经达到了一种超乎常人的境界，这种精神甚至能感染到身边的朋友。那一年，我的夫人卖掉了我心爱的小妾，我十分郁闷。张先知道后，就替我作了一首思念爱妾的《碧牡丹》，词句凄美动人。我读过后，再也不能抑制心中的相思之情，于是勇敢地瞒过夫人把爱妾赎了回来！感谢张先鼓励我大胆追求爱。

张先

美人是宝藏，是上天的恩赐，能够经历一场风花雪月的爱情，是难得的幸事。身为文人，能够用文字歌颂美人和爱情，也是难得的幸事。

苏轼

我看你分明是命犯桃花，就连写词都弥漫着一股浓浓的桃色气氛，可你偏偏又能写得很萌，成为婉约派里一道独特的风景，我虽然主打豪放派词风，却也是很欣赏你的。

张先

男女之间的情感微妙而令人着迷，那种甜蜜又朦胧的情思，就像虚实难辨的影子一样，含蓄而动人。所以，我的词中很喜欢使用"影"这个意象，用工巧的字词表达一种若隐若现的情意，是我的强项。

宋祁

在填词圈混久了都知道，有时候一句话，甚至一个字，只要用得恰到好处，就能使整首词产生画龙点睛之妙。张先的"云破月来花弄影"，一个"弄"字缀在"影"前，一下子就写出了动感，让云、月、花构成的画面活灵活现地呈现在眼前，堪称是"三影"中的巅峰佳句。整首《天仙子》用字精巧，情意缱绻，意境优美，虽然是一首临老伤春之作，却是别有风味，把他这一生恣意快活的性情都写出来了。

张先

见笑见笑，我活到这么大年纪也没混出什么名堂，但好在我一生中遇见过很多美人，结交了很多好友，还写了很多首词。回想过去，这数十载的岁月，我张先喝最醇的酒、恋最美的人、写最好的词，也算是不枉此生了。

唯美酒与美人
不可辜负也

《唐多令·芦叶满汀洲》——刘过

原文

安远楼小集，侑觞歌板之姬黄其姓者，乞词于龙洲道人，为赋此《唐多令》。同柳阜之、刘去非、石民瞻、周嘉仲、陈孟参、孟容。时八月五日也。

芦叶满汀洲，寒沙带浅流。二十年重过南楼。柳下系船犹未稳，能几日，又中秋。

黄鹤断矶头，故人今在否？旧江山浑是新愁。欲买桂花同载酒，终不似，少年游。

译

　　和一群朋友在安远楼聚会，酒席上一位姓黄的歌女请我作一首
词，我便当场创作此篇《唐多令》。这一天正是八月五日。

　　芦苇的枯叶落满沙洲，浅浅的水流在沙滩上无声无息地流过。
二十年光阴似箭，如今我又重新登上这旧地南楼。柳树下的小舟尚
未系稳，我就匆匆忙忙重回故地，因为过不了几日就是中秋。

　　早已破烂不堪的黄鹤矶头，我的老朋友有没有来过？我眼前满
目是苍凉的旧江山，又平添了无尽的绵绵新愁。想要买上桂花，带
着美酒一同去水上泛舟逍遥一番，但却没有了少年时那种豪迈的意
气。

平生，幸得与先生相识

文/////琴城野老

我坐在安远楼的最中央，素手抚上凤首箜篌的丝弦，再一次为满座宾客弹唱起那首我挚爱的《唐多令》。

芦叶满汀洲，寒沙带浅流。二十年重过南楼。柳下系船犹未稳，能几日，又中秋。

黄鹤断矶头，故人曾到否？旧江山浑是新愁。欲买桂花同载酒，终不似，少年游。

一曲歌罢，赢得满堂喝彩。

只是，那此起彼伏的喝彩声中，总会夹杂着几声叹息与唏嘘。人们心中都清楚，如今大宋的江山已是岌岌可危，今日尚可饮酒听曲，偷得一时安逸，明日金人的铁蹄也许就会踏破眼前的苟且。

《唐多令》原本不受文人墨客的青睐，也不是我们这些歌姬钟爱的调子。它太冷僻，也太凄凉，古往今来，几乎没出过什么有名的词作。

直到我遇见了那个人，他用《唐多令》填了这首《芦叶满汀洲》，一时间荆楚大地人人传唱，许多词人才开始竞相追和。

而我，也因为弹唱了这首小令，成了武昌城中最负盛名的歌姬。

只因这首小令中的忧患之心、悲愁之意，就像是我大宋日益凋敝的国运，萦绕在每个人的心头。

我轻轻调拨着丝弦，思绪也随着曲调回到了几年前的那个秋天……

那天是八月初五，距离中秋佳节还有十天，几个落魄文人在安远楼相约小酌，我便随宴弹曲助兴。

我清晰地记得，那天我先是唱了一曲《翠楼吟》，这是大词人姜夔的名作，描述的是淳熙年间安远楼刚刚落成时的华美气象，来这里宴饮的客人几乎都会点这首曲子，图一个应景，也图一个喜庆的好意头。

待我唱完，席间的客人纷纷叫好称赞，只有一个人神情淡漠，没有说话。

有人调侃说："龙洲道人一言不发，可是觉得这曲儿唱得不好？"

那个被人称作"龙洲道人"的文士只是冷笑了一声，给自己斟了一杯酒，一饮而尽。

我虽只是一名歌姬，却也被这人的倨傲无礼惹得有些不快，当即道："白石道人这首《翠楼吟》，词句空灵清丽，人人称颂，龙洲道人对它不以为然，想必腹中是有更高妙的诗词，可否让小女子开开眼界？"

文士哑然失笑："并非是白石道人写的词不好，也并非是姑娘你唱功有瑕，在下只是觉得，今时今日，这首词已经不适合在这里吟唱了。"

他指了指楼外悬挂的匾额，问道："此楼名为安远楼，诸位可知道这个名字的由来？"

有人答道："此楼落成时，正值宋金议和。和谈既然达成，民心也就稳了，因此这座楼取'安远'为名，寓意承平安定。"

文士的神情中显露出几缕惘然："二十年前，我也曾来过安远楼，那时的我还很年轻，就像这首《翠楼吟》里写的一样，满心以为局势已经安定下来，不会再有战事。所以我一心想要求取功名，报效国家。"

他话锋一转，声音中多了几分自嘲："没想到，几十载岁月匆匆而过，我四次应考都没有考中，到头来还是一介布衣，流落在这江湖间。而那虎狼般的金人，也并没有遵守与大宋互不侵犯的盟约，而是三番五次辱我国威，想要侵吞我们大宋的国土！我们大宋子民空有这样一座安远楼，却哪里真正拥有承平安定的生活呢？"

他这番话，让在场的文人们都陷入了沉默，我的心中也涌上了一股落寞的情绪。

武昌是宋金交战的前方，如今韩侂胄当权，一心想要北伐，可人人皆知眼下的朝廷军备空虚，将才寥落，一旦战事开启，大宋获胜的机会十分渺茫。

兵祸一起，生灵涂炭，战火中首当其冲的永远是百姓。

像我这样的歌女，就如同那乱世里的浮萍一样，只能听从命运的安排，我的箜篌，我的歌曲，皆不知还能再弹唱多久。

我内心无限怅然，对这个有些与众不同的文士也产生了几分好奇："敢问先生高姓大名？"

文士淡淡答道："布衣刘过。"

我心中一惊：他就是连辛弃疾也赞叹不已的刘过？听说他虽然身无官职，却颇有文名。他的词写得慷慨激昂，豪放之极，很有辛词的风格。即使是我们这些身份卑微的歌姬，也常常会提到他的名字。

他的诗词，有"拂拭腰间，吹毛剑在，不斩楼兰心不平"的侠气，也有"独有孤臣挥血泪，更无奇杰叫天阍"的壮怀。在眼下这江河日下的局势之中，他是一位少见的敢怒敢言、一心为国事奔走的文人。

我不禁整肃了仪容，向他行礼："久仰改之先生大名。"

刘过听了倒是有点惊讶："姑娘听过在下的名字？"

我一笑："先生可记得参加浙东安抚使宴会的旧事？"

刘过的神情更加惊奇："那正是我与稼轩相识的那一天。"

"我有一位从浙东流落到此的歌姬姐妹，先生赴宴那日，她恰好在席间献艺。后来，她就给我们讲了先生与辛公相识的趣闻。"

刘过也想起了那段记忆，不觉开怀大笑。

座中有人不明所以，询问道："那天到底发生了什么？也讲给我们听一听呀。"

我见众人都是兴致盎然，也不再卖关子："那段时间，改之先生应是在浙东游历，辛弃疾时任浙东安抚使，有一日他与好友宴饮，先生慕名前去拜访，却被势利眼的门房拦在门外。辛弃疾听到争执声，就让人把先生请了进来。那天陆游、陈亮也在席间，他们都称赞先生的才学，辛弃疾便有心一试。"

刘过笑着接口道："当时宴席上恰好上了一道羊羹，他便让我以此为题作诗一首。我说天气太冷了，我想先喝点酒，他就命人给我倒了一杯，结果我冻得手颤，没拿稳，酒液流到了杯外，他顺口让我以'流'字为韵，我就来了四句：拔毫已付管城子，烂首曾封关内侯。死后不知身外物，也随樽酒伴风流。"

一个文人不禁喝了声好："韩愈的《毛颖传》将羊毫笔称为'管城子'，《后汉书》讲述外戚专权，又有'烂羊头，关内侯'的讽刺之语，你这首诗，一个羊字都没提，却处处切中主题，妙哉！"

刘过笑道："那天以后，我便与辛稼轩结为莫逆之交。他虽然年长我十四岁，身份又贵重，却是个性情中人，从来不看轻我这个落魄秀才。他不但对我礼遇有加，还时时接济我。我感念他的这份友谊，更佩服他以身报国的豪情，所以我这一生的诗词，也一直都在追逐他那种豪迈雄放的风格。"

我心中一动，盈盈拜道："小女子斗胆，想请先生赋词一首！"

刘过微微一笑："我不如姜夔精擅音律，我的词，也没有他的《翠楼吟》那般清雅空灵，只怕要扫了各位的兴致。"

座中一人开口说："改之你又何必自谦？谁不知你的词有稼轩之风，人人看了都要击节称赞。今日大家难得聚在一起，下次相聚不知又要到何年何月，你就让大家饱饱眼福吧。"

说话间，已经有人拿了笔墨上来，刘过本是性情中人，当下也不再推辞，他略一思忖，便提笔"唰唰"写下了一首词。

众人传阅了一番，顿时惊呼不断，赞叹不绝。

我定睛一看，只觉一股浓重的悲凉之意扑面而来，字里行间所描摹的景色与情绪，如同画卷一样在我的眼前徐徐展开：

我看到芦苇的枯叶落满了沙洲。

我听到浅浅的寒水在沙滩上悄然流过。

二十年光阴似箭，如今的我，以垂暮之身又重新登上这旧地南楼。

柳树下的小舟尚未系稳，我就匆匆忙忙重回故地，因为过不了几日就是中秋佳节。

早已破败不堪的黄鹤矶头，我的老朋友们，你们是否来过？

这满目苍凉的旧江山，又平添了无尽的绵绵新愁。

我想要买一捧桂花，带一坛美酒，去河上逍遥泛舟。

只可惜，那少年时的壮志豪情，终是一去不回头。

我被这苍凉沉郁的词风所感，几乎是下意识地抱起了我的凤首箜篌，将这首《唐多令》吟唱了出来。

垂暮之伤，家国之伤。身世之忧，时局之忧。种种忧思，都随着清越哀婉的音乐，回荡在安远楼中，也回荡在每个人的心里。

那是我第一次也是最后一次见到刘过。

那一天，他与友人们一起痛饮，直到夕阳西下。

我为他们弹唱了一曲又一曲，丝毫都没感觉到疲倦。

吟唱中，我无意间看到，刘过的鬓边已有不少的白发。

纵使他有惊世的文才，满腔的热血，也难以阻挡年华的老去与国运的衰颓呀。

堂中的觥筹交错之声把我从记忆中拉回到现实。

安远楼还是我熟悉的那个安远楼，可时局却已发生了许多变化。

距离改之先生在此处写下那首《唐多令》，已过去了好几年。韩侂胄带领的北伐军在与金人的对战中节节败退，江河日下，民心不安。这旧江山，正如词中所说的那样，浑是新愁。

我轻抚丝弦，绽开歌喉，再度唱起这熟悉的词调。

"柳下系船犹未稳，能几日，又中秋……"

"欲买桂花同载酒，终不似，少年游……"

《苏幕遮·怀旧》————范仲淹

※ 原文

碧云天，黄叶地，秋色连波，波上寒烟翠。山映斜阳天接水，芳草无情，更在斜阳外。

黯乡魂，追旅思。夜夜除非，好梦留人睡。明月楼高休独倚，酒入愁肠，化作相思泪。

※ 译

碧蓝的天上飘过片片白云，大地上落满泛黄的树叶，秋日的景色连接着江中的水波，波上弥漫着苍翠的寒烟。青山映衬着天边的斜阳，蓝天连接着江水。芳草不谙人情，一直延绵到天际。

我因思念故乡而黯然神伤，缠人的羁旅愁思难以排遣，除非夜夜都做好梦才能得到片刻安慰。不想在明月夜独倚高楼望远，只有频频将苦酒灌入愁肠，化作相思的眼泪。

有时候，我也想偷懒一下

文 ///// 琴城野老

康定元年的范仲淹很忙。

这一年，西夏与大宋的战事吃紧，朝廷诏命他为经略安抚副使，兼知延州，修建军事基地，训练"康定军"御敌。

庆历元年的范仲淹也很忙。

他忙着加强边防，修葺了十二座军事要塞，招纳羌族归顺，安抚因战祸而流离失所的百姓。

庆历二年的范仲淹还是很忙。

西夏再次大举进犯宋夏边境，连下数城，来势汹汹。范仲淹率部驰援，将西夏军击退，同时广纳各部羌人，严明军务，增强守备，西夏从此不敢轻易挑起战端。

去年很忙，今年也忙，明年更忙。

总是在拼搏、全年996的范仲淹不由得发出了一个加班狗的感慨：工作负担好重，真想休个年假啊！

下属们表示：这可是您自己的选择，您在《岳阳楼记》里面怎么说的来着？居庙堂之高则忧其民，处江湖之远则忧其君。先天下之忧而忧，后天下之乐而乐。

看看，典型的事业型人设，休什么年假啊，撸起袖子接着干吧！

话是这么说，不过，在边塞戍守的这几年里，范仲淹虽说因为卓越的军事才能和优秀的业务能力忙得连轴转，但在他那张安排满满的工作日程表上，确实曾经拿出过一天假期，打算享受一下难得的闲暇时光。

这一天用来做什么好呢？搞一搞琴棋书画？

——身为一个文科生，为了博取功名，寒窗苦读几十载，文艺范儿玩得还不够嘛！

出去吃顿好的，再顺便 K 个歌 high 一下？

——身为一个公职人员，用餐都有一定的标准，而且随意出入娱乐场所，影响不太好吧！

再说了，这里是边塞，可不是繁华热闹的帝都汴京，就算想找点乐子，也没有这个条件。

但边塞也有大都市没有的东西！那就是迥异奇丽的风景！

于是，范仲淹做出了一个决定：去秋游。

西北边境的风光历来为众多文人墨客所称道，范仲淹在一个秋高气爽的日子轻装出行，一下子就被这美丽的景色吸引了。

只见朵朵流云在蓝天上飘荡，凋零的黄叶铺满了大地。眼前这迷人的秋色与江水连成一片，水波之上，弥漫着苍翠的寒烟。巍巍群山与斜阳相映，朗朗碧空与江水相接。大片的芳草一直延绵到夕阳照不到的天边。

那一瞬间范仲淹感到心旷神怡，那些忙不完的公务和操不完的心暂时都被抛在了脑后。此刻他只想放空一切，尽情享受大自然的美妙。

与此同时，一缕挡不住的思乡之情溢满了他的心房。长年出差在外，说不想家是假的，此时此刻他特别想喝点酒，让醉意来慰藉自己的羁旅风尘。

怀着这样的心情，范仲淹写下了一首千古传诵的名作《苏幕遮·怀旧》：

碧云天，黄叶地，秋色连波，波上寒烟翠。山映斜阳天接水，芳草无情，更在斜阳外。

黯乡魂，追旅思，夜夜除非，好梦留人睡。明月楼高休独倚，酒入愁肠，化作相思泪。

看着这美丽的边塞秋景，我也产生了一点小情绪。思念故土的时刻总是让人黯然神伤的，即使是像我这样乐观心大的人，有时也难免要被羁旅愁思所困，除非夜夜都做好梦才能得到片刻的安慰。我从来不学那些无病呻吟的文人，在明月夜独倚高楼玩深沉，我的选择是喝一杯苦酒，让酒意化作相思泪，喝完了还得向前看！

不得不说，这个上阕蓝光高清风景片、下阕大气励志抒情片的神奇组合，实在是让人折服。熟读宋词的人可能都知道，写思乡题材的词，绝大多数都会有点丧。不是伤春悲秋，就是自郁自怜，看完之后总会感染一点负能量。但范仲淹偏偏就不一样。他的《苏幕遮》全词宛转而不失雄健，气象恢宏，意境辽阔。即使是写愁思的部分，也有一股飒爽清刚的气质，与他做人做事的风格可以说是一脉相承。

范仲淹表示：其实我这个风格有点非主流，毕竟我们大宋当前的审美是以浮华柔靡的艳情词为主的。但我就是看不惯这个调调，我认为诗词和文章都应该有点现实意义，天天沉浸在无病呻吟、风花雪月里，容易让人丧失斗志。

下属们一起比心：领导说得对！词坛需要正能量！

范仲淹：说句不谦虚的话，虽然我轻易不写词，但只要下笔，

我也想偷懒一下

有时候，

就是经典。

下属甲：这就是事业型高管独有的创作特点了。我们领导搞创作的风格和他的工作风格一样，妥妥的全能型选手。就说戍守边境这事儿吧，谁也没想到一个文科专业的才子有这么强悍的军事才能，你们知道西夏人是怎么评价他的吗？他们说我们领导"腹中有数万甲兵"，本地的民谣都说"军中有一韩，西夏闻之心骨寒。军中有一范，西夏闻之惊破胆"，意思是我们领导和名相韩琦一样，只要他在，西夏就不敢来找碴。

下属乙：是啊，搞起创作来也同样是走的硬朗路线。说起来可能有人不信，事实上，我们领导存世的词作并不多，只有五首……他日常还比较喜欢写散文和诗歌，大家都很熟悉的《岳阳楼记》，就是他的代表作。可是，他虽然轻易不写词，但他的五首词首首都脍炙人口，而且每写一首必出名句。《渔家傲》的"浊酒一杯家万里，燕然未勒归无计"，《御街行》的"都来此事，眉间心上，无计相回避"都超赞的，简直是写什么火什么。

下属丙：如果说唐代的高适、岑参把边塞诗推向了高峰，那我们领导就是开创宋朝边塞词的第一人。正是因为拥有边塞的工作经历和军旅的生活体验，才能完美驾驭边塞词雄浑大气的格调。我们领导不但在政治生涯中大力推崇革新，在词坛也一扫萎靡之气，为后来的词人们开启了新世界的大门。

当范仲淹在遥远的西北边塞写下这首《苏幕遮·怀旧》时，他的心情是萧瑟的，但他的志向却从不会蒙上颓丧的阴霾。同样一番风景，有人只能看到寒烟衰草，有人却能看到天高水阔。范仲淹的这份"范式 style"，让他在政坛与文坛都留下了浓墨重彩的一笔，吃下这份励志安利，你也有望成为人生赢家！

《双双燕·咏燕》———史达祖

原文

　　过春社了，度帘幕中间，去年尘冷。差池欲住，试入旧巢相并。还相雕梁藻井，又软语商量不定。飘然快拂花梢，翠尾分开红影。

　　芳径，芹泥雨润，爱贴地争飞，竞夸轻俊。红楼归晚，看足柳昏花暝。应自栖香正稳，便忘了、天涯芳信。愁损翠黛双蛾，日日画阑独凭。

※ 译

　　春社节刚过，燕子就在帘幕中间穿梭飞舞，屋梁上落满了灰尘。它们分开羽翼想停下来，再试着钻进旧巢双栖并宿。它们好奇地张望雕刻着纹饰的房梁和藻井，又呢喃软语商量个不停，倏然间飘然而起掠过花梢，如剪刀般的翠尾划开了红色花影。

　　弥漫着花草芳香的小径间，春雨将芹泥慢慢浸润。它们喜欢贴着地面争相飞舞，好像要比比谁更俊俏轻盈。回到红楼时天色已晚，看够了昏暝中的柳枝花影。但只顾自己在鸟巢中安稳栖息，却忘了捎回天涯游子的书信。这可愁坏了闺中憔悴佳人，天天靠着雕花的栏杆独自盼望。

我穷死了，
但我活得依旧很高兴

文 ///// 琴城野老

大宋宁宗年间某一个寻常的春日，一双紫燕从远方飞还，在去年的旧巢前嬉戏。

它们的燕巢筑在一所有点陈旧的房子上，房主是个喜欢自说自话的文人。此刻，他正面带笑意，饶有兴趣地欣赏着它们在梁间轻盈飞掠的身姿。

"春社日刚刚过去，你们就回来了，还记不记得我呀？"

燕子们自顾自玩耍，一个眼神都没有给他。

它们自然是记得这个人的。

去年搬到这里的时候，它们就听人议论过，说这人考了好多年的科举，一次都没有考中。没钱，没权，没什么像样的工作，妥妥的"三无青年"，只能窝在这个方寸之地写写闲词。

文人并不知道燕子们心中所想，笑眯眯地说："真是羡慕你们，有自己的安乐窝，还有一双翅膀，能自由自在地在天上飞翔。比起你们，我这个一事无成的人真是惭愧呀，可能我只有一点是和你们相似的，那就是：大家都吃土，哈哈哈哈哈。"

他自己笑了起来。

两只燕子歪了歪头，懵懂地看着他。

这人啥意思？

他在笑什么？

词人看着它们憨态可掬的模样，忍俊不禁，摆摆手道："开个玩笑啦，你们是筑巢吃土，我嘛，是穷到吃土。"

两只燕子相互依偎在巢中，看到庭院里的花丛，忽然拍拍翅膀，向着那些盛开的花儿飞去，燕尾像剪刀一般划开了红艳艳的花影。

文人看到双燕穿花的曼妙景象，眼前一亮，灵感顿生。他在庭前踱了几步，便轻声吟诵起来：

"过春社了，度帘幕中间，去年尘冷。差池欲住，试入旧巢相并。还相雕梁藻井，又软语商量不定。飘然快拂花梢，翠尾分开红影。

芳径，芹泥雨润，爱贴地争飞，竞夸轻俊。红楼归晚，看足柳昏花暝。应自栖香正稳，便忘了、天涯芳信。愁损翠黛双蛾，日日画阑独凭。"

燕子们听不懂他词中的含义，勤劳地衔来春泥，用心修补着旧巢，为了在此地安稳地度过这个春天做着准备。

秋天的时候，天气开始转冷，燕子们准备飞往温暖的南方。

它们要飞走的那一天，文人家里来了一个客人，听说是文人很要好的朋友，也是一位很有名气的词人，名叫姜夔，他是来为文人的词集作序的。

"论咏物词，我只服梅溪。"姜夔翻阅着一本写满了词作的册子，衷心赞叹道。

燕子们在窗外好奇地看着他们，也在用自己的语言相互交谈。

梅溪是啥？

笨，梅溪是房主的别号呀，咱俩好歹也在这里住了几年了，你怎么还是记不住房主的名字？他叫史达祖，字邦卿，号梅溪。所以他的词集才叫作《梅溪词》。

这么复杂，我哪记得住？我只知道他穷得叮当响，他交往的这几个朋友也差不多，全是落魄书生。

只听姜夔又说："对于你的词，我想用四个字来形容：奇秀清逸。我觉得你的风格和唐朝的'诗鬼'李贺很相似，你们都擅长把情和景不着痕迹地交融在一起，营造出一种悠远无穷的意境。"

史达祖笑了笑："我写词，喜欢像画工笔画那样，细致入微地描绘我眼中的世界，也喜欢用拟人的手法，给世间万物赋予人的感情。"

他指了指堂前的双燕，惬意地说："你看这对小小的紫燕，即使每年都必须辛苦地往返于南北之间，却也能自得其乐，找到自己的幸福。虽然我过得穷困潦倒，但我依然相信，人间处处都有美好，每当我写出一首得意之作，就能让自己开心起来。"

姜夔点了点头："你所说的这种理念，我也十分认同。就好比你写的这首《双双燕》，堪称古今咏燕的绝佳之作。上阕写燕子在楼阁与藻井之间飞翔，忽而钻进燕巢双宿双栖，忽而嬉戏于花间展示羽翼的轻盈，用词精妙，把燕子的形貌刻画得活灵活现。写到下阕，笔锋一转，调侃说燕子们只顾自己在巢中安享欢乐，却忘了捎回天涯游子的书信，让等待回音的佳人望穿秋水。这个神转折实在是心思巧妙，韵味无穷。"

燕子们突然兴奋起来，在屋檐下叽叽喳喳叫个不停。

原来这首词是写我们的！好惊讶，这里面没有一个字提过燕啊！

但我活得依旧很高兴

我穷死了，

是呀，我想起来了，这是房主的惯用技巧。你还记不记得他写过一首咏春雨的《绮罗香》？也是通篇没有一个字提过春雨，却让人处处都能感受到春雨的气息。这下好了，我们也是在《梅溪词》里当过主角的燕子了！

房主真有才，我怎么也想不明白，这么有才的房主，为什么过得这么穷苦呢？

不知道，这不是我们燕子可以理解的。现在大宋的局势这么乱，人们都在说很快又要打仗了。房主经常作词感叹朝廷守着半壁江山苟且偷安，一心想要为国效力，光复中兴，我听说朝中有个姓韩的大官似乎很赏识他，也许房主很快就要平步青云了呢。

我可不这么想，咱们年年在南北之间迁徙，见过多少因为做官给自己招来灾祸的人？也许房主平庸地过完这一生才是一种幸运。

看不懂，看不懂，还是早点出发去南方吧，梅溪先生，明年见！

第二年的春天，燕子们再一次回到了旧巢，看到眼前熟悉又陌生的景象，不禁有些惊讶。

什么情况？我还以为走错门了，房主这里不是一向门庭冷落吗，怎么突然有这么多人前来拜访？

一年不见，房主这是时来运转了吗？看来那位姓韩的大官真的提携他了。

咱们该跟他说声恭喜吗……不知为什么，总有一点不安。

只见小院之中不断有身穿各色官服的人来来往往，有人送来了礼物，有人呈上了书信，这些人的态度无一例外，都很恭敬，仿佛这座小院的主人成了什么了不起的大人物。

燕子们在往来的客人有意无意的言语中，慢慢弄清了事情的始末。

史达祖得到了如今朝中正当权的相国韩侂胄的赏识，命他做自己的堂吏，专门负责起草文书，许多重要的文件书札都是由史达祖来执笔，众人都将他视作相国手下的红人。

有了这番造化，史达祖一下子从一个籍籍无名的落魄文人，成了大家趋炎附势的对象。即使他并没有获得功名，很多人也不敢轻慢，给他呈送文件时甚至都会毕恭毕敬地用上"申""呈"的字眼，俨然将他也当成了权贵来对待。

也不是所有的人都觉得这是一件好事。史达祖有一个姓李的朋友，担心别人这样抬举他，终将为他招来祸患，于是在他的案头留下了几个字：危哉邦卿！侍从申呈。

然而，史达祖并不觉得这样的变化有什么不好。他已经怀才不遇了太久，生活也已经困顿了太久，他迫切需要一个人生的转机。

无论外面的世界如何变化，都与两只燕子无关。它们依然生活在自己的小巢之中，过着安逸自在的生活。

它们虽然读不懂人类那变幻无常的心思，却也清楚地知道，今时今日，这间小院的主人，再也不是那个在花前月下吟诵"旧时明月旧时身。旧时梅萼新。旧时月底似梅人。梅春人不春"的失意文人了。

梅溪先生，似乎终于迎来了他人生中的春天。

可是现在的梅溪先生真的快乐吗？燕子们不知道，它们只知道，四季的更替是天地间不变的规律，春天不会一直存在，无论是人还是鸟儿，在这偌大的人间与无常的命运面前，都是渺小的。

时光飞逝，春去秋来。

开禧三年的秋末，韩侂胄由于北伐失败，遭到朝中对手的围攻，很快被史弥远等人联手谋害致死。曾经红极一时的权相，瞬

103

间成了人人鄙弃非议的对象。

"墙倒众人推"是人类世界常见的法则，很快就有人提出，要把韩侂胄身边的亲信也一起问罪，史达祖首当其冲，遭到了无数人的谴责。

当燕子们再次动身，向南方迁徙的时候，它们最后看到的，就是史达祖被人带去大理寺审讯的背影。

这一次，它们没来得及跟梅溪先生道别。

后来，它们在旅行的路上零零散散听到了一些关于史达祖的消息。

听说，很多人提出了史达祖借权相之势擅权谋利的证据。

听说，史达祖被判了黥刑，在脸上刺字，留下终生不灭的耻辱印记。

听说，获罪之后的史达祖没过多久就死在了被流放的途中。

燕子们呢喃声声，发出只有自己才能听懂的唏嘘。陈旧而温暖的燕巢仍然悬挂在宅院的梁前，等待着燕子们在明年春天的时候归来居住。

破败而零乱的小院里，只有一本被秋风拂乱的《梅溪词》，静静诉说着主人的生花妙笔留下的那些美好。

《水调歌头·物我本虚幻》——○○李纲

原文

物我本虚幻，世事若俳谐。功名富贵，当得须是个般才。幸有山林云水，造物端如有意，分付与吾侪。寄语旧猿鹤，不用苦相猜。醉中适，一杯尽，复一杯。坐间有客，超谐言笑可忘怀。况是清风明月，如会幽人高意，千里自飞来。共笑陶彭泽，空对菊花开。

译

事物与我本来都是虚幻缥缈的，世事总是如此诙谐。功名与财富，应当是十分有才华的人才能得到。幸好有山川树林白云流水陪我左右，大自然创造世间万物都有特殊的意蕴。将心中想说的话语寄托给灵猿和仙鹤，不用苦苦猜忌。微微有些醉了，一杯酒喝完再添一杯，落座的席间有客人，高深玄妙的笑谈言语间让人将心中的忧愁忘怀。更何况如此清风明月般的清幽之景，仿佛与千里之外幽居的隐士共会那高妙的意趣，和陶渊明一起笑着看那淡雅的菊花盛开。

我的内心
也有一个文艺梦 （伍）

文/////琴城野老

两宋之交的名臣李纲可能是最适合"明明可以……却偏偏要……"这个句式的一个人物。

比如：

明明可以当文臣，却偏偏要去打仗。

明明可以做大官，却偏偏要怼皇上。

明明可以退隐田园，却偏偏要重出江湖。

如果要在李纲的身上打个 tag，大多数人第一时间想到的可能都是"抗金名将"之类的词汇，也许正是因为这些标签留给人们的印象实在是太深刻了，才让很多人忘记了一件事，那就是：李纲原本是个文人，而且他的诗词和文章还都写得很不错。

更让人意想不到的是，一生积极主战、全心匡扶宋室社稷的李纲，内心其实有一个文艺梦！他的词作就像他的人生经历一样，充满了反差萌。

"说起来你们可能不信，我在诗词领域的偶像是陶渊明。"李纲如是说。

吃瓜群众惊得瓜都要掉了……太意外了好吗！陶渊明是田园诗派的大宗师，走的是隐居路线，写的都是山山水水、花花草草，表达的都是归隐山林、不问世事的意愿。李大人您这辈子从政接近三十年，经历的还都是大事件，打的都是北宋亡国、汴京保卫战这种超高难度的副本，您这一生可以说是波澜壮阔、轰轰烈烈，怎么看都和陶渊明这种田园小清新风格搭不上边呀。

然而李纲表示：我有实锤，不信请看《水调歌头·物我本虚幻》。

物我本虚幻，世事若俳谐。功名富贵，当得须是个般才。幸有山林云水，造物端如有意，分付与吾侪。寄语旧猿鹤，不用苦相猜。

醉中适，一杯尽，复一杯。坐间有客，超诣言笑可忘怀。况是清风明月，如会幽人高意，千里自飞来。共笑陶彭泽，空对菊花开。

这首词是李纲被贬官隐居期间和友人的一首酬唱之作，不看作者名根本看不出是李纲写的，有没有？毕竟李纲日常的诗词风格都是"炼气为金铸剑成，且将顽石试青萍"这种款的，可这首词的气质怎么看都有点佛系，也有点道系，还有点小资心态。

不用怀疑，李纲的内心的确住着一个隐士人格。

他平生最推崇陶渊明，既是因为仰慕陶渊明高尚的气节，也是因为羡慕陶渊明避世隐居的生活状态。

因为对于李纲来说，有能力成为英雄是一回事，想不想成为英雄是另一回事。如果可以选择，他更希望做个安居在山野之间、自由自在的平凡人，而不是一生操劳、为注定难酬的壮志郁郁终生。

李纲：再强调一遍，论理想人生，我只服陶渊明，好想活成他的样子！

划重点：看见最后一句了没？"共笑陶彭泽，空对菊花开"。这里的陶彭泽也就是陶渊明本人，因为他曾经做过彭泽县令，后

也有一个文艺梦
我的内心

世人经常用"陶彭泽"代称。至于菊花情结就更不用说了，地球人都知道陶渊明最爱的就是菊花，人淡如菊的隐士生活就是他一生的写照。

李纲："其实我在这首词中要表达的意思已经很明确了：官场如此险恶，每天都是尔虞我诈，说话之前总要揣测对方的潜台词是什么，情商稍微低一点就容易惹祸上身。你看那山中的猿猴与野鹤，就活得十分简单，如果能归隐山林，与它们做伴，我想就不需要活得这么辛苦了。脑补一下，我要是能过上憧憬已久的田园生活，一定是每天和友人谈笑饮酒，吟诗作对，就像我的偶像陶渊明一样，保持着一种高远淡泊的心情，不再辜负这美好的清风明月。"

李纲的这个文艺梦，贯穿了他的一生。他内心对于平淡生活的向往，几乎都脱胎于陶渊明作品给他带来的影响。

像《水调歌头·物我本虚幻》这个类型的作品，只是李纲众多隐逸诗词的其中之一。据不完全统计，李纲的《梁溪全集》里一共有五十八处提及陶渊明，还创作了八十五首"和陶诗"，从小论文到同人，一样都不少。

是真爱粉了。如果古代也流行追星，那么李纲绝对可以胜任"大宋陶渊明同好会会长"一职。他之所以对陶渊明这么推崇，与他自身的经历是分不开的。李纲的人生，与陶渊明存在着许多谜之巧合。

比如说，陶渊明生活在东晋末年，朝廷昏庸无道，统治黑暗到了极点。李纲生活在北宋末年，国家内忧外患，风雨飘摇，两个人都是在乱世里崛起的人才。

再比如说，陶渊明的仕途顶峰是彭泽县令，一共做了八十一天，就挂印而去。李纲的仕途顶峰是南宋丞相，一共做了七十七天，就被罢相，两个人的官途都不顺遂。

陶渊明爱喝酒，专门写了《饮酒二十首》，表达自己对酒的依恋。李纲也爱喝酒，不但爱喝酒，还要顺便向陶渊明致敬，他写过"初寒一醉万家春，尚有陶翁漉酒巾"的句子，表示"我一喝酒就会想到爱豆"。

陶渊明爱菊花，开创了咏菊诗的先河。李纲也爱菊花，写自己"爱菊如渊明，凭栏惜花晏"，表示"爱豆喜欢的我都喜欢"。

种点菊花，喝点小酒，闲云野鹤，不问世事。这种超然物外的文艺范儿，就是李纲梦想中的生活。

所以，他才会在这首《水调歌头》中，发出"物我本虚幻，世事若俳谐"的感慨，渴求着"寄语旧猿鹤，不用苦相猜"的简单。可以说，在李纲的内心深处，始终深藏着一个纵情山水、不问世事的灵魂。

只可惜，李纲空有一颗文艺的心，却没有做文艺青年的命。

身处在一个国家濒临覆灭的年代，李纲的人生总是摊上大事。金兵侵宋，李纲临危受命，以文臣之身做武将之事，亲自组织了东京保卫战，一次又一次地打退了金兵。然而，正所谓不怕神一样的对手，就怕猪一样的队友。北宋朝廷一味懦弱求和，投降派疯狂排挤李纲，迫使他被贬出京城。没过多久，金兵再次围攻开封，灭亡了北宋王朝。

宋高宗在南京仓皇成立了南宋政权，启用李纲支撑局面，李纲又殚精竭虑地为偏安的南宋朝廷整饬军务、革新内政，却终究敌不过投降派的围攻，被迫慢慢淡出了朝堂。

文能安邦理政，武能爆锤金兵，李纲就是这么一个能干大事的人。他唯一不擅长的，可能只有一条，那就是和皇帝博弈。

李纲的一生经历过三位皇帝。

头一位是宋徽宗，那时候李纲才三十多岁，作为一个钢铁直男，他从来没有一次顾及过皇上的面子，看见朝政的过失就怼。于是宋徽宗就不爱听了：会不会说话？不会说话别来当官！御笔一挥，让他贬职出京。

第二位是宋钦宗，那时候金国已经和大宋掐到生死关头了，李纲坚决支持和金国正面刚。宋钦宗表示不能理解：我只想认怂保命，你怎么这么不配合呢？御笔一挥，你还是走吧。

第三位是宋高宗，这时候北宋早已亡国，宋朝皇室南渡，李纲在辅佐高宗重整朝纲、稳定局势的过程中居功不小，一度坐到了丞相之位，但他又刚又直的性格就是改不了，还是坚持要抗金。没过多久，宋高宗也受不住了：朕好不容易捞回来半壁江山，你就非要搞事情吗？御笔一挥，又把他给贬了。

这个"被皇帝重用"——"跟皇帝死磕"——"被皇帝贬官"的死循环，让李纲的人生一直游走在退隐田园和重出江湖的边缘，也让他的词风呈现出一种强烈的分裂感。

他留下的五十四首《梁溪词》，既有希望朝廷励精图治、重整山河的豪迈词，也有因为壮志难酬，盼望远离世事、寄情山水的隐逸词。

在李纲人生的最后十几年，他从京城被贬到鄂州，从鄂州被贬到澧州，从澧州被贬到琼州，"奔走万里，流落十年"，贬到连他自己都开始怀疑人生，以至于被贬官海南的时候一度想要找个寺庙出家……

李纲：佛了佛了，这朝廷我不想管了，反正我本来就想当个文艺青年，求剃度。

方丈：不行不行，你一看就没这个命，还是去搞事业吧，我们小庙不敢收你，求放过。

都说 flag 不能立，没过多久，朝廷又启用李纲处理流寇，这时候的李纲已经看透了宋高宗内阁的懦弱无能，虽然他接受了官职，也荡平了盗匪，却仅仅是出于对民生疾苦的悲悯而为之，在之后的岁月里，他再也没有回到权力的中心。

李纲：总是在做官的生涯里插播隐居，不对，总是在隐居的生涯里插播做官，好像也不对……总之，我可能是隐了个假居。文艺梦什么的，现实中是没戏了，只好在诗词里寄托一下了。

山水的秀色，朋友的陪伴，是李纲郁结的后半生里唯一的安慰。他为国家兴亡和天下苍生所挥洒的血与汗，是两宋历史上光芒万丈的一页。他是文臣，也是武将。他是英雄，也是隐士。他在诗词中为自己创造出的那个超然、洒脱的小世界，与他的功勋一样，都会被人永远铭记。

宋·朝·茶·话·会　第三章

采·访·一·下

你们为什么要写

这 种 词

TEA PARTY
ChAI TER.3

《蓦山溪·遣怀》——赵长卿

原文

无非无是。好个闲居士。衣食不求人，又识得、三文两字。不贪不伪，一味乐天真，三径里。四时花，随分堪游戏。

学些沓拖，也似没意志。诗酒度流年，熟谙得、无争三昧。风波岐路，成败霎时间，你富贵。你荣华，我自关门睡。

译

没有是是非非的打扰，好一个悠闲的隐居士，吃饭、穿衣不必央求他人，又认得字、看得懂文章，既不贪婪也不虚伪，一味乐观天真。院子里的小路旁，一年四季都开满了鲜花，依着本性及时游乐。

学习的时候拖拖拉拉，好像没有意志，以写诗喝酒消耗时光，越来越懂得佛家所说的止息杂念、心神平静。官场中风险难测，成败都在一瞬间定论，任凭你享受荣华富贵，我关起门来睡我的大觉。

壹　我的词
就是这么毫不做作

文 ///// 拂罗

在正式开始之前，咱们先来讲讲宋词是个什么东西。

华夏人对歌曲的狂热，可以追溯到南梁。

其实跟咱们现代的歌词差不多，词在古代也是可以唱的，所以也被称为"琴趣""乐章""曲子词"。初唐之前，词还处于没破壳的萌芽阶段，准确来讲，是在初唐之后才初步有了词这个东西，并且风靡民间。

文人权贵："民间那些土老帽唱的什么东西？走走走，咱们作诗去。"

是的，当时的词真的只是歌词。根据"自开元以来，歌者杂用胡夷里巷之曲"[1]的记载，民间那些伶人乐师、流浪歌手，根据调子来填词演唱，入不了大多正统文人的法眼，简单来讲，就是觉得百姓的玩意儿忒乡土。

话虽这么说，但世上总有不少异类存在，初唐的一些诗人就看中了词的发展空间，初步完成了诗歌体裁由诗到词的过渡，可

---

1 《旧唐书》。

以说是和民间百姓站在同一战线的无名英雄。

转眼到了中唐时期，白居易、刘禹锡这些大佬们诞生了，他们不仅写诗还写词。

经过大佬一参与，"词"立刻就成了热门话题，但这些大佬毕竟只是兼职，没有专职写歌词的。哎，别急，正说着就来了——他就是温庭筠大大，有名的"花间派"创始人。温庭筠是第一个正式专职做"词人"的唐代大佬，影响力是相当地大。

不过花间派也有它的缺点。你看，"花间、花间"，从这么美好的名字中就能联想到它的画风。自唐代以来，大家都喜欢写男欢女爱、华丽丽的词。大家根本想不到，歌词除了"爱情"还能抒发什么，所以大家认为词为艳科。

后来到了南唐，一个不走寻常路的大大出现了。他的词从"艳科"进入到了更广阔的境界，脱离了普遍的男欢女爱，开始追忆故国。说到这里，大家有没有猜出来是谁？没错，他就是李煜。

南唐过后就是宋，我们说"宋词、宋词"，可见宋朝才是词发展的鼎盛期，各路文人大 V 相继涌出。不过在北宋，许多大佬的词风依然没能彻底脱离"艳科"，许多作品还是晚唐五代的那一套，虽然贡献很高，但没能做到创新，在这儿点名晏殊父子。

直到南宋，词风彻底成熟的时候，词才渐渐分成了豪放派和婉约派。

那么在婉约词这方面，是谁做到了创新呢？他就是著名红灯区流浪歌手，柳永。

豪放派呢？

辛弃疾："我非要给你写一首战歌出来。"

苏轼："+1。"

苏轼你个两者兼修、混乱秩序的……咳，总而言之，是辛弃疾首次开辟了豪放派的先河，完成了质的飞跃，词不仅仅是用来唱的，它变成了一种文学体裁。从此两派各有了一大批追随者，宋词的辉煌时代，开始了。

不过话说回来，大家有没有觉得，某些宋词实在有点儿深奥？乍看能看懂，细看满脸问号，尤其对于基础稍微薄弱的小伙伴，例如黄庭坚的"戏马台南追两谢，驰射，风流犹拍古人肩"，乍看什么意思？骑马往南追着人家道谢两声？拍古人的肩膀？

请叫我逻辑鬼才。

哦不，不不不，咱们得结合文言文知识加典故来，这个意思是"填词吟唱堪比戏马台南赋诗的两谢，骑马驰骋，直追古时那些风流人物"。

画风有点儿深奥，就连我们都 get 不到人家的点，更何况当时大字不识一个的百姓，更觉得忒高大上了，唱不出来。

所有的词都是这个画风吗？当然不，如果说词咱们有点理解困难，那现代散文咱们都能看懂，对吧？拐回今天的标题，还真有人把词给写成了散文。

无非无是，好个闲居士。衣食不求人，又识得、三文两字。不贪不伪，一味乐天真。三径里，四时花，随分堪游戏。

学些沓拖，也似没意志。诗酒度流年，熟谙得、无争三昧。风波岐路，成败霎时间。你富贵，你荣华，我自关门睡。

——《蓦山溪·遣怀》

这……你荣华你富贵，我自关门睡，这也太接地气了。没错，这真是古人写出来的。这位兄弟名字特有仙侠男主范儿，叫赵长卿。关于他的记载实在不多，只说他是南宋一个厌恶权贵的清高文人，"长卿恬于仕进，觞咏自娱，随意成吟，多得淡远萧疏之致"[1]。

---

1 《四库提要》。

他还有一首《探春令》也是这个画风。

笙歌间错华筵启，喜新春新岁。菜传纤手青丝细，和气入、东风里。

幡儿胜儿都姑婶。戴得更忔戏。愿新春已后，吉吉利利，百事都如意。

赵长卿："把歌词写成散文的，还有谁？"

你还别说，还真有，另一个叫石孝友的大兄弟站起来了。这位石孝友的歌词画风不仅像散文，还像深情对唱。他写过一首歌叫什么《好恨这风儿》。

好恨这风儿，催俺分离！船儿吹得去如飞，因甚眉儿吹不展？巨耐风儿！

不是这船儿，载起相思？船儿若念我孤恓？载取人人篷底睡，感谢风儿！

——《浪淘沙·好恨这风儿》

风："你这人有完没完。"

这位大兄弟的词真的相当琼瑶风了。

我已多情，更撞著、多情底你。把一心、十分向你。尽他们，劣心肠、偏有你。共你。风了人、只为个你。

宿世冤家，百忙里、方知你。没前程、阿谁似你。坏却才名，到如今、都因你。是你。我也没、星儿恨你。

——《惜奴娇·我已多情》

真·深情对唱情歌。

当然，这些词人的共同点都是不出名，记载都没有，生平都没有，啥时候出生都不……哎别打我。这一类的通俗词里，难道就没有出名的吗？当然有，既能看懂，还富含意境，咱们一看就熟悉。

一声声，一更更。窗外芭蕉窗里灯，此时无限情。

梦难成，恨难平。不道愁人不喜听，空阶滴到明。

——《长相思·雨》

我住长江头，君住长江尾。日日思君不见君，共饮长江水。

此水几时休，此恨何时已。只愿君心似我心，定不负相思意。

——《卜算子·我住长江头》

第一首作者是万俟咏，第二首作者是李之仪，都既有画面感又有明确的重心，形散神不散，也是相当散文口语化了。当年的百姓也觉得朗朗上口，唱得出来。

这么一看，是不是还挺有意思？宋词没咱们想象的那么难，它有属于权贵文人的"雅"，也有百姓俚语的"俗"。音乐这个东西，可能自人类诞生以来，就深深刻在了我们的天性里，直到千百年后的今天，我们依然能把语言编成韵律小调，朗朗唱出口。

千年来词坛百花齐放，也正是因为我们既能接受阳春白雪，也能包容俗俚乡语，一个文化的发展，就在于它的包容性，天地万物，有容乃大。

有一个词恰恰能形容这个道理。

——雅俗共赏。

《暗香 · 旧时月色》——姜夔

原文

辛亥之冬,余载雪诣石湖。止既月,授简索句,且征新声,作此两曲,石湖把玩不已,使二妓肄习之,音节谐婉,乃名之曰《暗香》《疏影》。

旧时月色,算几番照我,梅边吹笛?唤起玉人,不管清寒与攀摘。何逊而今渐老,都忘却春风词笔。但怪得竹外疏花,香冷入瑶席。

江国,正寂寂,叹寄与路遥,夜雪初积。翠尊易泣,红萼无言耿相忆。长记曾携手处,千树压、西湖寒碧。又片片、吹尽也,几时见得?

译 ❈

　　辛亥年的冬天，我冒雪乘船去拜访石湖居士。刚到一个月，居士要求我创作新词，于是我创作了这两首词曲。石湖居士吟赏不已，让乐工和歌妓练习演唱，音调节律悦耳婉转，于是取名为《暗香》和《疏影》。

　　昔日皎洁的月光，曾经多少次映照着我，在梅树下吹奏玉笛。笛声让我想起过去和美人一起不顾寒冷攀折梅花。而现在，我像何逊一般已渐渐衰老，往日春风般绚丽的辞采和文笔，全都已经忘记。但令我惊异的是，竹林外稀疏的梅花散发出清冷的幽香，散入华丽的宴席。

　　江南水乡，正是一片静寂。想折枝梅花寄托相思情意，可叹路途遥远，音讯隔绝，夜晚的积雪刚刚堆满。素手捧起翠玉的酒杯，禁不住洒下伤心的泪滴，面对着红梅默默回忆。还记得曾经与美人携手游赏之地，枝头压满了绽放的红梅，西湖上泛着澄碧的寒波。此刻梅林上的梅花被风吹得凋落无余，何时才能重见梅花的幽丽？

《疏影·苔枝缀玉》——姜夔

原文

　　苔枝缀玉，有翠禽小小，枝上同宿。客里相逢，篱角黄昏，无言自倚修竹。昭君不惯胡沙远，但暗忆、江南江北。想佩环、月夜归来，化作此花幽独。

　　犹记深宫旧事，那人正睡里，飞近蛾绿。莫似春风，不管盈盈，早与安排金屋。还教一片随波去，又却怨、玉龙哀曲。等恁时、重觅幽香，已入小窗横幅。

译 ※※

长着苔藓的枝头缀玉般地长着梅花，两只小小的翠鸟同宿在上面。人在远乡时他看到她的影子，像美人倚在斜映篱笆的黄昏色中，她倚着修竹默默无言。王昭君远嫁匈奴，却不习惯胡地的大漠，所以暗暗思念着故乡的江南。我想，她必定戴着佩环，趁着幽幽月色归来，化作了梅花的幽魂。

我还记得寿阳宫内的旧事，寿阳公主在梦中久睡，飞下一朵梅花落在她的眉头。莫要像无情的春风，不论梅花有多美丽盈盈都将她吹去，应早些为她安排金屋才好。但这终究不过是白费心意，她依然会片片随波散去，又要吹起那悲伤的送魂曲了。等到那时，再寻着幽香觅，所见到的已是月色里映在窗纸上的疏影了。

我的词作是连续剧，
不读全你看不懂

（贰）

文//////拂罗

前辈见信好，晚生姜夔，这些年也一直过着四方游历的生活。晚辈近几日已至金陵见过杨万里前辈，与杨前辈相谈甚欢。听闻您依旧在故园隐居，缺个酒友，晚辈回忆起上次相见已是几年前，便想着也来苏州谒见您一回，不知您可否有空？不知您庭中的梅花今年开得如何？

看见姜夔寄来的信，范成大的心里是相当高兴的。

想不到这小子还算有良心，还记得我这个老头子，居然特意大老远跑来苏州找我了。

范成大反复把信看了好几遍，确认是姜夔本人的笔迹。老爷子心里相当高兴，他在官场起起伏伏一辈子，自从辞了官隐居之后，来往的友人便明显减少了，到最后门可罗雀，正愁今年冬天这满庭梅花没人共赏呢。

一

姜夔对范成大来讲其实是个熟人。

说来话长，范成大第一次听说"姜夔"这个名字，还是在杨万里的信里。老杨在信里特别兴奋地提起，他通过萧德藻认识了一个气质脱俗的年轻人，为文无所不工，挺像唐朝一个叫陆龟蒙的诗人，让范成大也认识一下。

范成大偷偷派人打听了一下，这个叫姜夔的年轻人居然还不到三十岁，据说从小丧父，十四岁之后是跟着姐姐住的，后来在家乡考了四次科举，都没考上。

范成大一开始心里挺不以为然，四次都没考上，就这文采还让老杨折服？老杨也真是老啦。不过碍于老杨的面子，范成大还是去了。

二

"哎呀老范，你不能用科举来判断人啊，我跟你讲，这年轻人是真有文采！"范成大还记得老杨眼里多得吓人的小星星，他一度怀疑老杨是不是被这年轻人给下了蛊，"他不光诗词写得好，还会玩音乐，还懂书法，形象好气质佳！"

范成大暗暗撇了撇嘴，杨万里是通过萧德藻才认识这位姜夔的。萧德藻更夸张，听说他连自己的侄女都嫁给了这个年轻人。后来萧德藻那老小子调任到湖州，姜夔没考中科举也没官职，住在萧家，也跟着搬去了湖州。搬家半路经过老杨家乡，萧德藻就一脸兴奋地对老杨安利了姜夔。

这不就是个在人家门下吃软饭的？

难道老萧和老杨都老糊涂了？

范成大还记得自己那天等得实在不耐烦，好几次想临阵脱逃回家睡觉，都被老杨硬生生给按住了。在老范第四次冒出想走的念头时，他终于听见那一声姗姗来迟的问候。

"见过石湖居士，见过杨前辈，晚辈来迟了。"

三

挺清淡的一声。

不知怎么，范成大忽然对这年轻人有了点兴趣。

说实话，老范以为来者会是个多么放浪不羁的年轻人，所以才找借口频频逃跑，但是没想到，来者居然是个酷似魏晋人物的年轻人，清清瘦瘦的，垂着眼向他和老杨拱手行礼。

范成大对姜夔的第一印象很好。

后来跟姜夔小酌几盅，又听了几句他写的作品，果然才华横溢。范成大对他整个人的印象更好了。

事后杨万里还偷偷拉着范成大嘀咕："怎么样？老夫的眼光还是不错的吧？我就说这年轻人行，以后必成大才。"

范成大猛点头。

真香。

四

范成大捧着信回忆着，之后几次跟姜夔见面，其实都是零零散散的了。这个年轻人似乎喜欢四海为家，到处飘荡。几次相聚中范成大印象最深的一次，是自己归隐石湖后过的第一个生日，他没想到姜夔会千里迢迢从湖州过来给自己祝寿。

在大家眼里，姜夔属于那种很稀有的出场人物，他今天居然能主动过来，范成大感动得眼泪汪汪，不行，自己一把年纪，得把持住面子。

那天范成大的院里难得的热闹，不少来祝寿的文人都认识姜夔，纷纷跟他打招呼。

姜夔一个一个地应酬完，朝着那主座上摇扇微笑的老者走过来，照例垂着眼，拱了拱手。

不知怎么，范成大对这个画面记忆尤其清楚。

五

"晚辈看见您的扇子上有首题诗，不如晚辈也给您写诗一首吧，就叫《次石湖书扇韵》。"姜夔道。

"好啊，姜夔小友，有心啦。"

桥西一曲水通村，岸阁浮萍绿有痕。家住石湖人不到，藕花多处别开门。

六

范成大欣赏谁，就会时不时打听谁的情况。听说姜夔的父亲生前是当官的，年幼的姜夔从小便跟着父亲四处游历，直到他十四岁时父亲去世。

那次酒宴间聊天，姜夔无意间跟范成大提起过这些，淡淡地说了句："所以晚辈已经习惯云游生涯了。"

从那天起，范成大对他四次没考中科举的事忽然不那么介怀了。

七

后来听说姜夔给自己起了个外号叫"白石道人"，又听说那小子的知名度渐渐提高，跟不少文人都来往密切，连朱熹和辛弃疾也中了毒一般，四处跟人安利"你听说过白石道人吗"。

范成大："你怎么不问我听没听说过白石道人呢？"

"啊？那……你听说过白石道人吗？"

范成大哈哈一笑："老夫岂止听说过，他都给老夫写过祝寿诗！"

八

绍熙二年十二月，梅花开得最好的时候，姜夔携着一首《雪中访石湖》如约而至。

范成大已经冒着雪，哆哆嗦嗦在院子里等了半天。

老少两人在雪中对饮，范老豪迈，姜夔沉默，表情略显落寞。

范成大感觉姜夔怪怪的，他想了想，还是问出口："当日一别，小友近况如何啊？"

"那日萧前辈调任湖州，身为门客的晚辈也搬到湖州住下，但晚辈实属闲不住的性子，又远游苏杭、合肥与金陵等地……"

"哈哈，趁着年轻多游历游历，这一路可遇到过什么人和事？"

范成大一句话戳中了姜夔受伤的小心脏。

九

"晚辈……曾在合肥遇见过一对姐妹，一见钟情，从此几番赶赴合肥相会。只可惜晚辈仕途无望，自身飘零，实在难以与她们长相厮守，只能时不时前往合肥。可今年秋天，那一对姐妹也终于离开了合肥，不知所终，与晚辈不告而别了，怕是以后相会只能在梦中。摇落江枫早，嫩约无凭……幽梦又杳。"

"哎呀，咱们今日相聚，莫想伤心，莫想伤心事，来，喝！"

酒过三巡，二人结伴踏雪赏梅，范成大不顾自己一把老骨头冻得透心凉，大发诗兴："不知可否为老夫歌颂梅花一首？"

姜夔略做思索，十分高效率地挥笔写了两首词，买一赠一。

旧时月色，算几番照我，梅边吹笛。唤起玉人，不管清寒与攀摘。何逊而今渐老，都忘却、春风词笔。但怪得、竹外疏花，香冷入瑶席。

江国，正寂寂。叹寄与路遥，夜雪初积。翠尊易泣，红萼无言耿想忆。长记曾携手处，千树压、西湖寒碧。又片片、吹尽也，几时见得？

《暗香》采用了虚实结合的手法，通过梅花来追忆斯人，用过去和当下互相转换的手法来写。开篇"梅边吹笛"写作者在梅花旁吹笛，在"旧时月色"下回忆起了旧人，引出下文昔日"玉人"冒着寒冷摘一枝梅花的场景，下文"而今"回到当下，嗟叹蹉跎苍老，形成对比。

下阕的"夜雪初积"又回到清冷的现实，下句"长忆"，表达作者在现实中回忆起曾经的美好，两人曾携手同游。最后又回到现实，梅花片片吹尽，何时才能重新见得？

这首词如同一幕幕画卷，环环相扣，遣词用句十分空灵凄美，这和姜夔一生漂泊的经历有关系。姜夔布衣一生，所以词风以"清虚骚雅"著称。

十

苔枝缀玉，有翠禽小小，枝上同宿。客里相逢，篱角黄昏，无言自倚修竹。昭君不惯胡沙远，但暗忆、江南江北。想佩环、月夜归来，化作此花幽独。

犹记深宫旧事，那人正睡里，飞近蛾绿。莫似春风，不管盈盈，早与安排金屋。还教一片随波去，又却怨、玉龙哀曲。等恁时、重觅幽香，已入小窗横幅。

《疏影》则是将梅花幻化成美人的模样，"苔枝缀玉"用了赵师雄在罗浮山遇仙子的典故。下句"无言自倚修竹"又引杜甫"绝代有佳人，幽居在空谷。天寒翠袖薄，日暮倚修竹"[1]典故，这是词人幻想中的形象。

紧接着，又自然引出王昭君的典故，在作者的笔下，王昭君的幽魂于月下踱来，化作了梅花。下阕则引"犹记深宫旧事"的寿阳公主典故，公主熟睡时有梅花飘落眉心，故成梅花妆，以此来刻画出寿阳公主美丽天真的形象，而"金屋藏娇"指的是汉武帝金屋藏娇之事。

到此一共整整引了五位美人的典故，如果说《暗香》是时空交错变幻，那么《疏影》便是五位美人的经历交织在一起。美人如花，然而这花终要飘落，只能以"玉龙哀曲"招魂。

这又恰恰照应了《暗香》开头的"梅边吹笛"，原来这一曲是招魂的"玉龙哀曲"。

到了最后"已入小窗横幅"，单看似乎难以理解，可连贯着看，恰恰又应了《暗香》开头的"旧时月色"，皎白的月光映在窗上，倒映出梅花的影子。

连贯读来，这才令人恍然大悟，却又在这梅花飘落、哀笛清幽的意境下怅然若失。

十一

"旧时月色，算几番照我……"宴席之间，家妓小红款款唱起方才姜夔的填词，身姿曼妙，舞步婀娜。

姜夔手握酒杯，怔怔地看着美人的舞姿。范成大转头瞅瞅对方，知道他在合肥痛失所爱，今儿又听这唱曲，眼中有恍惚之色。

怎么安慰安慰这小子呢？失恋……对了，既然失恋，再补偿他一个不就行了？

范成大一拍大腿，老夫可真机智。

"不如，老夫将小红送与你？"

姜夔当时的表情有点儿惊恐。

小红当时的表情也有点儿惊恐。

十二

范成大与姜夔的这次相会持续了一个月。

一个月后，在绍熙二年的除夕之夜，一片噼里啪啦的爆竹声里，姜夔带着歌女小红在大雪之中辞行，乘舟回乡去了。

姜夔拱了拱手，说了句话。

噼里啪啦——

范成大："你说啥？"

噼里啪啦——

姜夔微笑点头，向他招招手，船儿远了。

范成大："不是，老夫没跟你说再见，老夫问你说啥？"

好吧。

范成大拄着拐杖在原地吸了吸鼻涕，苦笑一下，这怕是最后一次相见喽，姜夔那小子一向清清淡淡的，看不出啥情绪，也不知道在这小子心里自己是啥形象。

这是姜、范二人的最后一次相会。在绍熙四年的九月，六十八岁的范成大病重逝世。

十三

范成大始终还记得，在自己隐居后那门可罗雀的日子里，曾有一个叫姜夔的布衣年轻人曾踏雪来访，留下《暗香》《疏影》二首词，又同样在雪夜里乘舟离去。

两人的这段往事，也成了后人口中的一段佳话。

十四

晚辈姜夔，布衣一生。

此生有幸结识了许多人，有幸与稼轩居士等人一同唱和过，却始终是久居不了的性子，居住湖州这段时日，也不时四处游历，造访友人，尤其是隐居石湖的范前辈。

绍熙二年，晚辈踏雪寻访范前辈。庭院中梅花正盛，居士让晚辈填词，晚辈遂填《暗香》《疏影》二首。二首需连读，落笔之时，晚辈眼前不时浮现合肥俩姐妹的容颜，怅然若失。

或许是前辈看出晚辈痛失所爱的伤感，临别之际将小红赠予晚辈，后与小红姑娘乘船路过苏州之时，小红唱曲，晚辈吹箫，此景可入画，遂写《过垂虹》一首。

绍熙四年，晚辈在杭州认识的友人张鉴，曾想出钱为晚辈买官，被晚辈婉言谢绝。谢绝之时总能想起范前辈——听闻前辈年轻时曾只身出使金国，又只身而退。晚辈再联想到自己，终身未中举，心有壮志，此身却只能游历山水间，便深感羞愧。

前辈离去太早，遗憾看不到晚辈的余生，也所幸……看不到晚辈的余生。后来萧大人与张鉴相继离世，晚辈生活落魄。前几日，朝廷破格邀晚辈参加礼部考试，已经四十五岁的晚辈……竟仍未中进士。

或许晚辈并非从仕的命吧，此身飘零，亦不知该何去何从，愧对宦游大半辈子的父亲。

但晚辈始终记得，当日除夕之夜，前辈在码头送别晚辈的场景，不知那句话，前辈可否认同？

"您是晚辈平生，最敬重的忘年知己。"

《苍梧谣·天》————蔡伸

原文

天，休使圆蟾照客眠。人何在，桂影自婵娟。

译

天啊，莫要让这圆月照得我这客居在外之人彻夜无眠。我思念的那个人又在哪里呢？只怕月宫里只有桂花树的影子斑驳，顾影自怜。

请问写这么短，你想说什么？

叁

文/////拂罗

你知道词究竟是怎么唱的吗？你知道为什么有的词长，有的词短吗？

你知道为什么词会分成上阕、下阕吗？

莫急，让我们慢慢来梳理。

词有个别称叫"长短句"，和现在的歌词不一样，古人写词，字数是根据词牌等因素固定的，最少不到十个字，最多二百多个字，是不是很头疼？没错，大家都很头疼，究竟怎么分类呢？于是宋朝人根据长短将词分成了"令""引""近""慢"。

说实话，这个也有点太官方了，所以到了明朝，明朝人简单粗暴地直接分成了：五十八字以内叫"小令"，五十九到九十字是"中调"，往上是"长调"。如果转换成宋人的分类法，"令"等于"小令"，"引"和"近"等于"中调"，"慢"就是"长调"。

这样是不是好理解许多？

这两种分类方法也只是大体分了个类，并不代表所有的词都是如此，但对我们来讲也是颇有帮助了。

词是如何唱出来的呢？

古代那些能唱出来的乐谱大多失传了，所以如果我们想要听到原汁原味的唱腔，估计只有穿越这种方法了，但我们可以大体讲讲。

首先，阕是什么东西？

阕也称作"片"，我们最常见的"上阕""下阕"，其实就是给词分段，比如一首词的上半部分唱完了，我们可以说"这上阕唱完了"。是不是所有的词都分上、下阕呢？不是的，也有许多词只有一阕，也叫"单调"，两阕的被称为"双调"。

江南好，风景旧曾谙。日出江花红胜火，春来江水绿如蓝。能不忆江南？

——白居易《忆江南》

这是单调。

常羡人间琢玉郎，天应乞与点酥娘。自作清歌传皓齿，风起，雪飞炎海变清凉。

万里归来年愈少，微笑，笑时犹带岭梅香。试问岭南应不好，却道，此心安处是吾乡。

——苏轼《定风波·常羡人间琢玉郎》

这是双调。

通常唱完上阕又开始下一阕，叫作"过片"，填词有平仄要求，通常对仗工整，但如果上下阕格式不同，这种情况下的过片也叫"换头"。

哎，万一有三四段呢，叫啥？

这种情况当然也有，词牌比较长，足足有三四段，比较罕见。这种情况也被称作"三叠""四叠"，柳永大大就是以写长调慢词著称的。

所以大家如果想学填词，最好从比较简单的小令词牌慢慢入手。虽然填词不代表越短越简单，但小令比起烦琐的长调，还是友好不少的。那么在小令以内，字数比较短的词有哪些呢？咱们今天就来比较一下，再看看哪些词人写过短词。

《减字木兰花》："我觉得我已经挺短的了，四十四个字。"

连五十字都不到，看来这场较量的难度很大啊。这位选手是带着自家词人来的，李纲、李清照、秦观他们都填过这个词。

比如李纲写过《减字木兰花·茫茫云海》，这名儿，听着都佛系，而李纲本人也的确佛系。此人是南宋抗金名臣，不过后来郁郁不得志，传说他当年带着儿子心灰意冷地到达琼州，也就是咱们今天的海南海口，直奔寺庙去，打算削发为僧。

"方丈，我真的佛系了。"

方丈高深莫测地摇摇头："不，施主，你还没有佛系，我不能给你剃度。"

"方丈你听我说我是真的佛了。"

"不，施主，你是假的佛了，你尘缘未了啊。"

李纲："……"

方丈果然还是你方丈，就在李纲赖在寺庙不走的第三天，朝廷就发来了文件，说赦免他了，你不用在岛上待着了。

李纲："……"

虽然强行佛系失败，但李纲这一生对佛学多有研究，所以有些词作里带着些超脱的意味。

话说回来，"减兰"选手是最短的吗？不，当然不是。

《望江南》：四十四个字也来报名？也太看不起"短"这个字了吧。起码要像我一样二十七个字好不好！

这位选手是拉着作者温庭筠上场的，众所周知，这位作者文采很好，人品……颇有些一言难尽，我们举个例子。温庭筠是唐代的一位才子，但自从科考无望后，就天天自甘堕落，沉迷青楼无法自拔。后来有个贵族叫姚勖，对这条有才华的"咸鱼"实在看不下去了，想帮他一把。

姚勖问了："我问你，你小子为啥不努力？"

温庭筠："我没钱啊。"

姚勖："……行，那我就给你钱。"

没开玩笑，姚勖真的给了温庭筠一大笔银子。按理说这是段佳话，只可惜他碰上的是温庭筠。

温庭筠表示很感动，终于有钱了，青楼里的小花还等着我呢。于是拿到银子之后的温庭筠，继续沉迷青楼无法自拔，根据记载，他"其所得钱帛，多为狎邪所费"。

姚勖：？？？

姚勖一生气，后果很严重，他亲自把这小子从青楼揪出来，"笞且逐之"。[1] 从此，温庭筠的大名算是彻底洗不白了，没人肯举荐这小子当官。温庭筠心里苦啊，这事儿还被他姐姐知道了。他姐姐是标准的市井悍妇，扯着人家姚勖的袖子当街就号啕大哭。

"呜呜呜，我弟弟才多大，沉迷青楼不是很正常？自从被你打一顿之后，他这前途就毁了！都怨你！你赔，你赔啊！"

身为标准的贵族子弟，姚勖哪见过这等泼妇，受过这等飞来横气，"竟因此得疾而卒"[2]，气死了……死了……

这都叫啥事儿。

上天关你一扇门，就肯定留你一扇窗，温庭筠人品一言难尽，作品却十分有文采。他写过《望江南·梳洗罢》，明代沈际飞就评价过"痴迷，摇荡，惊悸，惑溺，尽此二十余字"[3]。

1 《新唐书》。

2 《新唐书》。

3 《草堂诗余别集》。

请问写这么短，你想说什么？

回到主题，还有更短的吗？

《十六字令》：看我的名字，你觉得呢？

真是强中自有强中手啊！这位选手的名字很多，且听我们慢慢讲，起初它的代表作是蔡伸的《苍梧谣·天》，记载写道"《十六字令》有二体，以字数也。其单起者又名《苍梧谣》"[1]。

天，休使圆蟾照客眠。人何在，桂影自婵娟。

——《苍梧谣·天》

没错，这就是全文，就这么多，十六个，然而这十六个字可谓曲折有致，有长句有短句，相当不好写，蔡伸是最早用这个词牌来填词的。

后来这词牌又有了个别称《归字谣》，多亏了一位叫袁去华的词人的功劳，他写过两首《十六字令》。

归。随分家山有蕨薇。陶元亮，千载是吾师。

归！目断吾庐小翠微。斜阳外，白鸟傍山飞。

——《归字谣二首》

以及还有张孝祥的另一首《归字谣》。

归。猎猎薰风飐绣旗。拦教住，重举送行杯。

因为这几首的首句第一个字是"归"，所以变成了《归字谣》。

后者这位张孝祥可不得了，他当时参加科举考试，是皇上宋高宗钦点的第一，否则这第一就被秦桧的孙子秦埙给内定去了，跟他一批考试的还有杨万里、范成大这些日后的知名大 V。张孝祥刚刚平步青云，就仗着意气敢怼秦桧，还给岳飞鸣了冤。南宋有个大臣王十朋评价他"天上张公子，少年观国光"。[2]

相比《浪淘沙》等词牌，《十六字令》似乎略显冷门，但实际上，不光是以上这些词人填过，就连大家都十分熟悉的毛泽东主席也

1 《填词名解》。
2 《宋诗纪事》。

写过《十六字令》，整整三首。

  山，快马加鞭未下鞍。惊回首，离天三尺三。

  山，倒海翻江卷巨澜。奔腾急，万马战犹酣。

  山，刺破青天锷未残。天欲堕，赖以拄其间。

——《十六字令·三首》

  在短短十六字以内，既要按着平仄韵律来，还要写出气魄，可谓相当困难，然而毛泽东主席做到了。

  这么说，《十六字令》是史上最短的词了？

  咳咳，《十六字令》一次，《十六字令》两次，三……

  一个叫《竹枝》的词牌站了出来："还有我！"

  这是谁？讲真，《竹枝》这个词牌挺冷门，它原本是《唐乐府》的曲子，后来演变成词牌，以唐代皇甫松的"芙蓉并蒂一心连，花侵隔子眼望穿"为正体，不算变调的话，单调算起来才十四个字，够少吧？我们之前提过的、跟张孝祥一起参加过科举的范成大，他也写过《归州竹枝歌二首》。

  范成大的名字可谓是响当当的，但对于他做过的事儿，大家可能有些陌生——他出使金国以后，和金国皇帝对着杠，简直是打出一手漂亮的杠上开花，然后全身而退，震惊全国。

  这事儿不得不从宋孝宗打算修改"隆兴和议"开始。什么是隆兴和议？当年宋孝宗上位后的确有过一段热血日子，嚷着北伐，然而惨败给金人，最后不得不签订了不平等条约，这个条约就是隆兴和议。在和议中，金国表示自己和宋朝的关系是"叔侄"，充分表现了何谓塑料叔侄花。

  但隆兴和议之中还有许多细节当时并未顾虑，让宋孝宗感到窝火的一件事是受书礼：他们金人过来递交文件，朕还得亲自站起来接！

宋孝宗就打算派人出使金国，把这个和议给改一改，表面上找个什么理由呢？就要求金人把皇陵还回来吧！但这事儿挺要命，危险程度忒高。

谁去呢？朝廷里没人敢站出来啊。

当时的宰相虞允文站出来了，还拉着俩人："我推荐李焘和范成大去！"

李焘："我不去，啊啊啊——"

范成大怒了："你不去，我去！"

于是范成大出发了，在出发之前，他还问过宋孝宗："皇上，咱要不就把更改受书礼这事儿，直接写在国书文件上？"

宋孝宗怂怂的："不了不了。"

这事儿基本就是有去无回，范成大也做好了思想觉悟"臣已立后，为不还计"，宋孝宗觉得挺过意不去，犹犹豫豫地安慰："朕也没对他们发兵啊，没撕毁协议，你应该不会死吧……不过受苦应该还是有的……"[1]

范成大翻了个白眼，启程了，半路自己偷偷写了个申请更改受书礼的奏章揣怀里，在金人热情的欢呼下入了城。原来当时他的大名已经传到金国来了，甚至还有金人头上戴着他的周边同款巾帻。[2]

"大大，我们爱你！"

见了对方皇帝，范成大留了个心眼儿，他一开始先把皇上的国书给递上去了，慷慨激昂地开启了一通嘴炮。金国皇帝正听着呢，忽然看见这家伙又拎出来个奏章，不卑不亢道："两朝已是叔侄，然而受书礼还未定，我这里有奏章上交。"

1 《宋史》：朕不败盟发兵，何至害卿！啮雪餐毡，理或有之。
2 《宋史》：隆兴再讲和，失定受书之礼，上尝悔之。迁成大起居郎，假资政殿大学士，充金祈请国信使。国书专求陵寝，盖泛使也。上面谕受书事，成大乞并载书中，不从。金迎使者慕成大名，至求巾帻效之。

这是什么概念呢？就相当于外交官在会见别国元首时突然提交个人请愿文件，这可是严重的外交事故啊。金国皇帝完颜雍目瞪口呆，果然怒了："这里难道是你献国书的地方？！"

现场乱哄哄一片，金人大臣慌慌张张地想把范成大拽起来，没拽动。范成大态度十分坚定"我就跪这儿了，你看着办吧"，后来金国太子完颜允大怒之下想当场杀人，被人给拽住才作罢。

范成大 HP-0。

同年九月，在宋孝宗等人眼巴巴地期盼下，范成大居然安然无恙地回来了[1]，还挺生气，因为这群金人只答应迁陵墓、还钦宗梓宫，没同意受书礼的事儿。

宋孝宗：爱卿，讲真……你回来已经很厉害了。

后来范成大还专门写了本日记《我在金国的那些年》咳，开玩笑，这本日记名叫《揽辔录》。他于公元1183年左右光荣退休，在石湖过了整整十年的老干部悠闲生活，还跟新生代词人姜夔一起看过梅花，小日子过得相当不错。后来姜夔还写过挽诗《悼石湖三首》，其中就有"尚留巾垫角，胡虏有知音"。

而《竹枝》这个词牌挺有意思，因为是由唐乐坊曲演变来的，所以它挺像格律诗，《归州竹枝歌》是这样的画风：

东岸舻船抛石门，西山炊烟连白云。竹篱茅舍作晚市，青盖黄旗称使君。

不会再有更短的了吧？更短的……怎么写啊？

你还别说，还真有，而且还不少。你相信词还能写成十一个字，九个字，八个字，甚至……六个字吗？

---

1 《宋史》：至燕山，密草奏，具言受书式，怀之入。初进国书，词气慷慨，金君臣方倾听，成大忽奏曰："两朝既为叔侄，而受书礼未称，臣复有疏。"播笏出之。金主大骇，曰："此岂献书处耶？"左右以笏标起之，成大屹不动，必欲书达。既而归馆所，金主遣伴使宣旨取奏。成大之未起也，金庭纷然，太子欲杀成大，越王止之，竟得全节而归。

休休得也，只消更、一朵荼蘼。

——宇文元质《于乐飞·休休得也》

如果说上一首起码还有个作者，那么接下来这些特别短的词，可就真是"无名氏"写的了，作者不详、背景不详、故事不详，请问写这么短，你想表达什么？

"教我莫思量，争不思量。"

九个字。

"近来清瘦，为谁为谁。"

八个字。

"天然体段殊常。"

六个字，过分了。

等等，最后一个确定这是词，不是真·段子？

——有的因为失传，有的因为没记载，甚至有的的确就是这么短，这些小令真像段子似的，挺有意思。

其实啊，就像咱们平时的习惯，工作、学习时偶尔哼个一两句，至于整首歌词，咱们也未必能完完整整地唱出来。

你看，作为抒发感情的一种文学形式，词其实并没有想象里那么困难，汉文的包容性就在于此，哪怕你写寥寥几个字也没有关系，这些短小的字恰如蜻蜓点水，泛起点点涟漪，韵味悠长。

到最后，返璞归真。

《千年调·蔗庵小阁名曰厄言，作此词以嘲之》
——辛弃疾

原文

厄酒向人时，和气先倾倒。最要然然可可，万事称好。滑稽坐上，更对鸱夷笑。寒与热，总随人，甘国老。

少年使酒，出口人嫌拗。此个和合道理，近日方晓。学人言语，未会十分巧。看他们，得人怜，秦吉了。

译

有些人就像那装满酒就倾斜的酒器，见人就点头哈腰，处处都是笑脸相迎。他们说话唯唯诺诺，对什么事都连声说好。就像那筵席上滑稽对着鸱夷笑，它们都擅长整天旋转把酒倒。不管是寒是热，总有一味药调和其中，这就是那被称为"国老"的甘草。

我年轻时常常饮酒，说起话来别人总嫌执拗。这个和稀泥的处世哲学，直到近来我才慢慢知道。可惜我对那一套应酬话语，还没有学得十分巧妙。那些官场小人，瞧他们真会讨人喜欢，活像那跟人学舌的秦吉了！

我们文化人骂人
从来不说脏话

肆

文//////琴城野老

对于自己家的小阁楼突然因为名字上了热搜这件事，南宋文臣郑汝谐的心情是微妙的。

辛弃疾的那首《千年调》发出来不到一个时辰就转赞过万，这家伙还随手配了张图，配的正是他家小阁楼的牌匾。

朝中的同僚们在底下对号入座，掐得风生水起。还有一帮看热闹不嫌事大的爱国词人兼稼轩词粉丝们纷纷点赞转发，开启了群嘲模式。

老辛已经罢官了，对前同事们的吵吵嚷嚷一律装看不见。可他郑汝谐还是堂堂的在职公务员，直接经历了一轮暴风雨般的@。

虽然掐架很让人心烦，但是，郑汝谐看了这首词以后，内心也是超爽的，甚至还有点想笑。

始作俑者辛弃疾多少有点不好意思，给郑汝谐发了条私信："兄弟，为了迷惑他们的视线，我在小序里故意写了一条'蔗庵小阁名曰卮言，作此词以嘲之'。但是你懂我的，我的本意绝对不是嘲你，也不是嘲你家的阁楼，我要嘲的是当今官场上那些趋炎附势的小人。至于你家阁楼，只是碰巧激发了我的灵感。你可以把我的这首作品理解为：指桑骂槐／含沙射影／借题发挥……"

郑汝谐秒回了过去："骂得好，就算我躺枪了，我也要坚决为你打 call！"

辛弃疾："够意思！那你刚才干吗不回我消息？我还以为你误会了呢。"

郑汝谐："哼，现在我家阁楼比我本人还出名，我酸了。"

一切都要从郑汝谐家里那间小阁楼说起……

话说淳熙十二年，郑汝谐调任江西信州，在信州城郊的一座小山上盖了栋房。身为一个文人，当郑汝谐看到自己的新居完美落成的时候，想到的第一件事就是：起名！

要知道，文人都是风雅的，文人的宅院往往也代表着主人的文化水平，一个高雅别致的名字，立马就能提升主人的格调。

郑汝谐先给自己的新居起了个很有深度的名字：蔗庵，与自己的画风保持一致。然后开始积极地给每一个房间起名。

当他看到一间小阁楼的时候，忽然想起了《庄子》中的"卮言日出，和以天倪"，于是灵思一动：决定了，这间阁楼的名字就叫作"卮言"。意思是随心所欲、人云亦云说出来的话。

小阁楼表示委屈：什么情况？我只是个无辜的小阁楼，干吗突然黑我？

郑汝谐表示没文化真可怕：这是谦辞懂不懂？是帮我立自谦人设的。

小阁楼：你开心就好……反正我也无法反驳……

搬家那天，郑汝谐心情大好，他把自己的好友辛弃疾叫来一起吃饭，顺便参观一下自己一手布置的新居。

我们文化人骂人
从来不说脏话

一提起辛弃疾，郑汝谐就替他郁闷。

今年已经是辛弃疾被罢免闲居的第四个年头了。

心怀国事又如何？文武双全又如何？如今的朝堂文恬武嬉，小人当道，像辛弃疾这样的人才却得不到朝廷的重用。

好在，辛弃疾性情旷达，胸中永远都有一股热血，绝不会轻易向那些迫害他的奸佞低头。这也是自己喜欢与他交往的原因之一。

辛弃疾虽然被罢了官，可他对国家大事还是很关注。他为人刚正，不肯趋炎附势，与朝中那些得势的权贵一直都合不来。加上他写的一手好诗词，没事就开开嘲讽，喷一喷自己看不惯的人和事，所以大宋官场的朋友圈长年流传着他毒舌的传说，主和派的人基本都把他拉黑了。

幸好，无论在朝还是在野，像郑汝谐这样钦慕他、佩服他的朋友也不少，他们都愿意把全国各地的新鲜事儿和他分享，所以辛弃疾即便在家中闲居，消息也很灵通。

两人在郑汝谐的新房子里开怀畅饮，谈论时事，发现最近发生的事件也依然是熟悉的配方、熟悉的味道：全是负能量。

辛弃疾就很气："不是金国又秀肌肉了，就是难民又闹起义了，敢不敢有一件不糟心的事？"

郑汝谐小摊手："我的内心毫无波动，这就是现在我宋的常态。"

辛弃疾问："再次北伐还有戏吗？"

郑汝谐："你想啥呢？隆兴北伐失败之后，那帮主和派彻底被吓怕了，见了金国来的使节恨不得扑上去叫爸爸，哪里还敢打仗？再说，议和以后两国表面上相安无事，朝中的红人们都忙着争权夺利，当然是不想打破他们现在安逸的现状咯。"

辛弃疾："隆兴和议根本就是丧权辱国好不好？让我们大宋皇帝对金国皇帝称侄，还要赔钱割地，主和派连这也能忍，真是怂炸了。"

郑汝谐："有什么办法？别忘了，咱们那位太上皇还在幕后把持着一定的权力呢。其实皇上有中兴大宋的志向，也有收复中原的决心，不然也不会一登基就坚持为岳飞平反，但是皇上依然要受到以太上皇为首的主和派的牵制，那些人只想守着半壁江山，平常就知道商业互吹，抱团排挤我们主战派，真是让人不齿！"

辛弃疾："果不其然，我这一罢官，连个喷醒他们的人都没有，我看这帮人是又飘了。"

郑汝谐从对方的眼神中看到了熊熊燃起的搞事之火，顿时也兴奋起来："搞起啊！好久没看你写讽喻题材了，要不要走一波？"

辛弃疾借着酒意，看着那间叫作"卮言"的小阁楼，对郑汝谐说："我有一个大胆的想法……"

郑汝谐二话不说就让人拿来了笔墨纸砚，亲自给他斟满了一杯酒："我看好你，开怼！"

辛弃疾一口喝尽了杯中酒，洒然提笔，在纸上龙飞凤舞地写下一行行词句。

郑汝谐定睛一看，只见他写的是一首《千年调》：

卮酒向人时，和气先倾倒。最要然可可，万事称好。滑稽坐上，更对鸱夷笑。寒与热，总随人，甘国老。

少年使酒，出口人嫌拗。此个和合道理，近日方晓。学人言语，未会十分巧。看他们，得人怜，秦吉了。

辛弃疾这首词一口气写完，又负手绘声绘色地说：

"有些人啊，就像那装满酒就倾斜的酒卮，随时随地都保持着一张笑脸，见了人就点头哈腰。对他们来说，人生最要紧的原则就是唯唯诺诺，对什么事都连声说好。这种人就像那筵席上的酒器'滑稽'和'鸱夷'，整天转着圈、赔着笑、相互把酒倒。还有一种人，就像一味药，不管天冷还是天热，总在其中调，它就是那号称'国老'的甘草。

我年轻时常常借着酒气任性，一开口说话来就被人嫌弃太执拗。这个和稀泥的处世哲学，我也是直到最近才慢慢知晓。只可惜，我对这套应酬的语言还没有学得十分巧妙。瞧瞧那些人多会讨人喜欢呀，活像那跟人学舌的秦吉了！"

郑汝谐不禁哈哈大笑："酒卮、滑稽、鸱夷、甘草、秦吉了，分别对应见风使舵的、趋炎附势的、相互吹捧的、和稀泥的、阿谀奉承的，齐活儿了。不愧是我大宋词坛第一毒舌，骂得痛快！"

他指了指词中"最要然然可可，万事称好"一句，惟妙惟肖地学了起来："是是是，好好好，对对对，可以可以可以！"

那些个卑躬屈膝、见了权贵就点头称是、唯唯诺诺的人，平常可不就是这样的丑态嘛！

辛弃疾见之大笑，与郑汝谐碰了一杯，很感慨地说："想我辛幼安二十一岁上战场抗金杀敌，二十五岁入仕为官，当时觉得自己意气风发，想要把一身本领都施展出来报效国家。然而我写的《美芹十论》《九议》等关于北伐雪耻的建议却石沉大海，得不到朝廷的重视。我不是不明白和光同尘、圆融世故才能更容易上位的道理，但我这辈子是不可能跟那群佞臣同流合污的。"

郑汝谐拍拍他的肩："梦想还是要有的，万一实现了呢？不管怎么样，我们主战派绝不认输！我永远挺你！"

淳熙十二年的夏天，一首《千年调》飞快地在大宋词人的朋友圈内刷屏，很快又刷到了百姓圈，最后终于刷到了朝臣圈。

以下是部分热评摘录：

——点赞！这首词辛辣又幽默，把群丑的姿态刻画得入木三分，是我们熟悉的稼轩大大了。如今官僚们终日安于享乐，不以国事为重，只知道在朝堂上争夺权势、结党营私，反而是坚持抗金的主战派总是遭到打击，我认为这种现象就该揭露出来让大家鄙视一下，喷得好！

——大胆！一个被免官的草民居然敢讽刺朝廷命官！我看你不被雪藏个二十年是不会记住教训的，小心我找人封你的号！

——有些人真爱上赶着对号入座？人家骂朝廷命官了吗？我怎么没看出来，明明说的是酒具、草药还有会学话的秦吉了嘛，难道楼上那位一看就代入了自己，被戳到痛点了？

——哈哈哈，文化人骂人就是有水平，一个脏字都不带，也能骂得这么酣畅淋漓，路人转粉了。

我们文化人骂人从来不说脏话

《生查子·药名闺情》——陈亚

❋❋ 原文

相思意已深，白纸书难足。字字苦参商，故要檀郎读。

分明记得约当归，远至樱桃熟。何事菊花时，犹未回乡曲。

❋❋ 译

我这相思太过深切，这纸张也难以写尽，信中字字都包含相思苦，希望我那郎君能细读。

我依然清晰记得，离别那日，你我约定樱桃熟透时归家。自那以后，我日盼夜想终于到了菊花盛放之时，为什么还是没有你归来的消息呢？

对不起，
你真的不是在盘点药材名吗？

文 ///// 拂罗

你听说过药名词吗？药名入词，相辅相成，听着是不是挺神奇？

华夏诗词历史上千年，总会蹦出一两个画风清奇的作（段）品（子），跟写着玩儿似的，今天我们就来讲讲那些画风与众不同的诗词。

让我们有请中药词派掌门人，陈亚大大！

首先，这位大大是一个北宋文人，特别喜欢用中药名来写词。他自幼跟着当医生的舅舅生活，别人家小孩儿骑竹马玩耍，他舅舅估计就让他数药材玩儿。

咱们来盘点一下他写过的三首药名词。

相思意已深，白纸书难足。字字苦参商，故要檀郎读。

分明记得约当归，远至樱桃熟。何事菊花时，犹未回乡曲。

——《生查子·药名闺情》

陈亚整整写了上百首中药词，不过可惜的是，后世收录不过寥寥几首。这首词是其中最出名的，通过闺中人的口吻倾诉对外出夫君的思念。杜甫有句诗是"人生不相见，动如参与商"[1]，作者就用"苦参商"来表达这种想念，还独具匠心地将中药名连成一串，上阕写相思意，下阕写分别时节，全文别有风情。

巧就巧在什么地方呢？

上阕提及的药名有"相思""薏苡""白芷""苦参""狼毒"，结合谐音，既贴切主题又生动有趣。

下阕有"当归""远志""樱桃""菊花""茴香"，道尽绵绵相思意。

小院雨馀凉，石竹风生砌。罢扇尽从容，半下纱厨睡。

起来闲坐北亭中，滴尽真珠泪。为念婿辛勤，去折蟾宫桂。

——《生查子·小院雨馀凉》

这是一首郎君科考时，闺中人盼君归的药名词。这首词用了多少中药名呢？咱们通过谐音和语境来找找：禹余粮、石竹、苁蓉、半夏、珍珠、细辛、蟾酥、桂枝……不看不知道，一看吓一跳，居然有这么多。

浪荡去未来，踯躅花频换。可惜石榴裙，兰麝香销半。

琵琶闲抱理相思，必拨朱弦断。拟续断朱弦，待这冤家看。

——《生查子》

这第三首词最有意思，也是从女子的角度娓娓道来。她毫不客气，直呼心上人为"浪荡"，这浪荡怎么就还不回来呢？惹得我一遍遍在花前踯躅等待，闲暇无事时，我就抱着琵琶，一边弹一边想你。一想起你这个可恶的浪荡子，力道就有点儿大，居然把琵琶都弹断了。那我是修还是不修呢？还是等那冤家回来再说吧。

至于这首词究竟用了什么中药名呢？这个，咱们先卖个关子

1 《赠卫八处士》。

不说，有兴趣的小伙伴们可以先自己理一理，最后再到本篇结尾看答案。

对于这三首词，宋人吴处厚评价："虽一时俳谐之词，然所寄兴，亦有深意。"[1]

写词本身就是个不容易的事儿，何况既要写出意境，又要写出趣味，陈亚大大你真 skr 画风清奇的大佬，还是医学大触，不知你的头发健在否？

其实这位大大不仅写词画风清奇，他本人也画风清奇。当年他考中进士当官时，因为这张嘴说话忒逗，总开人家玩笑，还被上司太守请到院子里喝茶。

"小陈啊，咱们当官的说话怎么能这么逗……不是，这么没官威呢？"

陈亚默默挨训。

太守话说到一半儿，忽然有下人通报说有个自称"大词郎李过庭"的家伙来拜见他了，太守想不起来什么李过庭，有点儿不高兴，又想了想，万一人家爹的确得罪不得呢？太守就问了句："这是谁家子弟啊？"

在旁边扮小绵羊的陈亚管不住嘴，忽然插话："大概是李趋儿，李趋他儿子吧。"

真是段子说来就来。

——这年头没点儿文化居然都看不懂段子了，《论语·李氏》里有个典故是孔鲤每次从老爹面前路过，都是小跑着过去，也叫"鲤趋而过庭"，鲤趋而，李趋儿。

太守这反应慢半拍，抓抓脑袋想了一下，忽然被戳了笑点："哈哈哈哈哈哈嗝儿。"[2]

---

1 《青箱杂记》。
2 《古今谭概·巧言》：俄有通刺谒者，称大词郎李过庭，公骂曰："何人家子弟！"亚卒尔云："想是李趋儿。"公徐悟之，大笑。

陈亚这人是长在笑点上了吧。

这陈亚还有个爱好，他家里收藏了字画上千，还有怪石异花，临终之前他还作诗给后人："满室图书皆坟典。华亭仙客岱云根。他年若不和花卖，便是我家好子孙"。[1]

简直是威胁。

子孙："不敢卖，不敢卖。"

陈亚卒。

没过几年，字画书籍全丢了。

这……咱们还是小点声，别告诉他。

如果你觉得古今以来只有陈亚才这么写，那可真是小瞧了咱们词人的玩心。在大家的印象里，辛弃疾似乎终生是个苦瓜脸形象，剧情苦、人生苦、哪哪都苦，可你知道辛弃疾大大也是个喜欢玩药名词的大触吗？

> 云母屏开，珍珠帘闭，防风吹散沉香。
>
> 离情抑郁，金缕织硫黄。
>
> 柏影桂枝交映，从容起，弄水银堂。
>
> 连翘首，惊过半夏，凉透薄荷裳。
>
> 一钩藤上月，寻常山夜，梦宿沙场。
>
> 早已轻粉黛，独活空房。
>
> 欲续断弦未得，乌头白，最苦参商。
>
> 当归也！茱萸熟，地老菊花黄。

——《满庭芳·静夜思》

这首词中整整用了云母、珍珠、防风、沉香、郁金……二十五味中药名，果然大佬就是大佬，一出手都要玩大的。传说这是辛弃疾新婚宴尔，在受命上战场杀敌之前，给妻子写了这么

---

1 《戒子孙诗》。

一首词来含蓄地说"我想你了"。

天呐，辛弃疾大大居然这么浪漫。

辛弃疾的妻子也不是没有才华的寻常女子，传说她回词一首，也包含了半夏、槟榔、当归、使君子……许多中药名词。

槟榔一去，已历半夏，岂不当归也。

谁使君子，寄奴缠绕他枝，令故园芍药花无主矣。

妻叩视天南星，下视忍冬藤，盼来了白芷书，茹不尽黄连苦。

豆蔻不消心中恨，丁香空结雨中愁。

人生三七过，看风吹西河柳，盼将军益母。

猝不及防一口狗粮。

辛弃疾大大不光给妻子写过药名词，他还写过这种词来邀请一位朋友。

山路风来草木香。雨余凉意到胡床。泉石膏肓吾已甚，多病，提防风月费篇章。

孤负寻常山简醉，独自，故应知子草玄忙。湖海早知身汗漫，谁伴？只甘松竹共凄凉。

———《定风波·药名招婺源马荀仲游雨岩马善医》

后面长长的词题是什么意思呢？就是交代了写词的目的，用药名来邀请婺源马荀仲过来同游，游览雨岩，因为这位马荀仲擅长医术。

"下过雨之后，山路上清风吹开草木香，我这屋里也凉快起来了。我啊，这旅游病已入膏肓，是药石无医喽。虽然我有病，但还是心甘情愿去费神游览这些。

"我知道你忙着写作，所以平常我都是自己玩儿，怕打扰你。我在这世上的存在感早就不高了，可有可无，除了你这个老朋友，还有谁愿意陪我同游呢？唉，如果你再不出来，我就只能对着松树、竹子一起凄凉去了。"

就差变成嘤嘤怪了。

辛弃疾式卖萌，谁能抵抗得了？

马荀仲接到信，估计得跪：我错了，我马上出来陪你，行不？

这首词就是用了木香、禹余粮、石膏、防风、常山、栀子……这些药名，藏得比较深，几乎看不出来，可见高（心）明（机）。

古人的诗词游戏，是不是也挺有趣的？嘿，其实仔细一看，咱们的中药名又何尝不是一幅幅动人的画呢？真是连药名都浪漫到无药可救。

这大概，就是文字成痴，药石无医吧。

《水调歌头·送章德茂大卿使虏》——陈亮

原文

不见南师久，漫说北群空。当场只手，毕竟还我万夫雄。自笑堂堂汉使，得似洋洋河水，依旧只流东？且复穹庐拜，会向藁街逢！

尧之都，舜之壤，禹之封。于中应有，一个半个耻臣戎！万里腥膻如许，千古英灵安在，磅礴几时通？胡运何须问，赫日自当中！

译

还请告诉金国人，莫要以为长久不见北伐，大宋便已无人才。愿您这次能只手擎天，展现我大宋万夫莫开的英雄气概。堂堂汉人使者，哪肯像流水东去般年年朝见金朝？这次且去拜你一拜，来日定将你提头捉来！

尧舜禹的后裔代代生活在这片土地，这里总有几个硬骨头，以向你们低头为耻！这片土地被金人玷污，已经满是腥臭之气，何时才能有人，与那些千古的英灵灵魂相通？金人气数无须多问，我们大宋正如日中天！

想不到吧，
我把词写成了议论文

（陆）

文/////拂罗

　　咱们今天要讲讲第二次鹅湖之会时，和辛弃疾一同出场的另一个人物。

　　他就是陈亮，这个名字其实是后改的，一开始他叫陈汝能，如果要形容他的一生，那就是用比较普通的名字做成了最不普通的事儿。

　　陈亮出生在公元 1143 年，是动荡不安的南宋时期。根据记载，陈家一开始是有名的土豪乡绅，后来慢慢没落了，一家子全靠陈亮老爹养着。在幼年陈亮的记忆里，母亲是个特别有童心的小姑娘——是的，在那个普遍比较早熟的年代，他母亲十四岁就生下了他。

　　十四岁的母亲自然懵懵懂懂，所以教育他的担子也落在了他爹和他祖父母身上。好在这娃娃打小就懂事儿，十八岁的时候就根据古人成败的战绩，写了二十篇《酌古论》发表，立刻将当地郡守圈了粉，在底下刷评论"他日国士也"。[1]

---

1 《宋史》：郡守周葵得之，相与论难，奇之，曰："他日国士也。"请为上客。

这位年轻大大不仅写文写得好，有政治抱负，而且器宇不凡，根据记载是"生而目光有芒，为人才气超迈，喜谈兵，论议风生，下笔数千言立就"[1]，也难怪郡守马上化身小迷弟了。

转眼又过了两年，郡守周葵当了参知政事，向陈亮抛出橄榄枝"来啊，做我的SSR"，并推荐他读《中庸》之类的著作。

陈亮："拒绝，这跟抗金有关系吗？"

陈亮认为这些玩意跟抗金没啥关系，遂走了另一条路。毕生主张抗金，可以说是个非常有思想的小青年了。

如何一展雄图大志呢？一晃到了公元1168年，陈亮二十四岁，终于打算转职成公务员了，于是参加了两次科举考试，然而结局在意料之外情理之中，不按着教材走的后果就是落榜了。

完了，这精忠报国八字还没一撇呢，就给拦大门外面了，许多文人其实也面临过这个尴尬的处境，有的继续考到地老天荒，有的一怒之下干脆当了游吟诗人。但陈亮两样都没选，他又走了一条不寻常的路。

陈亮："谁说不当官就不能参政了？我非要发帖子刷屏。"

当时南宋和金人签订暂时的"和平条约"，大家都挺高兴，唯独陈亮不高兴，他一眼就看穿这种和平只不过是扯淡，是"塑料花"和平。陈亮以"草民"身份整整刷爆了朝廷论坛五次，这个也叫《中兴五论》。

朝廷："屏蔽。"

被屡屡无视之后，陈亮只好暂时回乡当了个教书先生，又过了十年，朝廷论坛惊讶地发现：那小子又回来了！[2]

没错，当年那小子又回来刷屏了，这次刷屏了三次，既批评

---

1 《宋史》。
2 《宋史》：婺州方以解头荐，因上《中兴五论》，奏入，不报。已而退修于家，学者多归之，益力学著书者十年。

秦桧他们苟且一隅的主张，又批评当时的不良风气。这一次终于被南宋集团 BOSS 宋孝宗给看见了，宋孝宗表示相当感动，回了封私信。

宋孝宗："我很中意你啊，不如你直接来我南宋公司上班？好让朝廷里这群咸鱼也学学。"

陈亮："不，谢了，吾欲为社稷开数百年之基，宁用以博一官乎！"

没错，陈亮就这么笑着一口拒绝了朝廷的 offer……等会儿，这人又咋了？原来这次不是陈亮想走不寻常的路，而是早在宋孝宗发私信之前，就有个叫曾觌的大臣暗中发了私信。

曾觌："我很中意你啊，不如你直接来我这部门上班？别跟皇上说啊，咱们的小秘密。"

陈亮直接溜回乡去了，他万万不会想到，自从自己火了之后，会接连跟蹲局子、"查水表"打交道。

在陈亮逃回去不久，整天跟同乡的狂客买醉喝酒，酒后胡咧咧，于是就有人以他言辞激烈"这小子是喷子"的理由，向刑部把他给举报了。当时陈亮刷屏可是得罪了一大票人，其中就包括刑部侍郎，可算找着理由了，立刻就给他扣了个"言涉犯上"的大帽子，"查水表"了。[1]

蹲局子的日子可想而知，陈亮差点死在牢狱里，幸好被宋孝宗发现，一句"秀才醉后妄言，何罪之有"[2]给放了。

陈亮就这么带着一身伤回了家乡，万万没想到，连一口热乎饭都没吃上，又有官兵叔叔上门了："我们怀疑你买凶杀人，你爹已经被大理寺给抓了，你也跟我们走一趟吧。"

---

1 《宋史》：亟渡江而归。日落魄醉酒，与邑之狂士饮，醉中戏为大言，言涉犯上一士欲中亮，以其事首刑部。
2 《宋史》。

陈亮：？？？

幸好这次有辛弃疾他们帮忙，陈亮又从局子里出来了。[1]

"这回那小子总该老实了吧？不嚷嚷抗金了。"

不。

陈亮："我感觉自己从未这么热血沸腾过。"

有的人是越战越败，越败越战，陈亮俨然就是其中的标志性人物。从牢狱里出来之后，四十五岁的陈亮还亲自到建康、京口一代观察地形，再次写了篇刷屏的上疏，建议皇上把这一带作为北伐根据地，又提了驻兵在建康等一系列建议。

也正是在这个时候，陈亮写了篇实用性堪比议论文的《念奴娇·登多景楼》。

> 危楼还望，叹此意、今古几人曾会？鬼设神施，浑认作、天限南疆北界。一水横陈，连岗三面，做出争雄势。六朝何事，只成门户私计！

> 因笑王谢诸人，登高怀远，也学英雄涕。凭却长江，管不到，河洛腥膻无际。正好长驱，不须反顾，寻取中流誓。小儿破贼，势成宁问强对。

这首词借古论今，内容不同于抒发感情，而是意在抒发自己的建议，继承了陈亮的一贯词风，言辞犀利尖锐，表达了一心抗金的豪迈。整首词不仅写了作者个人的愿望，还充分提出了可以抗金的理由——地形有利，比如"鬼设神施""正好长驱"，最后嘲讽朝廷的无能，有这样好的优势，又何须顾虑对方太强大？

论点、论据论证都有了，甚至还举了例子来加强，陈亮词的一大特色就是"以论为词"，结合论点和时事来写作，生生把词

---

1 《宋史》：居无何，亮家僮杀人于境，适被杀者尝辱亮父次尹，其家疑事由亮闻于官，笞榜僮，死而复苏者数，不服。又囚亮父于州狱。而属台官论亮情重大理。时丞相淮知帝欲生亮，而辛弃疾、罗点素高亮才，援之尤力，复得不死。

给写成了议论文。

其实早在公元 1185 年，陈亮就写过这种类似议论文的词，当时是金人完颜雍过生日，宋孝宗就命章德茂以大理寺少卿、户部尚书的名义，前去为完颜雍祝寿。这件事简直是奇耻大辱，陈亮就写了这首词为章德茂送行。

不见南师久，漫说北群空。当场只手，毕竟还我万夫雄。自笑堂堂汉使，得似洋洋河水，依旧只流东？且复穹庐拜，会向藁街逢！

尧之都，舜之壤，禹之封。于中应有，一个半个耻臣戎！万里腥膻如许，千古英灵安在，磅礴几时通？胡运何须问，赫日自当中！

——《水调歌头·送章德茂大卿使虏》

清代冯煦评价"忠愤之气，随笔涌出，并足唤醒当时聋聩，正不必论词之工拙也"。[1]

公元 1188 年，陈亮与辛弃疾在鹅湖亭相聚，互相作词数首来勉励对方，这就是第二次鹅湖之会，陈亮整整写了三首来唱和辛弃疾。

离乱从头说，爱吾民、金缯不爱，蔓藤累葛。壮气尽消人脆好，冠盖阴山观雪。亏杀我、一星星发！涕出女吴成倒转，问鲁为齐弱何年月？丘也幸，由之瑟。

斩新换出旗麾别，把当时、一桩大义，拆开收合。据地一呼吾往矣，万里摇肢动骨，这话霸、只成痴绝！天地洪炉谁扇鞴？算于中、安得长坚铁！沘水破，关东裂。

——《贺新郎·酬辛幼安，再用韵见寄》

这是其中比较出名的一首，其余两首还有《贺新郎·寄辛幼安和见怀韵》《贺新郎·怀辛幼安用前韵》。

然而言辞激烈得罪人，尤其是之前陈亮刷屏的帖子还没被宋

1 《蒿庵论词》。

孝宗看见——宋孝宗忙着内禅呢，哪儿有闲心管他。但这帖子不巧被朝廷其他人看见了，拿出小本本记了一笔。

陈亮后来参加同乡宴会，有人在他的汤里洒了胡椒粉，这就是个小细节，谁知道陈亮回家不久，又被查了水表。[1]

"你好，有个当时跟你一同参加宴会的人猝死，我们怀疑是你……"

"要我跟你们走一趟是吧？好的，我知道了。"

"查水表"，蹲局子，大理寺，简直轻车熟路。

陈亮蹲在局子里：这次会不会有命中注定的人来救我？

实在说不上是幸运，还是不幸，每次陈亮落狱还的确都有人救。当时的大理寺少卿特意跑去宋光宗面前求情，一句话道出了大家为啥拼死救他："此天下奇材也。国家若无罪而杀士，上干天和，下伤国脉矣。"[2]

总而言之就是，这张卡太珍贵，实在不能轻易融掉啊。

宋光宗："好吧。"

经历过三次牢狱之灾后，陈亮也算是看开了，佛系了，这生死都经历过了，科考算啥？于是五十一岁那年，陈亮再次参加了礼部科考。

噫，中了！

状元！

可以说是冲出来的（老）黑马了。

黑马老陈自己也挺高兴，想不到人生走了大半还能中头彩，自己终于能名正言顺地当官了！

但老陈忘了，自己这辈子为朝廷操碎了心，身子骨早就跟不

---

1 《宋史》：先是，乡人会宴，末胡椒特置亮羹胾中，盖村俚敬待异礼也。同坐者归而暴死，疑食异味有毒，已入大理。

2 《宋史》。

上了。

考中进士不过一年，在朝廷要任命他当官的时候，陈亮就于公元 1194 年的某天夜里忽然逝世，享年五十二岁。[1]

命运真的就是这么戏剧化。

陈亮这一生正应了"英雄可以被毁灭，但不可以被打败"，他在词作中表达的不仅仅是论点，更是他呼喊抗金的心声。以一介布衣屡屡上奏，结交辛弃疾等豪杰，落难时八方相助。人人都说一生要活得潇洒，他做到了。

陈亮对自己的评价也恰如他的性格。

"其服甚野，其貌亦古。倚天而号，提剑而舞。惟禀性之至愚，故与人而多忤。叹朱紫之未服，谩丹青而描取。远观之一似陈亮，近视之一似同甫。未论似与不似，且说当今世，孰是人中之龙，文中之虎。"[2]

或许是他这一生过得太过坎坷，上苍不忍，在收回这颗星辰之前，给了他一次发光的机会吧。

1 《宋史》：授金书建康府判官厅公事。未至官，一夕，卒。
2 《自赞》。

TEA PARTY
ChAPTER.4

宋·朝·茶·话·会　　第四章

代表发言了：
一场别开生面的
宋词茶话会

文 ///// 拂罗

199 关注	5241 万 粉丝	25252 微博

V 微博认证　LV40

北宋文学家 /
书画家 /
唐宋八大家之一

苏　**苏轼 V**
一炷香前 来自微博 weibo.com

二十岁之前，
我以为世界都站在我这边。
二十岁之后，
我才知道，
离家算什么，被贬算什么，入狱算什么，
只要有美食，
全都不是事儿！

　　余光中老先生曾答过这样一个问题，和李白、杜甫、苏轼出去旅游，三选一你选谁？三者都是偶像级的大文豪，恐怕很多人要苦想很久了。余老先生的回答是苏轼。

　　杜甫太苦，你全程能感受到冷冰冰的现实往脸上拍；李白是诗仙，和他旅游自然很快乐，但李白素来不大现实，醉酒后把你丢在哪儿都是有可能的；而苏轼，他很有趣，他不仅能和你作诗喝酒，陪你做饭打趣，还能陪你一起全程哈哈哈哈。

有趣，这不仅是余老先生的看法，这也是千百年以来中国人对苏轼的形容。究竟是怎样传奇的一个灵魂，才能贯穿千年文化长河，如明珠般脱颖而出？

一门父子三词客，说到苏轼，不得不先提起他老爹苏洵——《三字经》里被人扒了黑历史的"二十七，始发奋"的苏老泉。苏洵小时候是标准的脑子聪明但不用功的学渣，靠爹吃饭啥啥不愁，中二病发作时要当个游侠。

中二期过去了，苏洵在他爹期盼的目光下捧起了课本，又放下了。

苏洵他爹大惊："你咋了？"

苏洵："太难，学不会。"

一年过去了，苏洵没有学，两年过去了，苏洵没有学，三年……

苏洵他爹怒："老子不管了！不管了！"

苏洵跷着脚等到二十五岁，自信心十足，学人家颠颠上京赶考去了。然而等成绩一出，现实立刻冷冰冰地拍了他一巴掌"不学你来考个鬼"，结局喜闻乐见，他啥也没考上。

苏洵恍然大悟，据《宋史》记载[1]，他怒烧自己以前的旧稿，发愤图强，这才开始往学霸方向迈进，之后又考了好几次，这才考中。这个时候他已经奔三了，连儿子都有了，苏轼就是在老爹发奋读书阶段出生的，也就是公元 1037 年。

在苏轼的记忆里，除了娘做的菜非常好吃之外，还有老爹总是挑灯夜读。

苏洵一心读书，家中重担就都压在了夫人身上。关于这位夫人史书并无太多记载，只知道姓程。这位程夫人同时打理好家务

---

1 《宋史》：苏洵，字明允，眉州眉山人。年二十七始发愤为学，岁余举进士，又举茂才异等，皆不中。悉焚常所为文，闭户益读书，遂通六经、百家之说，下笔顷刻数千言。

这是一次严肃的文学实验

苏轼：我宣布

167

和教育年幼的儿子，将他们培养成了出息的大文豪，可以说是苏轼一家幕后的无名英雄。[1]

苏洵这辈子最欣慰的事，就是俩儿子没重蹈自己的覆辙。公元 1056 年，苏轼十九岁，在老爹期盼的目光中昂首迈入了考场。当时的题目是《刑赏忠厚之至论》，主考官是欧阳修，小试官则是梅尧臣。两人批卷子正批得头昏脑涨，忽然瞥见其中一篇文，顿时拍案叫绝，感觉整个人都被治愈了，奇才，奇才啊！

就是其中有个小小的问题……这片作文里引了个典故"皋陶为士，将杀人。皋陶曰杀之三，尧曰宥之三"，他俩左看右看上看下看，懵了，这句话出自哪啊？

梅尧臣捧着这篇作文，悄悄去问欧阳修："这句话我咋没见过，出自哪儿啊？"

欧阳修一看，也懵了："不知道啊，没见过。"

话虽如此，但说出去岂不是显得我俩很没面子？两人大笔一挥，非常坦荡地给了高分。按说苏轼这次妥妥地稳拿第一，成绩一下来，第二名——欧阳修以为，哇这么好的文章肯定是我爱徒曾巩所作！

自己批卷子，自己爱徒又得了第一，欧阳修想来想去觉得不妥，就给改成了第二名，万万没想到名字一揭，叫苏轼，一个四川来的小娃子！[2]

苏轼朋友圈 @欧阳修："为什么要这样对我。"

——但凡考中者，要先拜谒一下主考官，绑定师生关系，苏轼考中的时候，这两人拿着卷子暗搓搓地去问典故出处。

苏轼神秘一笑："想当然耳。"[3]

1 《宋史》：苏轼，字子瞻，眉州眉山人。生十年，父洵游学四方，母程氏亲授以书。
2 《诚斋诗话》：欧阳公作省试知举，得东坡之文惊喜，欲取为第一人，又疑其是门人曾子固之文，恐招物议，抑为第二。
3 《诚斋诗话》。

欧阳修对这小子是大大的赞赏，就差四处安利"你听说过苏轼吗"，他还激动地预言了这小子的前途"此人可谓善读书，善用书，他日文章必独步天下"。

苏轼就这么从文圈儿透明一步登顶，成为全民大大，每每作词肯定都能上热门，他才二十岁左右，放哪儿都是前途无量。但现实真的是这样吗？天妒英才的确是有根据的，苏轼就像是提前花光了此生的运气，他做梦也不会想到，自己的人生的转折，接二连三地来了。

公元 1059 年十月，就在苏轼准备在职场上再次一鸣惊人的时候，忽然听闻家乡传来噩耗，母亲程夫人去世了，他不得不中断仕途，回家守孝。两年以后苏轼重新杀回来，参加了制科考试，什么是制科考试？就是特殊的公务员考试，选拔"非常之才"，顾名思义，比人才更人才，比高考难十倍。

学霸就是学霸，苏轼不仅考中了，还被誉为"百年第一"[1]。学霸苏轼初入职场，被任命为凤翔府判官[2]。这官看着也不大啊，怎么回事？莫急，小同志刚上来没经验、没阅历，只不过是个过渡阶段而已，过了这个阶段，就是真正的展翅了。

果然四年之后，苏轼又被调回了中央，这次总该一展身手了吧。苏轼正等着好机会，忽然又相继听见两个噩耗，他夫人王弗和他父亲苏洵去世了！

苏轼又离开京城，守了三年孝。

来回一去，就已经过了好几年，苏轼怀着丧亲之痛再回京城，只看见满目凄凉，昔日的恩师欧阳修已经离开了此地。原来是新宰相王安石上位了。王安石也是在课本上时常出现的人物之一，这位政治家自诩宋朝救星，颁布了许多变法，但正所谓理想总是

---

1 《宋史》：自宋初以来，制策入三等，惟吴育与轼而已。
2 《宋史》：除大理评事、签书凤翔府判官。

美好的，现实却是骨感的，王安石只看到了美好的想象，没看到底层百姓身处的现实。[1]

王安石没看到，不代表苏轼也没看到，他没有技术性屏蔽自己的目光，而是将眼见这些化作一腔愤怒，直接把王安石给怼了一顿。[2] 王安石很生气，后果很严重，在王安石的层层打压之下，苏轼也很生气，但他官儿小后果不严重，苏轼只能收拾收拾行李走人，去杭州当通判去了。[3]

苏轼在瑟瑟的风中回头看一眼他曾无限向往的京城，叹了口气，没有回头。

苏 **苏轼**
认证美食博主

我走了，不回头，谁推荐一下杭州有啥好吃的啊。

1分钟前　　　删除　　　　　　••

都说苏轼活得潇洒，活得有趣，这不光是因为他的性子使然，更因为要是比惨的话，其实大宋词人也没几个比苏轼更惨的了，他不是被贬，就是在被贬的路上。如果我们翻地图就会知道，苏轼在十四个州停留过，居然走遍了华夏的半壁江山。

苏轼去密州的时候，政敌美滋滋地问："哎，那个苏轼，是不是以泪洗面求着回来呢？"

"报，苏大人打猎去了！"

哈？？？

此时此刻苏轼不光在密州做出了一大堆政绩，他真的在打猎，

1 《宋史》：还朝。王安石执政，素恶其议论异己，以判官告院。四年，安石欲变科举、兴学校，诏两制、三馆议。
2 《宋史》：时安石创行新法，轼上书论其不便。
3 《宋史》：时新政日下，轼于其间，每因法以便民，民赖以安。徙知密州。

那首出名的《江城子·密州出猎》就是他在密州时所写的。

老夫聊发少年狂，左牵黄，右擎苍，锦帽貂裘，千骑卷平冈。为报倾城随太守，亲射虎，看孙郎。

酒酣胸胆尚开张。鬓微霜，又何妨！持节云中，何日遣冯唐？会挽雕弓如满月，西北望，射天狼。

这首词上阕叙事、下阕抒情，洗涤了当时"国穷民富"之下宋朝政府的软弱词风，读来气势豪迈，从前三句围猎盛况笔锋一转，转而倾诉自己为国效力的理想——"天狼"正是代指西北方的西夏。

如果说宋朝流行低吟浅唱的词风，词为艳科，那么苏轼的这首词便是大刀阔斧，狠狠劈开了莺歌燕舞的勾栏之气，直接改变了自晚唐五代以来的婉约作风，对宋朝的整体词风产生了深厚的影响，以至于后来出现黄庭坚、陈师道等人的优秀作品，所以也称苏轼开创了"豪放词派"。

这首《江城子》，也是苏轼对豪放派诗词的一次尝试，他成功了。

苏　**苏轼**

认证美食博主

我宣布，这是一次严肃的文学实验。

15分钟前　　删除　　　　　　　　　　　　　　　　　⋯

苏轼还写过十分相似的一首诗《祭常山回小猎》，这首诗无论是内容还是遣词用句，都与《江城子》十分相似。

青盖前头点皂旗，黄茅冈下出长围。

弄风骄马跑空立，趁兔苍鹰掠地飞。

回望白云生翠巘，归来红叶满征衣。

圣明若用西凉簿，白羽犹能效一挥。

都是写出猎的场面、爱国的壮志，但这首诗更注重于叙事，不及词更抒发内心，所以对比来讲，词比诗更加生动，艺术水平更高。苏轼对宋词创新的一个显著特征就是：以诗为词，但凡能入诗的字句，皆可同时入词，所以可以说，苏轼革新了长久以来宋朝的词坛，让词彻底从儿女情长中走出来，迈向更广阔的天地。

清代文学家刘熙载盛誉："东坡词颇似老杜诗，以其无意不可入，无事不可言也。"[1]

同样在密州期间写出的，还有被无数人改编成歌曲的《水调歌头·明月几时有》，以及缅怀亡妻的"十年生死两茫茫"[2]。

丧完了哭过了，就出去打打猎，打猎回来还赏赏月。苏轼就是个拿了虐文剧本的开心果，剧本往死里虐，他就往死里开心。

苏轼：我是美食主角，开心。

老天：你知不知道你是虐文主角？

苏轼：啊？我是虐文主角吗？

苏轼：我是虐文主角，开心。

老天决定再重重敲打他一下。又过了几年，到了公元1079年，苏轼去湖州当知州，上任之后按着规矩给皇帝写了封《湖州谢表》。递上去不久，一个消息忽然传过来：苏轼你被"查水表"了！

原来里面有句"陛下知其愚不适时，难以追陪新进；察其老不生事，或能牧养小民"，当时朝廷圈子正鸡飞狗跳，苏轼把自己和"新进"相对立，说自己不生事，本来没必要写这么一句，但苏轼写表的时候，职业病犯了，就带了个人感情进去。

坏事了。

1 《艺概·词曲概》。
2 《江城子·十年生死两茫茫》。

御史台："等等，你说你不生事，那就是说我们这些'新进'的人生事喽？"

在"杠精"这词没出现之前，他们管这个情况叫文字狱。

苏轼就这么被御史台揪了小辫子，新党斥责苏轼"愚弄朝廷"，这在当时是很重的罪，苏轼稀里糊涂地被扔进大牢整整一百零三天，受尽苦难，坐地等死。这也是著名的"乌台诗案"，至于究竟是他得罪的人所为，还是小人陷害，这一点众说纷纭。

大牢里只能啃窝窝头，苏轼不开心。就在他胡子拉碴准备受死的时候，外面又传出消息："出来吧，你'水表'修好了！"

原来这事儿到底太荒唐，这方要杀，那方要救，两方在朝廷上展开轰轰烈烈的撕逼大战，已经退休的老干部王安石看不下去，老干部到底是惜才，怒了，拍案上奏"安有圣世而杀才士乎"。[1]

众人缩头。

宋神宗被这句话戳心了，不杀了，大家遂作罢。[2]

> **苏** **苏轼**
> 认证美食博主
>
> 我出狱了呜呜，我去黄州了，黄州的鱼真好吃啊，还有我远远看见竹子就闻见竹笋香味儿了。[3]
>
> 两个时辰前　　　删除

这事儿过去了，但苏轼俨然不能再待下去了，他又收拾收拾行李，拖着一身伤去了黄州，当了个团练副使的虚职，连俸禄都没有，怎么活？苏轼灵机一动，种地吧！

---

1 《耆旧续闻》。
2 《续通鉴纲目》：宋神宗元丰二年己未，下知湖州苏轼狱，贬为黄州团练副使。
3 《初到黄州》：长江绕郭知鱼美，好竹连山觉笋香。

苏轼领悟了技能【种地】，成功转职东坡居士！[1]

苏轼四下里转悠转悠，惊喜地发现：咦，黄州有猪肉，黄州猪肉特好吃！他把猪肉切切，放点儿葱花下锅，美滋滋，还写了首吃货之歌更新在朋友圈，分享今日美食食谱——当时官员喜欢羊肉，百姓又看不起猪肉，让他高高兴兴地捡了便宜，发明了东坡肉。

"净洗铛，少著水，柴头罨烟焰不起。待他自熟莫催他，火候足时他自美。黄州好猪肉，价贱如泥土。贵者不肯吃，贫者不解煮。早晨起来打两碗，饱得自家君莫管。"[2]

早晨起来吃两碗，可想而知，苏轼的体重直线飙升。这体重超标也带来了一大堆毛病，苏轼终于觉得不妥——因为他莫名其妙害了红眼病。

苏轼颠颠地跑去找郎中。

郎中："你有没有想过，你是猪肉吃多了？你少吃点猪肉就好了。"

苏轼："我也想啊，但我的嘴不同意啊。"[3]

因为吃货属性，苏轼着实干出许多让人问号脸的事儿来。众所周知，和尚不吃肉。所以他信佛却致力于怼和尚，是实锤。有次苏轼一边吃肉一边诵经，被和尚惊恐阻止。

和尚："别念！"

苏轼："那我漱漱口再念行不？"

和尚："？"[4]

苏轼回去就发朋友圈：和尚们管酒叫般若汤，管鱼叫水梭花，

1 《宋史》：轼与田父野老，相从溪山间，筑室于东坡，自号"东坡居士。"
2 《苏轼集》。
3 《东坡志林·疾病》：余欲听之，而口不可，曰：我于子为口，彼与子为眼，彼何厚，我何薄？以彼之患而废我食，不可。
4 《诵经帖》：东坡食肉诵经，或云：不可诵。坡取水漱口，或云：一盥水如何漱得！坡云：惭愧，阇黎会得！

鸡叫钻篱菜！真是自欺欺人，太可笑了，想吃就吃，起名儿算咋回事？[1]

苏轼除了吃吃喝喝、作作诗，也会瞅着自己这片土地，叹口气，为啥就我这么倒霉呢？

苏轼就去翻了翻十二宫——其实星座从隋朝就引入了中国。苏轼发现哎原来自己是摩羯座，哎原来运气不好的爱豆韩愈也是摩羯！原来是我水逆了！[2]

他又翻翻，翻着个叫马梦得的老兄，也是摩羯座，也特倒霉！

苏轼开心了，提笔就写，马梦得比我小八岁，跟我生日一样，这一年出生的人通常比较穷，所以简直没人比我和梦得老兄更穷了，但我俩之间一比，还是他比较穷。[3]

马梦得："？？？"

正是在被贬到黄州的这段日子里，苏轼写下了《念奴娇·赤壁怀古》等作品，其中有句"人生如梦，一樽还酹江月"。

反正人生如梦，便敬月亮一杯吧。

不难看出，乐呵归乐呵，苏轼是个凡人，被贬谪到黄州的这段日子里，壮志难酬的痛苦、贫穷和疾病同时不依不饶地找上了他，乌台诗案始终是他心中难以抹去的阴影，一百多天的牢狱生涯和前路的未知，都足以击垮任何一个人。

但我们常说苏轼有趣，就有趣在他能看淡这份痛苦，丧丧的心情过去之后，他能从折磨他的苦难中潇潇洒洒地走出来，换一种心态。出游淋雨，朋友都觉得晦气，但苏轼不这么觉得，于是有了《定风波·莫听穿林打叶声》。

1 《东坡志林》：僧谓酒为"般若汤"，谓鱼为"水梭花"，鸡为"钻篱菜"，竟无所益，但自欺而已，世常笑之。人有为不义而文之以美名者，与此何异哉。
2 《东坡志林·书上元夜游》：吾平生遭口语无数，盖生时与韩退之相似。退之诗云：我生之辰，月宿直斗。乃知退之磨蝎为身宫，而仆乃以磨蝎为命，平生多得谤誉，殆是同病也。
3 《东坡志林》：马梦得与仆同岁月生，少仆八日，是岁生者，无富贵人，而仆与梦得为穷之冠；即吾二人而观之，当推梦得为首。

莫听穿林打叶声，何妨吟啸且徐行。竹杖芒鞋轻胜马，谁怕？一蓑烟雨任平生。

料峭春风吹酒醒，微冷，山头斜照却相迎。回首向来萧瑟处，归去，也无风雨也无晴。

我们仿佛能看到一个游侠般洒脱的形象，他拄着竹杖，穿着草鞋，徐徐放歌而行。料峭的风微微吹醒了他的醉意，他回过头，看见曾经风雨萧瑟的地方，已经放晴。

他回首曾经刮过风雨的地方，正如同回首自己漫长的人生，这个时候的苏轼，已经真正从心理阴影中脱离，风雨晴空且平常，何况人生？于是他"归去"了，从几乎置他于死地的人生风雨中，走了出来。

不久之后，苏轼的人生短暂地"放晴"了。

苏轼又辗转过汝州等地，公元 1085 年，宋哲宗上位了。新 BOSS 多大呢？八九岁，主要是 BOSS 他老妈也就是太后垂帘听政，太后支持旧党，还是苏轼的小迷妹，她立刻把苏轼调回了中央，直接给提拔到了翰林学士。[1]

人生大起大落简直太刺激，苏轼这是当过地方办事处主任，也当过皇帝身边的秘书。

苏 **苏轼**
认证美食博主

我回来了，我不开心。

40分钟前　　　删除　　　　　　　　　　　　　　　··

原来太后听政以来，王安石为首的新党就被旧党给打压了下

1 《宋史》：宣仁后问曰："卿前年为何官？"曰："臣为常州团练副使。"曰："今为何官？"曰："臣今待罪翰林学士。"

去,往死里打压,旧党同样迂腐不可救药,这些让苏轼感到不开心。

苏轼骂旧党:"我觉得你不妥。"

新党:"咦,那你就是支持我们喽?欢迎欢……"

苏轼:"我觉得你也不妥。"

新党和旧党:"滚。"

苏轼再次颠颠走上了被贬之路,相继去过杭州、岭南等地,中间曾被召回朝廷一次,之后又因为相同的理由给贬了下来。

苏轼还抽空在岭南更新了朋友圈:日啖荔枝三百颗,不辞长作岭南人。

苏轼只知道吃吗?当然不可能,他任职之处革新除弊,受到广大百姓的疯狂 call,苏轼一共修缮了三条长堤,还治理过蝗虫等灾难,后世人也把长堤叫作"苏公堤"。[1]

可能是因为当年苏轼的铮铮之声太过锐利,让京城时刻感受到恐惧,恐惧这声音随时有可能回来,再指着朝廷所有不能见光的疤痕当头痛骂一顿。在苏轼六十二岁的时候,他被贬谪到了海南岛儋州。

对于大宋百姓来讲,这是版图的极限,被发配到这里的官员,仅仅和砍头只隔了一道门。经过多日的颠簸,苏轼从船上下来了,看着这荒凉的小岛,他发了条微博。

苏	**苏轼**
	认证美食博主

谁安利一下岛上有什么美食啊?

26分钟前　　　删除

1 《宋史》:收其利以备修湖,取救荒余钱万缗、粮万石,及请得百僧度牒以募役者。堤成,植芙蓉、杨柳其上,望之如画图,杭人名为"苏公堤"。

这是一次严肃的文学实验

苏轼:我宣布

没有。

苏轼震惊了。苏轼感觉自己的人生受到了挑战。他开始四处寻找当地人口中能吃的东西，蝙蝠、果子狸……连蛤蟆都没放过。[1]

皇天不负有心人，苏轼在品尝了各种稀奇古怪的东西之后，终于找到了他人生中的挚爱：牡蛎！苏轼尝完牡蛎之后，感觉人生乐趣又回来了，他激动地提笔给儿子苏过写信。

"崽啊，我在海南找到的牡蛎真是太好吃了！你可千万别告诉朝廷里的那些人啊，免得他们跑过来跟我抢牡蛎吃。"[2]

苏过："爹，你开心就好。"

如果有海南的朋友看到这儿，应该会知道苏轼在海南做了什么：办学堂。当时海南岛是个什么地方呢？百年都不出一个进士的地儿，自从苏轼办了学堂之后，海南相继出了举人和进士，海南当地至今还有苏东坡的雕像。

或许人对于自己的归途是有直觉的，当初千里迢迢来岛上之前，苏轼就曾做了一首诗：*他年谁作舆地志，海南万里真吾乡。*

他偶尔会看看京城的方向，那是他付诸了所有年少与热血的地方，但他知道，自己回不去了。

公元 1100 年，朝廷大赦天下，苏轼也接到了赦免，朝廷要他回去当朝奉郎。六十六岁的苏轼去了，他拖着久病之身上船，看见隔岸无数人围观自己。

苏轼乐了，发出了人生中最后一声开怀大笑："这是要看杀我吗？"[3]

---

1 《闻子由瘦儋耳至难得肉食》：土人顿顿食薯芋，荐以薰鼠烧蝙蝠。初闻蜜唧尝呕吐，稍近蛤蟆缘习俗。
2 《清暑笔淡·东坡海南食蚝》：东坡在海南，食蚝而美，贻书叔党曰：无令中朝士大夫知，恐争谋南徙，以分此味。
3 《邵氏闻见录》：东坡自海外归毗陵，病暑，着小冠，披半臂，坐船中。夹运河岸，千万人随观之。东坡顾坐客曰："莫看杀轼否？"其为人爱慕如此。

苏轼于公元 1101 年的八月二十四日逝世，宋高宗继位后谥号"文忠"。"文忠"是相当高的谥号，也恰如苏轼的一生。他在诗词文章方面贡献巨大，尤其在词方面，他扩大了整个宋词的格局，将宋词从音乐的附属品彻底独立化，主张写词也该像写诗那样，抒发心境。

刘辰翁就曾评价"词至东坡，倾荡磊落，如诗如文，如天地奇观"。[1]

艺术方面，他尤其擅长行书、楷书，名列"宋四家"之一，现存《赤壁赋》等作品，并擅长绘画墨竹。他更是在烹饪、医药等方面贡献突出，传说著名的东坡肉、东坡鱼等菜肴，就是苏轼所留。正如清代词人周济形容"东坡每事俱不十分用力，古文、书、画皆尔，词亦尔。"[2]

一个有趣的灵魂陨落了，在此后的千百年里，无数同样有趣的灵魂与他产生了共鸣。在人间时，他是个凡人；辞别人间，他是千年来风雨过后温柔的春风，吹拂在无数灵魂的心尖。

他不想家吗？他想啊，他太想了，他在《答李端书》中自嘲写信给亲友朋友无人作答[3]，他苦吗？岁月那般待他，他如何不苦？他在黄州乘扁舟穿草鞋，放浪山水间，与樵夫百姓为伴，还被路上的醉汉推搡辱骂。对于苏轼来讲，这个大宋在他二十岁之后，忽然变了个模样。

可一转眼，他学会了"竹杖芒鞋轻胜马"，学会了"人间有味是清欢"，他在朝堂高门与柴扉寒门间辗转，他的人生教他学会及时行乐的潇洒。什么是洒脱？不是心中什么伤也没有。每个人心中都有愁，而是在痛过哭过之后，他能将这个结解开来。

---

1 《辛稼轩词序》。
2 《介存斋论词杂著》。
3 《答李端书》：平生亲友，无一字见及，有书与之亦不答，自幸庶几免矣。

179

林语堂老先生曾形容过苏东坡是一个无可救药的乐天派、一个伟大的人道主义者、一个百姓的朋友、一个大文豪……是的，太多太多的形象：京城里春风得意的少年，朝堂上痛斥变法的直臣，密州牵黄狗出猎的逐客，只有这些形象叠在一起，才是一个完整的苏轼。

然后你会发现他还是那个笑容不改的少年。

苏轼彻底归去了，此后既无风雨也无晴，我想，有一句话能很好地形容他。

生命以痛吻我，我却报之以歌。

欧阳修：咳咳，
其实是徒弟喊我来撑场子

文 ///// 拂罗

256 关注	3521 万 粉丝	18216 微博

V 微博认证 *LV35*

北宋政治家 /
文学家 /
唐宋八大家之一

欧 **欧阳修** V
一个时辰前 来自微博 *weibo.com*

在宴席上，我送别原甫。
让我回想起年少时，
那鲜衣怒马、风流倜傥。
少年们呐，
及时行乐吧，
别等到像我一样，
行将就木，白发苍苍。

公元 1056 年，送别宴上，老少对饮正酣。

"原甫，你此去扬州任职，可别忘了去城外那平山堂看一看，老夫种的那棵柳树，自从一别，可就好几年没见着它喽。"

"好，等到扬州，我一定回信。"

被唤作原甫的"年少"者名叫刘敞，字原甫。说他年少实则不妥，其实他已三十又八，但在这五十岁的老者眼里，却正是一展身手的大好年纪。

"原甫，人生及时行乐，你看，坐在你对面的老头儿已经白发苍苍喽。"看出对方沉浸于送别的伤感里，老者举杯笑，又将方才说过的话作一首《朝中措》送上。送别宴上的低落顿时一扫而空。

"行乐直须年少，尊前看取衰翁。"

公元 1056 年的那场普普通通的送别宴，也因这首词而刷爆了当年的宋朝热门圈，一度成为热门话题 # 平山堂 # # 醉翁送别友人 #，词中追忆的平山堂，更引来无数小粉丝来打卡，为老者表白："醉翁大大我爱你！""啊这是什么神仙填词！"

这位老者到底是何许人也？卖个关子，他的名字至今风靡在各大课本"默写并背诵全文"里，跟他来往的都是什么人呢？苏家三词客，他赏识的；王安石、曾巩他们，他培养的；唐宋八大家，有他；千古文章四大家，也有他。

天呐，这是什么老神仙，首先我们用排除法，肯定不是李白。

他就是欧阳修，字永叔，号醉翁。

史书里对欧阳修的出生年月日甚至时辰都记载得非常清晰。公元 1007 年八月一日寅时，四川某个小法官之家，在五十六岁的老父亲激动的高呼声中，一个叫欧阳修的小娃子出生了。如果当初有人给他算一卦，可能会说"孩子，你这辈子就是在凶吉之间起起落落啊"。

欧阳修三岁那年迎来了人生中第一次大落，他父亲去世了，幸运的是还有个关照他的叔叔，接纳了他们娘俩。年幼的欧阳修印象最深的事，莫过于娘拿着树枝在沙地上划拉，教自己写字——以至于欧阳修写字功底深厚，不光是个文学家，还是个书法家。[1]

或许是继承了娘亲知书达理的天赋，和许多天才一样，欧阳

---

1 《宋史》：守节自誓，亲诲之学，家贫，至以荻画地学书。

修打小就是个主动性超强的学霸，是个看书、写文一级棒的低龄触。他叔叔在拜读他的作品后立刻变成了迷弟，信誓旦旦对他娘担保："嫂子不必担心了，这孩子以后必定闻名天下啊！"[1]

十七岁那年，"别人家孩子"欧阳修就带着叔叔的祝福flag大步迈入了考场。他叔叔可能是个毒奶，欧阳修第一次没考上，第二次也没考上，从十七岁一直考到二十二岁，终于发出三声欢呼："噫，我中了！"

等等，为啥是三声？

这里就不得不讲讲宋朝科举了，如果说唐朝是没改革的江苏卷，难于上青天，那么对学子们来讲，投胎到宋朝是个不错的选择，宋朝的科举制度相对完善，而且扩招了，只不过和历代科考一样，流程挺复杂。

首先，这高考大体每三年举行一次，机不可失，错过请您三年后再来，流程又分为"州、省、殿试"三级考，州考合格的幸运儿获得成就头衔"贡生"，然后经当地保举，赶赴京城。欧阳修发出三声"中了"，因为他是由一个叫胥偃的官员保举，一连在广文馆试、国学解试里拿了第一。

玩家【欧阳修】获得头衔【监元】【解元】！

然后学霸欧阳修又拿了礼部省试第一，获得头衔【省元】。

欧阳修扳着手指，眼下就剩个殿试没拿到手了，估计自己还是第一名，想想还有点儿小激动呢，嘿嘿。

他特意提前让人做了套美美的新衣服，到时候录取通知书下来再穿，嫉妒死那群同学，想想还有点小激动呢，嘿嘿。

欧阳修在广文馆有个同学，叫王拱辰，年方十九，跟他一起等着殿试。某天晚上，王同学穿上欧阳修的新衣服晃来晃去，得

---

1 《欧阳修年谱》：为诗赋，下笔如成人。都官曰："奇童也，他日必有重名。"

意扬扬地跟他开玩笑卖萌："我穿上状元的袍子啦！"

所谓毒奶毁一生，转眼殿试放榜，欧阳修美滋滋地去看榜，想想还有点小激……嗯？

王同学是殿试状元，第一名。

欧阳修一路往下看，往下往下……自己是第十四，进士。

嗯？！

王同学：溜了溜了。

事后经主考官晏殊等当事人回忆："我们吧，就是觉得欧阳同学年轻气盛，有点儿狂，就想挫挫他这锐气……好剑也得耐磨啊，是吧？"

欧阳修："行吧。"

总归来讲，欧阳同学对自己这成绩还算满意，因为正所谓人生四大喜事"金榜题名时""洞房花烛夜"他占了两样，为什么呢？当时官员们喜欢在这群年轻小学霸里挑女婿，新出炉的白馒头是抢一个没一个啊！这种疯狂的行为也叫"榜下择婿"，欧阳修这个馒头就被自己的老师胥偃给看中了，娶了自己的初恋胥氏。

欧阳同学的仕途之旅正式开始了，在考中进士之后，上面不能直接提拔你，得派你去京城外锻炼锻炼再回来。欧阳同学被外派到洛阳当推官，成功认识了梅尧臣这些基友，天天吃吃吃、玩玩玩，写写诗、填填词，特别佛系。[1]

等等，欧阳同学你不是去洛阳当官儿的吗？你这样真的不会被上司踢出群聊吗？

没关系，上司比他还佛系。

当时欧阳修这群小年轻的上司叫钱惟演，这是个堪比欧阳修第二个老父亲的人物，贯彻"整那些 996 作息干啥，人生不如吃

1 《宋史》：举进士，试南宫第一，擢甲科，调西京推官。始从尹洙游，为古文，议论当世事，迭相师友，与梅尧臣游，为歌诗相倡和，遂以文章名冠天下。

喝玩"的理念，坚持"崽子要富养"的原则，任着这群有才华的小年轻四处玩儿。[1]

＃今天上司不在，和梅兄出去踏青，开心＃

＃今天上司在，上司给了钱，让我和梅兄出去踏青，开心＃

没错，甚至欧阳同学和朋友去嵩山玩儿，晚上下雪回不来，正愁呢，上司钱惟演派了一大群人，冒着雪气势汹汹地就来了。

小年轻们："惊了，莫不是派人来揍咱们……"

"啊，钱大人说了，这府里也没啥事儿，你们就不用赶回来了，好好赏雪写写词吧，我们是钱大人雇的厨子和歌姬。"

如果说有什么能比得上现代小学生的"麻麻雪地里给我送东西"，那么就是欧阳同学他们的"上司冒雪给我送厨子"了吧。

外派到别地儿的学子估计要暴风哭泣，这是什么神仙上司啊。

在上司的全力支（溺）持（爱）下，他手下这群崽子终于不负众望，打破了当时流行的华丽骈文格式，开始放飞自我，效仿先秦两汉的文风，推行起"古文"来了，一个个都成了圈里知名的大 V、小 V。

钱惟演：老姨母笑。

被溺爱的总是有恃无恐，欧阳修回忆起洛阳这段无忧无虑的日子，还写过诗来回忆"曾是洛阳花下客，野芳虽晚不须嗟"[2]。

后来再到洛阳跟梅尧臣故地重游，欧阳修还写过一首词来怀念。

把酒祝东风，且共从容。垂杨紫陌洛城东。总是当时携手处，游遍芳丛。

聚散苦匆匆，此恨无穷。今年花胜去年红。可惜明年花更好，知与谁同？

1 《宋史》：初，钱惟演留守西京，欧阳修、尹洙为官属。
2 《戏答元珍》。

欧阳修：咳咳，其实是徒弟喊我来撑场子

——《浪淘沙·把酒祝东风》

清代俞陛云评价："因惜花而怀友，前欢寂寂，后会悠悠，至情语以一气挥写，可谓深情如水，行气如虹矣"。[1]

对于欧阳修来讲，如果自己是一把利剑，那么钱惟演就是给自己时间打磨的人，后来他把自己的读书心得归为"马上、厕上、枕上"，也归功于钱惟演跟他说过的话，"钱思公生长富贵，而平生惟好读书，坐则读经史，卧则读小说，上厕则阅小辞"。[2]

一时佛系一时爽，一直佛系一直爽，可惜欧阳同学他们没能永远佛系下去，因为老父亲上司钱惟演后来政治失意被调走了，跟崽子们抱头哭过一场之后，挥挥手不带走一片云彩。新来的上司年龄像个老父亲，性格却一点儿不像老父亲，叫王曙。老头儿对这群散漫小年轻特别不满，终于有一天，把小年轻们给训了一顿。

"你们看寇准那样的人，都因为佛系享乐被贬官了，何况你们一个个还不如人家，怎么敢这么佛？"

小年轻们：不敢吱声。

欧阳修不乐意了，他寻思着我怎么着也是老父亲钱大人教出来的，岂是你个老头儿想批评就批评的？欧阳修当时就回了句："寇准之所以倒霉，哪是因为他享乐，还不是因为一把年纪还不知道隐退？"

老头儿当时就懵了，本以为会被他给气得吃不下饭，没想到最后居然被这小子给圈粉了，后来老头儿担任枢密使，第一个推荐的就是这小子。[3]

暴击掉了老头儿，欧阳修就这么悠悠地待到了任职期满。公

---

1 《唐五代两宋词选释》。
2 《归田录》。
3 《宋史》：修等颇游宴，曙后至，尝厉色戒修等曰："诸君纵酒过度，独不知寇莱公晚年之祸邪！"修起对曰："以修闻之，莱公正坐老而不知止尔！"曙默然，终不怒。及为枢密使，首荐修等，置之馆阁。

元 1034 年春，正值三月，欧阳修终于要离开这个承载他青春的洛阳了，他回头望向这座自己无比怀念的城，挥笔写下一首《玉楼春·尊前拟把归期说》。

尊前拟把归期说，欲语春容先惨咽。人生自是有情痴，此恨不关风与月。

离歌且莫翻新阕，一曲能教肠寸结。直须看尽洛城花，始共春风容易别。

这是一首谈别离的词。上阕伤别，转为对人生的思考，天上的明月与楼台的清风本是无情物，却在"情痴"人眼中也化作了伤感之物。下阕离歌悲痛，后而忽然扬起，在前面悲伤的基础上，作者的情绪忽然豁达豪迈起来，既然要别离，便看尽这洛阳的花吧！然而后句春风易别，令这种豪迈转为沉着。

王国维评价："于豪放中有沉着之致，所以尤高。"[1]

在三月的好春光里，欧阳修看尽了洛阳花，从他最幸福的时光里缓缓离去。这时青年还不知道，他之后的人生，几乎再没有这般悠闲的好春光了。

当时主考官晏殊的话，"这小子看见不爽就怼，忒狂"，其实多半是对的。实际上，他也的确干了件别人干不出来的事儿，所幸这次他遇上的是另一个意气相投的家伙——范仲淹，两人就这么成了一生的朋友。

作为欧阳修的人生前辈，当时范仲淹刚被召回朝廷，担任负责给皇上进言的右司谏。当时欧阳修还在洛阳，火急火燎地给人家发了封私信过去，也叫《上范司谏书》。内容是什么呢？大体就是您是负责向皇上谏言的，我怎么一句您的谏言都没听着呢？不行啊，你要担起责任啊。要知道宰相和谏官都担当国家大任，

---

1 《人间词话》。

宰相他们失职会受责备（威胁×1），可谏官失职，就会招黑受讽刺啊（威胁×2）！

如果是一般官员，估计会寻思"哪来的毛小子"，但范仲淹毕竟是范仲淹，他表示"已阅并且非常感动"。不久以后，朝廷就开始了"庆历新政"，主要是针对北宋的弊病，要求整顿官场等，后来欧阳修二十九岁从洛阳回京，也立刻加入了新政革命。

欧阳修这辈子被贬官数次，也正是跟这次闹革命有关系。

所谓新事物的诞生必遭旧事物的阻挠，但在政治场上，旧事物可不一定会灭亡。范仲淹因为这事儿被贬×1，欧阳修等人也跟着被贬到了饶州。公元1043年一行人被召回京，卷土重来继续闹革命，范仲淹被贬×2，欧阳修因为上书求情[1]，也被贬×2了。

范仲淹：You jump。

欧阳修：I jump。

被贬滁州之前，欧阳修还经历过一段足以让他身败名裂的插曲，当时的八卦热门是#震惊，著名文人高官欧阳修跟外甥女幽会#。惊了，这是怎么回事？

坏事就坏在欧阳修平时作风影响不好，经常写艳词。什么是艳词？就是风花雪月、男女爱情这一类的言情词。当时他有个外甥女和仆人私通，在开封府审理案子的时候，有人就抓住这个空隙，引诱这位外甥女说自己跟舅舅关系暧昧，还搞出一份证据来。

证据就是欧阳修写的一首《望江南》。

江南柳，叶小未成阴。人为丝轻哪忍折，莺怜枝嫩不堪吟。留取待春深。

十四五，闲抱琵琶行。堂上簸钱堂下走，恁时相见已留心，何况到如今。

---

1 《论杜衍范仲淹等罢政事状》。

词里栩栩如生地写了一个十四五岁的少女美好的形象，政敌们拿当年这首词开刷，你说你当时初见她就有这个心思，何况到如今？石锤了。

欧阳修：你怕是石乐志（失了智）。

但欧阳修当然不能这么说，因为这事儿无论在古代还是现代都挺难断，尤其是吃瓜群众再一围观，再上一把热搜，你就算不实锤也挨骂啊。所以欧阳修就这么背负着这个稀里糊涂的黑锅，被贬到滁州当太守去了，后来又贬改扬州、颍州等地。[1]

欧阳修看着眼前天高地远，深吸一口气，大步走了。

也正是在滁州的这段时日，他写出了《醉翁亭记》这样刷爆文人圈的名篇。《醉翁亭记》全文围绕"乐"字来展开，表面上看，他乐在山水，乐在与民同乐，很是悠然豁达。但年方四十便自称"醉翁"，"颓然其间"，足以看出那种淡淡的愁绪。

"醉翁之意不在酒，而在乎山水之间"，四十岁的欧阳修只在乎山水吗？不，向来是有心结的人才宣称豁达。他心结萦绕，万千愁绪集于心头，于是才爆发出一个作者心中的文字，哪怕是诗仙也不例外。这世上只有乐观与悲观，可哪能有完全豁达的人呢？

欧阳修是个乐观者。

后来他调任颍州，不仅和在滁州一样，通过宽松的政策将本地治理得井井有条，还写下《浣溪沙》这样的词来。

　　堤上游人逐画船，拍堤春水四垂天。绿杨楼外出秋千。

　　白发戴花君莫笑，六幺催拍盏频传。人生何处似樽前。

　　　　　　　　　　　　　　　　——《浣溪沙·堤上游人逐画船》

"白发戴花君莫笑"，骨子里多么无可救药的从容与浪漫啊！

---

1 《宋史》：因其孤甥张氏狱傅致以罪，左迁知制诰、知滁州。

其实是徒弟喊我来撑场子

欧阳修：咳咳，

当时是公元 1049 年，欧阳修四十二岁，若当年有人偶遇这位白发戴花的太守，麻烦替我深深地转达一句：何人豁达胜似君。

在扬州任职的时候，欧阳修又命人在城外盖了座平山堂，据说远眺可见江南风光，人坐在堂中，眺望远山，见远山正好与堂中栏杆持平，所以叫"平山堂"。欧阳修还亲手栽下柳树一棵，晴空万里，柳色如烟，这些都被他后来送别刘敞时，记在了那首词中。

也正是这一年，欧阳修终于回到京城，担任翰林学士等职，开始了步步高升的仕途。五年之后因被诬陷又给贬了一回。欧阳修表示已经习惯，收拾收拾行李准备走，皇上那边后悔了，连忙下旨来留他。

"那个……爱卿啊，你别去了，你留下来写史书吧，跟宋祁一起编编《唐书》《五代史记》什么的。"[1]

欧阳修同意了，当了史书的编辑，他拿起统稿一看，这都是什么玩意？

原来当时不流行华丽文了，流行什么呢？古文，越生僻越好，让人一看不明觉厉，宋祁就尤其喜欢这文风，让欧阳修看着肝疼。这么下去不行啊，可宋祁那家伙还比自己大，不能怼不能怼，怎么办呢？

有一天欧阳修挥笔写了"宵寐非祯，札闼洪休"。

看不懂，对吧？没关系，他故意的。等宋祁来上班了，宋祁一看，懵了，这什么鬼东西？他琢磨了半天才明白，原来就是一句"夜梦不详，题门大吉"啊！

宋祁扑哧一笑："你鬼画符呢？"

1 《宋史》：帝见其发白，问劳甚至。小人畏修复用，有诈为修奏，乞澄汰内侍为奸利者。其群皆怨怒，谮之，出知同州，帝纳吴充言而止。迁翰林学士，俾修《唐书》。

欧阳修也邪魅一笑："您在《唐书》里也这么写啊。"[1]

宋祁愣了愣，然后恍然大悟，从此以后再也没写过让人不明觉厉的文风。

欧阳修毕竟不是神人，在编写史书的时候也遇到过难题，这时候就不得不提到开头那位刘敞了。这位刘敞比欧阳修整整小十二岁，但他就是敢怼欧阳修"好个欧九，极有文章，但可惜不甚读书耳"。

欧阳修他徒弟苏轼听见这话都有点儿上火，回了句："欧阳修尚读书不多，那我苏轼这一辈的又算什么呢？"[2]

你还别说，刘敞这小子还真有资本，欧阳修写书时每逢疑难杂症，还真得找刘敞问，堪称"人肉词条"。欧阳修对这后生是大大地赞赏加佩服，评价他"于学博，自六经、百氏、古今传记，下至天文、地理、卜医、数术、浮图、老庄之说，无所不通"。[3]

欧阳修的晚年工作也主要是写书，还作为主考官挖掘出苏轼、苏辙、曾巩、包拯等一大批青年才俊，也正是苏轼那年的高考，堪称宋朝高考最欧气的一年，为文坛贡献了大批文人大触。

欧阳修也终于熬成了名副其实的"醉翁"，起起落落的一辈子，终于趋于平稳，虽晚年一再遭小人污蔑，让这个老人几次上奏辞职，但皇帝惜才不准，对那些污蔑一概不理。[4]后来王安石推行"青苗法"，欧阳修觉得不妥，并未执行。

或许看着这群不断涌出的年轻人，已经知天命的欧阳修终于理解了当年钱惟演的用心良苦，在他的教导赏识下，"唐宋八大家"有五人出自他门下。

---

1 《宋稗类钞》：宋景文修唐史好以艰深之句，欧公思所以讽之。一日大书其壁曰："宵寐非祯，札闼洪休。"宋见之曰："非夜梦不祥，题门大吉耶？何必求异如此。"
2 《古今事文类聚》：公尝私谓所亲曰："好个欧九，极有文章，但可惜不甚读书耳。"东坡后闻之言曰："轼辈将如之何？"
3 《集贤院学士刘公墓志铭》。
4 《宋史》：修以风节自持，既数被污蔑，年六十，即连乞谢事，帝辄优诏弗许。

191

欧阳修：咳咳，其实是徒弟喊我来撑场子

一如当年的钱惟演。

所以他看着比自己小十二岁的刘敞，在刘敞远赴扬州上任之时，他举行送别的宴会，正如一开始的场面，他以一首《朝中措》相赠。

> 平山阑槛倚晴空，山色有无中。手种堂前垂柳，别来几度春风。
>
> 文章太守，挥毫万字，一饮千钟。行乐直须年少，尊前看取衰翁。
>
> ——《朝中措·送刘仲原甫出守维扬》

开篇第一句气势开阔，给后文打下了基础，接着写人眺望远方，托出意境。下句表达送别之际回忆起当初种下的那柳树，古人向来将柳树与离别联系在一起，故而有"折柳别"之说。下阕则写出刘敞千杯不醉、落笔万言的洒脱形象，劝对方及时行乐，接着转而写自己，"衰翁"指的是五十岁的欧阳修自己。

北宋初期流行奢靡的骈文，欧阳修既擅骈文，又主张继承韩愈的古文，认为文章应有独立性质，文道并重，所以他的文章如《醉翁亭记》大都娓娓道来，抒情写景。难得的是他并不全然否定骈文，故而为宋文的发展提供了一条正确的道路。

而欧阳修对宋词的革新功劳是不可估量的，他扩大了词的抒情用处，类似李煜抒发自我，又使词往通俗化开拓，既吸取了前人的经验，又开辟出了一条新的方向。例如这首《平山堂》，词中的豁达豪放，对后来苏轼等人的豪放词产生了一定影响。并且他借鉴了民歌的"定格联章"手法，这也在很大程度上影响了苏轼的创作手法。

苏轼评价过这位恩师："论大道似韩愈，论事似陆贽，记事似司马迁，诗赋似李白。"[1]

后来苏轼重游平山堂，还写了《西江月·平山堂》来缅怀恩

1 《宋史·欧阳修传》。

师，词曰"欲吊文章太守，仍歌杨柳春风"。

公元 1072 年九月，欧阳修在家中安详逝世，享年六十六岁，谥号"文忠"。对欧公的评价里，我觉得宋仁宗的话最为凝练："如欧阳修者，何处得来？"[1]

是啊，左手桃李芬芳，右手文章豁达，白发戴花，且共从容，何人风华似君？

欧阳修的人生结束了，欧阳修的字句依然在每个失意人的心中回荡，正如苏轼，正如曾巩、刘敞，正如所有读过他字句的、或见过他笑貌音容的人。

何其难得，无论九百年后的我们，还是九百年前的苏轼，当从文字里、从过往中回忆起某个人时，我们的心绪颤动，恰恰相同。

正如同，颠颠簸簸的多年后，当年的声音依然在刘敞耳畔徘徊，在他的记忆里，似乎再没有那般豁达的笑声，也再没有那般从容的一首《朝中措》了。

---

1 《宋史》。

欧阳修：咳咳
其实是徒弟喊我来撑场子

柳永：奉旨填词？
我不服

叁

文/////拂罗

柳

柳永 V
刚刚 来自微博 weibo.com

皇上虐我千百遍，我待科举
如初恋。奉旨填词，不服来
战！

在彻彻底底得罪皇上之前，柳永还是个快乐的文艺小青年。

柳永出生在一个官宦家庭，原名柳三变，在家里排行老七，所以也有个简单好养活的小名儿——柳七。由于他祖父和父亲，甚至日后的兄长全都是当官的，所以柳七打小是吃穿不愁，教育优良，会弹唱、会写文，注定了他以后要走文艺小青年的正统路子。

我们知道，不少日后的大文豪都是低龄触，柳七也不出意料的天赋惊人。有多惊人？十四五岁出去旅游，写下一首《题中峰寺》刷爆了当时的文人热门圈，大家怎么也不会想到，"旬月经游殊不厌，欲归回首更迟回"的作者居然才是个初中生。

这先天条件，简直了。柳七也没辜负这天赋，努力地写啊写，终于顺利成了亲戚逢年过节必提到的"别人家孩子"，你看看，你看看这柳七出息成啥样！将来他不中举谁中举！

这话听得多了，文艺青年柳永自己也飘飘然起来，在家乡过了好几年写写歌词、旅旅游的日子，游荡了一圈诗和远方之后，刚满十八岁的柳永大大做了个决定："走吧，咱也进京赶考去！就凭我这特长生的实力，还不是一考一个中？"

柳永很有信心。

柳永的亲戚们也很有信心。

文艺青年柳永就这么背着包袱，一路往京城去，完全没有其他考生的压力山大，这位大大飘到什么程度呢？赶考半路到了杭州，柳永顿时被杭州的好风景给美跪了，半路歌楼里有漂亮小姐姐冲他笑"来呀"。

可能是打小家教太严，负负得正物极必反，"别人家孩子"柳永到底没经住这诱惑，干脆留在了杭州，这一留就是好几年。

老爹来信：柳七啊，过得怎么样啊？你到哪儿啦？

柳永回信：啊……老爹，我在杭州呢，我正穿衣出门呢，马上就往京城去了。

老爹来信：柳七啊，一年前你说在杭州，那你现在是不是正准备考试啦？

柳永回信：啊……老爹，我还在杭州呢，我已经穿好袜子了。

当然，在杭州的这段时日，柳七也不是完全沉迷美色无法自拔，在年年试子们打鸡血喊口号的气氛里，柳七也是做出了些实际行动的，他写了首干谒词给杭州当官的老朋友孙何送去。什么是干谒词？其实就是请人家给举荐的求职信。

无奈孙何那厮的门禁忒严，柳永一介白衣怎么也进不去，他

柳永：奉旨填词？我不服

就悄悄请了当地知名的歌女，把词塞给她，让她到时候不唱别的就唱这个。歌女拿钱办事，再加上这首词也当真漂亮，她果真一遍遍地唱这首《望海潮·东南形胜》。

东南形胜，三吴都会，钱塘自古繁华，烟柳画桥，风帘翠幕，参差十万人家。云树绕堤沙，怒涛卷霜雪，天堑无涯。市列珠玑，户盈罗绮，竞豪奢。

重湖叠𪩘清嘉。有三秋桂子，十里荷花。羌管弄晴，菱歌泛夜，嬉嬉钓叟莲娃。千骑拥高牙。乘醉听箫鼓，吟赏烟霞。异日图将好景，归去凤池夸。

这首词开头便俯瞰整个杭州，点出地理位置，又写尽了杭州的繁华盛况，下阕写西湖自然风光，官宦游乐，以夸张的手法虚实结合。宋人陈振孙评价这首词"承平气象，形容曲尽"。[1]

这首词厉害到什么程度呢？就厉害在把杭州的盛况给写尽了，一读，栩栩如生，历历在目。咱们读起来是这样，古人读起来更是这样，这词甚至还有"亡国词"的骂名，这是怎么回事？原来传闻大金帝国的皇帝完颜亮读完这首词，也间接被杭州给美跪了，当即就下定决心"占他丫的，汉人真有钱"。

当然这些都是戏说，侵略者的真正原因自然是看中了汉人的钱财，但后来还真有个叫罗大经的人评价"余谓此词虽牵动长江之愁，然卒为金主送死之媒，未足恨也"[2]，这甩锅能力堪称一流。

咳，总而言之，歌女一遍遍地唱这首词，果然吸引了孙何的注意力，一问是谁，答曰柳三变。我们不知道孙何有没有顺着柳七的意思给举荐举荐，不过从柳七后来的经历来讲，大概没有。

柳永在杭州放飞自我，整整留恋到公元 1004 年之后，才终于离开了杭州，紧接着他又在苏州、扬州等好多地方放飞自我。

---

1 《直斋书录解题》。
2 《鹤林玉露》。

直到四年后，柳七才终于正式踏入了京城的城门口，吃吃吃、玩玩玩，次年春闱，柳七信心满满地迈入了考场。

万万没想到，第一次居然没考上。

柳永傻眼了，等等，我可是圈里有名的低龄触加特长生啊，是不是哪里搞错了？

没搞错，是皇上的意思，皇上在卷子上给判的是"属辞浮糜"，原来柳七这情况属于文风不符。当时北宋皇上叫宋真宗，就喜欢那种正儿八经的高雅文风，在他的带领下满朝文武以雅为尊。

柳永的文风？

"咳，太俗了，华丽丽的，简直从骨头里散发出一种浮夸，能在青楼里唱的没一个好东西。"宋真宗如是说道，还专门开了个大会，绕着圈子批评某些同志文风浮夸艳俗。哎，别回头，说的就是你，柳同学。

柳同学当即就怒了。

他好歹也是个名动帝都文圈儿的大大，岂能一句"俗"就把才华给否定了？岂不是连树上的鸟儿都叽叽喳喳笑话他。平民百姓生气会打人，词人生气会写词，柳永大大一挥笔写了首词，也就是那首《鹤冲天·黄金榜上》。

黄金榜上，偶失龙头望。明代暂遗贤，如何向。未遂风云便，争不恣游狂荡。何须论得丧？才子词人，自是白衣卿相。

烟花巷陌，依约丹青屏障。幸有意中人，堪寻访。且恁偎红倚翠，风流事，平生畅。青春都一饷。忍把浮名，换了浅斟低唱。

"原来就连政治清明的年代，君王也会错失贤才啊！我倒不如尽情享乐去，做个才子为佳人写歌词儿，就算一介白衣，也不亚于那些卿相！什么功名？爱咋咋地，我宁愿把功名换了一杯酒低吟浅唱！"

文风依旧不高雅，通篇大白话发了一番牢骚，直接把自己和上层统治阶级划分开，接近下层劳动人民去了。柳永大大很傲娇，也很狂，既然你们不让我施展抱负，那我也不稀罕，我宁愿跑民间唱歌儿去！

普通百姓发发牢骚没人听，可柳永是谁？是帝都文人圈子的大大啊，大大连发牢骚的歌词都特别优美，特别高大上，于是这首牢骚词瞬间火了，各大场合争相传唱，堪称新一代神曲。

发完火之后，考试还得规规矩矩考啊，柳永很快就把这事儿忘了，就当是发挥失常，在秦楼楚馆该玩玩，该看书看书，六年之后接着考了第二次。小粉丝们追在后面喊：“大大加油，大大肯定能考上！”

然而又没考上。

一次是巧合，两次就肯定不是了。公元 1018 年第三次考试，他大哥都考上了，他还没考上，雪上加霜的是还跟女朋友吵了架。据说柳永的女朋友是个歌女，名叫虫娘，柳永词中频频出现过她的名字“就中堪人属意，最是虫虫”[1]。

柳永大大和粉丝一起傻眼：“我可能参加了一场假科举？！”

还得怪那首《鹤冲天》。

原来这歌词忒火，传着传着，就传到宫里去了，或许是某个小歌女无心哼唱出来，恰好又传到了宋仁宗的耳朵里——当时的老大已经换成了宋仁宗。宋仁宗细细一听这歌词，顿时怒了，在心里拿着小本本记下了柳永的名字。

其实柳永考中过一次进士，只不过还没来得及买串二踢脚庆祝，忽然又被皇上给划掉了，皇上一看，这小子不是跟朝廷发牢骚那个吗？于是还恶意满满地赠他一句话“且去浅斟低唱，何要

1 《集贤宾·小楼深巷狂游遍》。

浮名"。

"你这厮既然淡泊名利，还考什么功名？就去安安心心写歌词吧！"

后来第四次科考，果然又落榜了。

得罪了皇上也就是得罪了大众，柳永这才明白，万万没想到，他就这么因为一首歌词被封杀了，这都叫什么事儿啊。柳永整个人都不好了，面试最不能杠的是谁？面试官啊！他这倒好，越过了面试官，直接把顶头上司给得罪个明明白白，这还有啥戏唱？

因为三俗被皇上给屏蔽掉的，柳永估计还是少数几个，错就错在年少轻狂啊，柳永大大。其实考试不中的几年里，柳永的心态已经改变了许多，长期只能在秦楼楚馆之间徘徊的苦闷，终于磨掉了当初写《鹤冲天》时的锐利轻狂。

第四次落榜的时候，柳永已经整整四十五岁了，眼看着自己还是个大咸鱼，他终于"被迫佛系"了。行吧，既然您让我写歌词，那我就写歌词去了。他忍痛跟虫娘分手，一路南下，真的以写歌词为生去了，还特意做了个牌子，工工整整写上"奉旨填词"四个大字，自诩"奉旨填词柳三变"。

这首《雨霖铃·寒蝉凄切》就是柳永与虫娘分别的时候写下的。

寒蝉凄切，对长亭晚，骤雨初歇。都门帐饮无绪，留恋处，兰舟催发。执手相看泪眼，竟无语凝噎。念去去，千里烟波，暮霭沉沉楚天阔。

多情自古伤离别，更那堪冷落清秋节！今宵酒醒何处？杨柳岸，晓风残月。此去经年，应是良辰好景虚设。便纵有千种风情，更与何人说？

秋后蝉鸣凄切，面对长亭时正是傍晚，急雨刚刚停歇。在京城外帐饮作别，却没有喝酒的情绪，正在依依不舍的时候，船家

柳永：奉旨填词？我不服

已催人出发。我们握着手含泪对望，相对无言，凝噎不语。遥想千里迢迢，楚地的天穹一望无边。

自古最让多情人伤心的莫过于离别，何况又是这萧瑟的秋天，如何让人承受！谁知我今夜后酒醒又身在何处？怕是杨柳岸边，只有晨风与残月了。一想到此去数年别离，就算是良辰好景也形同虚设，即便有满腹脉脉之情，又能和谁同赏？

这首词通篇凄凉，上阕写离别前依依不舍，下阕则想象离别后黯然神伤，虚实相生，借景抒情，既写恋人离别苦，又暗喻自己壮志未酬的凄切。清代人贺裳评价"自是古今俊句"[1]，可见对后世影响极深。

自唐朝以来，词多以小令为主，罕有慢词，而柳永却是古今第一个写出大量慢词的词人，开启了长调的辉煌时代，宋词长河中正因为有他添一笔，才让慢词自成一体，影响了后世的苏轼、黄庭坚等人。柳永之前，词多用来刻画高雅人士的感情，而柳永使词走向了"市井化"的通俗，写作手法多用通俗词汇与白描，然而意境雅致，堪称俗雅并存。

近代词人夏敬观评价："耆卿多平铺直叙，清真特变其法，回环往复，一唱三叹，故慢词始盛于耆卿，大成于清真。"

或许柳永大大自己也没想到，后来自己这首"登不上大雅之堂"的词，会成为婉约派的代表，年年在中学生的课本上流传，课后附上一句话"背诵并默写全文"。

自从得罪了君王，纵有千种风情，更与何人说呢？

那便向欣赏的人尽情去说吧。

转眼又是好些年。

柳永就这么真正转职为流浪歌手，这些年里他也不愁生计，

1 《皱水轩词筌》。

专门在各大青楼机构写歌词。当时的歌女们不仅要漂亮，还要能歌善舞，出入秦楼楚馆的都是各地的风雅人士，文人高官，如果想得到青睐，自然要在歌曲上更胜一筹。

柳永的身份可是加了认证的，他的词，歌女们抢着买版权唱，唱了必火。为什么火？因为歌词通俗易懂，普通百姓一听"嘿，这玩意我能听懂"。

伫倚危楼风细细，望极春愁，黯黯生天际。草色烟光残照里，无言谁会凭阑意。

拟把疏狂图一醉，对酒当歌，强乐还无味。衣带渐宽终不悔，为伊消得人憔悴。

——《蝶恋花·伫倚危楼风细细》

王国维在《人间词话》里把人生分为三个境界，第二境界便是"衣带渐宽终不悔，为伊消得人憔悴"，对柳永来讲，这最后一句不仅代表他的感情，也代表了他壮志难酬的惆怅。他的一生大部分是出入风月场之间，所以词中多以青楼女子为主视角，将她们的内心世界刻画得无比细腻。

在柳永的眼里，这些被世俗人所轻蔑的歌女们，也有着自己的苦衷和无奈，所以他写出了"系我一生心，负你千行泪"这样细腻的词，这在千古以来都其罕见。所以在当时，甚至现如今，也有人对柳永的"风流艳词"避之不及。

无论是在京城，或是南下的这段日子，柳永始终深受青楼女子们的爱慕，甚至有传闻"不愿神仙见，愿识柳七面"可以说是大众男神、超级大 V 了。就连后来另一个豪放派大 V 苏轼都暗搓搓地问过："我和柳永比起来，怎么样啊？"

回答他那人也挺会说话："柳七的词，只适合十八岁的少女，执红牙板唱'杨柳岸晓风残月'，学士您的词，那可得请个关东

大汉执铜琶铁板唱'大江东去'啊！" [1]

苏轼听完又腰大笑。

且不管苏轼那家伙到底几个意思，可见柳永词的风靡程度。

一转眼到了公元 1034 年，正赶上科考制度放宽，针对落榜考生压低了录取线，对柳永来讲是个好机会啊。于是已经白了胡子的柳永颠颠地去了。嘿，这次考上了！

虽然自己已经一把年纪了，不过柳永还是相当高兴的，总算没辜负他老爹的厚望。考中之后，柳永开启了自己姗姗来迟的仕途，陆陆续续调任当了几个小官，政绩不错，尤其是在浙江当盐监的时候，写了首画风突变的《鬻（yù）海歌》，反映了百姓疾苦。

按说三年之后又三年，中间都有作为，是该升职了吧？

当时皇帝终于被他圈了粉，经常让他给写歌词听。但是，人生就怕一个但是，就在这时候，柳永又是因为一首词，翻车了。原来他写的一首《醉蓬莱·渐亭皋叶下》里带了个"太液波翻"，里面的太液指的是太液池沼，柳永误用了个"翻"字，皇帝当时就不乐意。

皇帝把歌词一摔，怒了："何不用波澄？！"

这一"翻"，柳永也跟着翻车了，别说改官升职，没给踢出去就算不错了。

直到公元 1043 年的八月，范仲淹推行庆历新政，柳永这才任了个著作佐郎。但毕竟仕途来得太晚，三年之后还是三年，最后他升到了屯田员外郎，也就是管管粮食局的工作，也没有做长久。

过了些时日，柳永从粮食局的职位退休，因为先前得罪了人，

1 《吹剑续录》：东坡在玉堂日，有幕士善歌，因问："我词何如柳七？"对曰："柳郎中词，只合十七八女郎，执红牙板，歌'杨柳岸晓风残月'；学士词，须关西大汉，铜琵琶，铁绰板，唱'大江东去'。"东坡为之绝倒。

当官儿又当得太清廉，退休后几乎一贫如洗，全靠青楼里认识的女子接济活命。

柳永活到了将近七十岁，在公元 1053 年与世长辞。

据说柳永与世长辞之后，因他平生流转于青楼，又十分体恤青楼女子，各青楼闭门谢客一个月之久，满城的青楼女子纷纷赶来痛哭，甚至每年清明节，都有歌女自发来哀悼，也叫"吊柳会"。当时有诗云："乐游原上妓如云，尽上风流柳七坟。可笑纷纷缙绅辈，怜才不及众红裙。"

这人间在诸多世人眼中有不同模样，如高门卿相如晏殊，他眼中是官宴歌舞，也有如苏轼，眼中是有味清欢，更有范仲淹、辛弃疾等豪杰，他们眼中是整个大宋的江山版图。人和人的悲欢并不相通，恰恰组成了这千姿百态的人间长卷。

至于白衣卿相柳三变，三秋桂子十里荷花，他的眼中，有这个大宋民间真正的模样。

晏殊："不务正业"的宰相就是我 ㊃

文/////拂罗

这世上从仕的文人有很多种。

有人起起落落就像苏轼，有人落落落落就像杜甫，其实啊，无论是哪朝哪代的官场 online 玩家，只要你选择了主职业"文人"，那么似乎就注定了你在科举升迁的过程中，加了个地狱级 buff。

然而非酋满地跑，总会有欧皇从天而降，一路起起起起，开启文人、高官两不误的传奇人生，例如我们今天要讲的晏殊。

这是北宋还没开启战乱副本的时候：晏殊生在公元 991 年，比欧阳修、苏轼他们都要早很多。这孩子天生脸白得发光，写文天赋一流，五岁的时候乡里人看完他的作文，纷纷一口一个"神童"。

晏殊就是在"神童"的美誉下渐渐长大的。大家可能会觉得神童没什么，不就是神童嘛，这些文人大佬哪个还不是神童了？别急，欧皇岂能止步于神童，咱们继续往下看。

晏殊十三岁那年，咱们埋头刷题准备小升初的年纪，他直接被江南安抚张知白给看中了。张知白特地上门拜访，看完这孩子写的作文，激动高呼："神童啊！走，叔叔直接保送你殿试见皇上去！"[1]

少年晏殊拿着厚厚的习题册，轻飘飘地接住了这个大馅饼，挺淡定："哦。"

什么叫欧皇？别人家娃娃刚会走，他就会跑，别人家娃娃刚会跑，他就能参赛拿第一了！

十四岁那年，小晏殊挤在几千个大哥哥中间，来到京城入了殿参加考试。根据记载这孩子"神气不慑，援笔立成"，[2]那是相当地淡定。腹有墨水心不慌，小晏殊"刷刷"挥笔就答完了卷子，这份考卷直接就得到了大宋集团 CEO 宋真宗的赞赏："神童啊，赐同进士出身！"

宋真宗好感 +100。

恭喜 lv14 玩家【晏殊】获得【进士】头衔！

Lv20 玩家【柳三变】(头衔：红灯区著名流浪歌手)：……摔。

咳，且不管柳三变的反应。对于欧皇少年晏殊的破格录用，当然也有人反对，例如当时的宰相寇准，就发表了一番十分地域黑的言论："老大，晏殊他是外地人啊。"

寇准万万没想到的是，此时的老大已经被晏殊圈了粉，成为早期入坑的大龄迷弟之一。迷弟张口就怼了回去："张九龄难道不是外地人吗？"

---

1 《宋史》：晏殊，字同叔，抚州临川人。七岁能属文，景德初，张知白安抚江南，以神童荐之。

2 《宋史》。

寇准挠头：尴尬。

只考这一次当然不行，过了两天还要再考诗、赋、论这几科。神童晏殊淡定地看了眼考题，哎哟，跟自己题库卷子上的似曾相识啊，于是坦坦荡荡上奏："不瞒您说这些题我都做过了，麻烦拿别的来考我。"[1]

什么是学神？这才是真学神，普通人考一百是因为厉害，学霸考一百是因为满分只有一百，而学神，连做过的题都不屑重复。

宋真宗：哎哟嘿这孩子真老实，喜欢。宋真宗好感 +100。

在同批的孩子还在埋头苦读的时候，晏殊就这么光芒万丈地迈入了公务员的平坦大道，又经过几年的深造，就当了太常寺奉礼郎，可见堆好感妥妥是有用的。迷弟宋真宗对这孩子喜欢到了啥程度呢？晏殊当了几年官，当到光禄寺丞的时候，因为父亲去世，理应辞官回乡守孝三年。

晏殊颠颠簸簸地回去了，守孝期还没满，远方忽然来信了："晏大人啊，有你的信！"

"嗯？谁邮的？"

"皇上邮的——"

晏殊拆开信一看，果然是 CEO 宋真宗的亲笔信：回来吧我的爱卿，寡人这边需要你。在那个无比讲究孝道的年代，老大宋真宗居然没等三年期满，就把他给召了回来！后来晏殊的母亲去世，眼看着晏殊又要回乡守孝，宋真宗这次干脆没同意："不行不行，我给你升官，你别走。"

晏殊："？"

跟其他起起落落的文人相比，欧皇晏殊这仕途顺利得过于恐怖，这也当然和他本人的才能有关。在升迁左庶子的时候，宋

---

1 《宋史》：后二日，复试诗、赋、论，殊奏："臣尝私习此赋，请试他题。"帝爱其不欺，既成，数称善。

真宗每次有什么疑难问题要问，就递一个小纸条过去，而晏殊回答完自己的建议，每次连着字条也一起原封送回去，如此心细，可谓戳尽了宋真宗的萌点。

从少年、青年，再到中年，别人的仕途起起落落，剧本到了晏殊这里则是起起升升升，再加上当时北宋繁盛，大臣们一天天闲来无事，就四处宴饮举办宴会，唯独晏殊是一股清流，只在家里读书。[1]

后来宋真宗要给太子——也就是后来的宋仁宗选个老师，直接点名晏殊这个小年轻上任。当时比晏殊有名气的人太多太多，众官员纷纷问号脸，跑过去一问，宋真宗眼里冒着小星星回答："他们这些官员整天玩玩吃吃吃，不行，唯独朕的爱豆晏殊，你看看，整天和兄弟一起读书，这才能教我儿子啊！"

众官员："行吧。"

后来晏殊上任面圣，宋真宗好奇，便问："你干吗不跟他们玩儿去呢？"

晏殊的回答很淡定，很老实："因为臣没钱，臣要是有钱，臣也天天玩。"[2]

宋真宗星星眼："你看看你看看，朕的爱豆晏殊，多么诚实！"

众官员："……"

晏殊平平稳稳地当官到三十一岁，后来迷弟老大宋真宗驾崩，轮到宋仁宗继位。问题来了，宋仁宗他才十二岁，这年纪，就是个戴红领巾的小学生啊！只能是太后先代班，也叫听政。

当时的宰相丁谓一见有揽权机会，赶紧拉着枢密使曹利用得

1 《晏殊传》：及为馆职时，天下无事，许臣幕择胜燕饮。当时侍从文馆士大夫，各为燕私，以至市楼酒肆，往往皆供帐为游息之地。公是时资甚，不能出，独家居，与昆弟讲习。
2 《宋史》："臣非不乐燕游者，直以贫，无可为之具。臣若有钱，亦须往，但无钱不能出耳。"上益嘉其诚实，知事君体，眷注日深。

意扬扬地上场了："咳咳，这个嘛……以后就我俩直接跟刘太后禀告了哈。"

这是妥妥的要霸权啊！这两人权倾朝野，众官员敢怒不敢言，风暴当中，晏殊淡定地站了出来："群臣谏言，太后垂帘听政即可，不必特意与谁见面。"

这话说得很稳，轻飘飘搬出了一座大山，你再权倾朝野，也不能跟刘太后当堂作对吧。在群臣冒星星眼的支持下，这次风波总算过去了。如果说皇帝驾崩、幼帝登基，整个大宋好比海上随风飘的大船的话，那么而立之年的晏殊就是领着大家，完美地避过了前面风浪的船长。

也难怪宋真宗为他疯狂打 call 了。

但你的爱豆不代表也是他的爱豆，例如刘太后就不是晏殊的粉丝，因为晏殊当时只是稳住大局，并不是有意巴结她，很快，欧皇晏殊就经历了人生中第一次波折。

＃今日热门＃晏大人打人黑历史被扒出，刘太后将其怒贬宣州。

等等，这是咋回事？

沉稳归沉稳，人无完人，朝廷里同事们都知道，晏大人就是有点儿暴脾气，他跟着皇帝驾临玉清宫，因为随从拿笏板匆匆来迟了，晏殊怒从心头起，直接用笏板把人家门牙打断了。

这事儿本不足以成为贬谪的罪证，但追究起来问题还要算在刘太后身上。当时刘太后有个亲信叫张耆，这人正义值不高，贪污受贿，人品败坏，但由于曾经帮助过刘太后，所以后来刘后掌权，张耆也就跟着得道升天。在刘太后想直接提拔这人当枢密使的时候，晏殊站出来了，第一个不同意。[1]

1 《宋史》：宰相丁谓、枢密使曹利用，各欲独见奏事，无敢决其议者。殊建言："群臣奏事太后者，垂帘听之，皆毋得见。"议遂定。坐从幸玉清昭应宫，从者持笏后至，殊怒，以笏撞之折齿，御史弹奏，罢知宣州。

后果就是，他直接被愤怒的太后给贬到了宣州当知府，后来又改任去了应天府。这次贬谪对于仕途顺利的晏殊来讲，无疑算是人生中的一次失意打击，就是在这样的心情里，晏殊写下了这首词。

碧海无波，瑶台有路。思量便合双飞去。当时轻别意中人，山长水远知何处。

绮席凝尘，香闺掩雾。红笺小字凭谁附？高楼目尽欲黄昏，梧桐叶上萧萧雨。

——《踏莎行·碧海无波》

晏殊尤其擅小令，这首词表面看来像一首伤情离别词，"轻别意中人"，但在晏殊五十年的官宦人生中，他过的是"以歌乐相佐"的生活，并未有过许多感情方面的记载，可见晏殊的词并未脱离传统婉约词的"艳科"。但和儿子晏几道比起来，晏殊的婉约词中又多了对人生的感悟，他不沉醉于梦，也不寄托于爱情，他主要借写爱情来含蓄地抒发自己的愁绪。

在外放的这些日子里，晏殊又一声不响地干了件影响后世的大事儿，他在应天府大力支持发展书院，扶持了有名的宋初四大书院之一，睢阳书院。晏殊又聘请了一个不出名的特级教师来教课，这个特级教师在以后可谓是鼎鼎大名，是他，就是他，我们的范仲淹大大！

实际上，晏殊不仅兴办官学教育，培养人才，而且为宋朝教育事业发展打下了坚实基础，他不只发掘了范仲淹，当时许多人才都入了他的慧眼，例如王安石等人。根据《晏公神道碑》记载，"范仲淹、韩琦、富弼皆进用，至于台阁，多一时之贤"。

如果说宋真宗是他人生中的福气，那么刘太后大抵就是他人生中的打击。四十二岁的时候，已经回朝的晏殊又彻彻底底把太后给得罪了一次。当时刘后已经是个老 CEO 了，她估摸着自己应该有实力掌权，就打算穿着皇帝的衮冕去太庙祭祀。这个在当时不符合礼数，等到刘后问起来，当时已经仅次于宰相的晏殊引用《周官》的句子表示，规矩不能乱。[1]

晏殊被太后踢出京城 ×2，五年后才回来。

晏殊就这么经历了人生中的两次大浪，其实相比其他文人的坎坷，他的人生轨迹并不算很惨。实际上在身居高位的几十年里，他过得相当优越，人生大部分时间是在宴会与歌舞中度过的。

在公元 1042 年，也就是五十一岁的时候，晏殊获得了人生最高成就，一人之下万人之上的位置：宰相。

要知道自古文人多不幸，在咱们见过的这些文人里，当宰相的可以说非常稀有了。既然能当宰相，自然离不开他的双商。晏殊做事一向很稳，在他做三司使的时候，当时远方西夏国刚刚建立，便出兵攻打宋朝，一片惶恐的文臣之中，晏殊淡定地站了出来，向宋仁宗递了奏折，主要针对四点，提出了建议。

撤销监军，让权力落在统帅手里；训练弓箭手；清除宫中堆积的财物作军饷；讨回被各司侵占去的物资，充实国库。

这折子当时在朝中引起轩然大波，最后宋仁宗选择相信晏殊，果然打退了西夏。

所谓能力越大，责任越大。既然身居高位，自然免不了一番风波，后来范仲淹、欧阳修等人主张变法，实际上背后便有宰相晏殊的支持。在晏殊官居宰相的一年后，宋仁宗盲目听信反对党的话，把欧阳修等人给外放掉了，晏殊也罢了相。

罢相中途，晏殊通过一首词，婉转地表达出了自己的心情。

燕鸿过后莺归去，细算浮生千万绪。长于春梦几多时？散似秋

1 《宋史》：太后谒太庙，有请服衮冕者，太后以问，殊以《周官》后服对。

云无觅处。

闻琴解佩神仙侣，挽断罗衣留不住。劝君莫作独醒人，烂醉花间应有数。

——《木兰花·燕鸿过后莺归去》

这首词是借青春与爱情的消逝，来含蓄地表达作者当时复杂的情感，借好景无可挽留的无奈，来抒发当时政治场上的无奈，而最后两句"劝君莫作独醒人"，表面看是劝人及时行乐，但实际上晏殊当时心情悲愤，这种"独醒"只不过是一种自嘲，所以应"有数"，有所节制。

这也是晏殊一贯的作风特点，他很沉着，很从容，他将心事隐藏在表面写爱情的小令里。

他也并非咱们之前看过的那些耿直文人，咱们回忆一下，回顾其他文人的经历，看他们顶风往前跑，然后被踢出去，着急不？

着急啊。晏殊既然能在这个"贵圈真乱"的政治场立住脚，这也就说明他绝不是不知变通的性子，相反，他知世故。

这里就不得不提起一出荒唐的宫中秘闻了。当年宋仁宗出生，他母妃本是宸妃，后来却被刘后占为己有。后来刘皇后掌权，让晏殊给宸妃写墓志铭，晏殊也很懂刘后的意思，只在碑上写了"生女一人，早卒，后无子及"，并无其他。

说实话，也的确没必要再深究她们后宫里的那点事儿，为素不相识的宸妃申冤，牵连自己，对吧。

但大家心照不宣，不代表知情的宋仁宗也闭口不言。当时孙甫和蔡襄借题发挥弹劾晏殊，宋仁宗自然不能容忍生母的这桩秘闻，人在愤怒时的确智商为零。

宋仁宗这一冲动，就把晏殊远远撵出了京城，期间几次调任，

晏殊："不务正业"的宰相就是我

慢慢才重新提拔。[1]

整整十年里，不知宋仁宗再上朝时看着那空落落的位置，心里会不会一阵怅然。

十年之后晏殊身患重病，请求回京医治，这才得以回来，他自然知道皇上因为旧事动怒，不想看见他，表示"老臣等病好了之后，自然会出去"。

宋仁宗那边又是什么情况呢？

其实宋仁宗心中的怨早就给磨灭了几分，他想起自己还是太子的时候，当时还是大哥哥的晏殊陪伴自己读书的时光。宋仁宗想了想，没好意思直说，就借口晏殊五天来自己这儿一趟，给自己讲经释义什么的，完全是昔日对待宰相的待遇。

当皇帝和你生气的时候，他是永远不会道歉的，他只会忽然对你特别好。

一年之后，晏殊病情加重，宋仁宗想亲自过去看他，没想到晏殊立刻托人捎了封信过来。宋仁宗拆开信，俨然看见里面写的是"臣老疾，行愈矣，不足为陛下忧也"。

臣老了，又久病在身，不能做事了，也不值得陛下担心。

依然是很淡的语句，背后却字字沉重，像晏殊昔日的作风。

昔日作为太子时的那段时光，仿佛在宋仁宗的眼前渐渐破碎，他捏着信的手微微颤抖了，他知道，当他终于放下这份孩子似的迁怒，用别扭的方式对晏殊说"你回来吧，我原谅你了"的时候，晏殊并没有原谅他。

公元1055年的二月，晏殊去世，享年六十四岁。

宋仁宗听闻，亲自赶去哀悼，但一想到自己竟未能在床头陪伴，他心中依然空落，甚至第二天没有心情上朝。后来宋仁宗赠

1 《宋史》：孙甫、蔡襄上言："宸妃生圣躬为天下主，而殊尝被诏志宸妃墓，没而不言。"

晏殊三公之一的司空官爵，谥号元献，还特地在晏殊的碑文上亲笔写了"旧学之碑"四个字。[1]

对于晏殊的一生，欧阳修有挽诗云："富贵优游五十年，始终明哲保身全。一时闻望朝廷重，余事文章海外传。"[2]的确，晏殊从仕整整五十年，作为宰相来讲，他身处北宋鼎盛的好时代，所以也被称为"太平宰相"。根据我们之前所说的、针对西夏的四条方案，晏殊的确有宰相之才，但相比"宰相词人"这个称号，前者存在感似乎就显得弱很多。

实际上，在国家太平的情况下，晏殊的政治才能被削弱了许多。在作为宰相的这些年里，他的确把第二职业"文人"发展得登峰造极，甚至许多人只知文人晏殊，不知宰相晏殊。一个宰相却以文人闻名后世，整整创作诗词万余首，若要戏称，也的确算得上"不务正业"了。

既然是富贵优游，那么在他当官这段岁月里，有多富贵？真正的土豪都是隐形的，在炫富方面，晏殊淡定地碾压了人家一头。

当时有个叫李庆孙的人，为了表达自己是个真土豪，就写了个《富贵曲》：轴装曲谱金书字，树记花名玉篆牌。哎哟，听着都金碧辉煌的。

就在大家惊叹"土豪，真土豪"的时候，晏殊淡淡地公频开了句嘲讽："你个乞丐根本不懂什么是真正的富贵。"[3]

有人可能就不乐意，那你来炫一把富看看啊？

晏殊还真淡淡地出手了，一出手，顿时表达了什么是"对不起，我是说在座各位，都是辣鸡"，晏殊写的是"楼台侧畔杨花

1 《宋史》：逾年，病浸剧，乘舆将往视之。殊即驰奏曰："臣老疾，行愈矣，不足为陛下忧也。"已而薨。帝虽临奠，以不视疾为恨，特罢朝二日，赠司空兼侍中，谥元献，篆其碑首曰"旧学之碑"。
2 《晏元献公挽辞三首其一》。
3 《青箱杂记》：公曰："此乃乞儿相，未尝谙富贵者。"

过，帘幕中间燕子飞"，是"梨花院落溶溶月，柳絮池塘淡淡风"[1]，你看看你看看，一般人家能有这条件吗？晏殊自己对此也挺得意，自己写"穷儿家有这景致也无"。

就好比嚷嚷"我家有大金条，我车库有兰博基尼"和"哦，我今个儿闲来无事，在自家庄园遛了遛鸟"，简直不是同一个段位的啊。

作为太平宰相，晏殊也的确有足够的资本去享乐，从他儿子晏几道早期的阔气就能窥见一二。他这个人很有意思，在朝廷上知世故却又不世故，在生活上懂得享乐，不拒绝纳乐姬、开宴会，却又不沉迷于这种享乐中，从他的两首《浣溪沙》中就能看出来。

一曲新词酒一杯，去年天气旧亭台。夕阳西下几时回？

无可奈何花落去，似曾相识燕归来。小园香径独徘徊。

——《浣溪沙·一曲新词酒一杯》

填一首新词饮一杯酒，时令气候亭台依旧，西下的夕阳何时才能回来？无奈可何中百花凋零，似曾相识的燕子又归来了，我独自在花香小径里徘徊着。

这是晏殊最著名的作品之一，作为"太平宰相"，上阕开端作者惬意地在亭中饮酒填词，喝着喝着，以作者本身敏感的诗人性格，又不自觉追忆起去年来，同样的亭台美酒，流逝的却只有人，这是人类对生命整体的感慨与惆怅。下阕被称作名句，虽无奈花的落去，可燕子却依旧会回来，旧事物的消逝必定促成新事物的出现，可以说这首词已经超越了一般的伤感词，它包含了一种人生哲理。

杨慎曾评价这首词："'无可奈何'二语工丽，天然奇偶。"[2]

晏殊的词风婉约，因身居高位，所以免不了高雅的词汇，他

1 《无题》。
2 《词品》。

主要是一种意象的写作手法，有种超脱的境界。而作为宋朝词坛初期人物，他的词继承了"花间派"的艳科，却又开辟了北宋婉约词的先河，对词坛后来发展影响极大，所以也有"北宋倚声家之初祖"称号。

> 一向年光有限身，等闲离别易销魂，酒筵歌席莫辞频。
>
> 满目山河空念远，落花风雨更伤春，不如怜取眼前人。
>
> ——《浣溪沙·一向年光有限身》

这首《浣溪沙》则是在宴会后所作，既感慨人生，又包含"怜取眼前人"这样及时行乐的豁达，近代学者评价"此词感慨特深，堂庑更大，忽尔拓之使远，又复收之使近，诚有掬铁为枝之幻。亦惟如此，始益见其沉郁"。[1]

宋祁评价过晏殊："晏相国，今世之工为诗者也。末年见编集者乃过万篇，唐人以来所未有。"[2]

长久的身居高位并没有消磨掉晏殊的志趣，相反，这个敏感的词人反而从金迷纸醉中想到了繁华消散之景，或许是此生过于顺利，让晏殊有更高的起点来思考人生中聚散无常的哲理。他生来为文人，所以在发现儿子晏几道继承了自己的才华天赋时，晏殊的内心无疑是狂喜的。

从神童到宰相，中途无数赞誉与美名，浮云并未遮望眼，他一直活得很清醒。如果说晏几道后来的人生是从歌舞升平到繁华散尽，那么晏殊的人生轨迹便是截然相反。

从挑灯夜读走到纸醉金迷，眼见他起高楼，眼见他宴宾客，繁华时代的北宋一片舞乐之音，在宴场酒酣的狂欢之中，唯独那人独上高楼，衣上酒痕仍湿，看透死生有常。

故事里的那个高门宰相，他一直不曾步入这场歌舞升平的梦。

---

1 《珠玉词选评》。
2 《笔记》。

晏殊："不务正业"的宰相就是我

辛弃疾：听说有人想要和我比战斗力？

文/////拂罗

12 关注	986 万 粉丝	5243 微博

V 微博认证 *LV18*

南宋豪放派词人 \
将领 \
"词中之龙"

辛

辛弃疾 V
刚刚 来自微博 weibo.com

兄弟们，金贼欺人太甚！是宋朝人的就跟着我撸起袖子、拿着兵器把他们干趴下。

　　说到"济南二安"的另一位，一切都要从辛弃疾还是个傻小子的时候开始回忆。

　　当北宋的繁华早已不在，宋朝副本正式更新到南宋，公元1140年辛弃疾出生了。"汴京"这个词对他来讲，和繁华压根扯不上关系，因为他出生在早已被金人占据的北方。换句话说，在人家投胎到新手村的时候，他直接投胎到了地狱难度的敌军大营里。

　　和其他文人不同的是，史书记载他"红颊青眼，目光有棱"，似乎注定是个勇者，辛弃疾一开始的天赋也的确是武力，这事儿跟他祖父有很大关系。

辛弃疾是祖父一手带大的娃娃。他祖父叫辛赞，是金国的一个公务员，却藏了颗复仇漫画主角的心，最喜欢的事儿就是领着傻小子登上高楼，指点江山。根据辛弃疾自己的回忆，辛赞当时是"登高望远，指画山河"[1]："你看看，你看看！这片被金狗占去的土地啊！"

年幼的辛弃疾就拿着草棍子当剑，一起跟着比画。

辛赞对小屁孩的洗脑式教育是相当有用的，在年幼的辛弃疾眼中，早早就留下了金人无恶不作的印象，再加上当时北方被金国占据，遍地都是金人，身为"二等公民"的汉人自然受尽压迫。目睹着这些，久而久之，傻小子决定了一生的目标，我是做勇者的命，我要灭掉大魔王！

小屁孩一晃成了少年，少年手里的草棍早已换作了利剑，等到辛弃疾二十一岁那年，金主完颜亮大举南下入侵，汉人反抗声四起，他的仇恨值终于日渐 up，爆表了。

说干咱就干！

【世界频道】【辛弃疾】：谁愿意一起讨伐金狗？速度加我。

用纯粹的文人来形容辛弃疾其实是不妥的，因为乱世的背景、家仇与国仇，注定他从起点就和其他文人不同，别人拿的装备是笔，他拿的是剑——当时正是公元 1161 年，辛弃疾果真召集来了两千个热血队友，俗称起义军，他们骑上最快的马，遥遥投奔当时势力最大的勇者耿京，受到了官方宋高宗认可，担任掌书记。

等等，掌书记？

热血BGM正响到一半，凉了。什么是掌书记？就是个小文员，

1 《美芹十论》。

辛弃疾：听说有人想要和我比战斗力？

顺便看管大印。原来同为山东大汉的耿京根本没把这愣头青放在眼里，我这才叫山东壮汉，你区区一个秀才能作甚？

辛弃疾：专业不对口啊，不开心。

正所谓机会只留给有准备的人，不久之后的一件事，忽然使辛弃疾刷爆了耿京的好感，也刷爆了当时的大宋论坛＃辛弃疾月下追和尚＃。

至于这事儿的经过，居然还是交友不慎造成的：当时有个叫义端的和尚——听这小子名儿的谐音就知道不是啥好人。他被辛弃疾拉着同来加入耿京的队伍，万万没想到，过了一阵，这小子居然忍受不住部队生活，跑了。

跑之前还偷了辛弃疾掌管的大印，直奔金人而去。

耿京的怒火没处发，一眼就瞧见了和和尚一起来的辛弃疾，一把揪住辛弃疾的衣领子："老子弄死你个道三不着两的货哟！"

这个道理告诉我们，凡事别轻易给人家作担保，容易把你也坑进去。辛弃疾也挺内疚，但他没慌："你给我三天，等我把人逮回来，你再弄死我也不迟。"

当晚辛弃疾就领人埋伏在了去金人大营的半路，天色欲亮的时候，义端和尚果然出现在了视线里，被忽然从草丛里窜出来的辛弃疾吓了个半死，打马就跑，辛弃疾骑马就追。

这就有了辛弃疾月下追和尚的一幕。

"你站住我保证不打死你——"

"我信你才有鬼，我才不站住——"

最后义端被辛弃疾一刀斩下马来，吓得痛哭流涕，跪地求饶："我知道你真身是个青兕，力拔山河，你就饶了我吧我来世做牛做……"

咔嚓。辛弃疾："废他喵的什么话。"

等到辛弃疾提着人头、拎着大印回来，耿京这才惊呼，原来你小子武力值这么高！从此才开始重用人家。当时起义军决定南下，往官方机构南宋朝廷去，耿京就让辛弃疾往南去跟宋高宗交涉。[1]

就在辛弃疾完成任务回来之后，忽然听说队长耿京阵亡了！原来耿京是被一个叫张安国的叛徒给杀了，张安国正往异族大营跑呢，再一问，那些声势浩大的队员呢？散了！辛弃疾一看，只剩下五十个人跟他大眼瞪小眼。

辛弃疾一拍大腿，抄起家伙，领着五十个兵就追到敌营，要把叛徒给当场审判了。当时敌军大营有多少人呢？五万。

对，五十乘以一千，五万，平均每个骑兵要干掉一千个人才有可能成功。

当然我们的任务不是剿灭而是抢人，再加上辛弃疾是谁？他祖上是正经的勇者血统啊，他不光继承了祖父那种热血漫画主角的性格，也完美继承了主角光环——起码在青年时期，光环还没掉下去。

辛弃疾直接骑马到了 BOSS 大营，张安国正跟几个金国将领喝酒呢，忽然听见大营外一阵骚乱，辛弃疾已经领人闯进来了，淡定地招呼人把张安国绑起来："咳，那什么，他妈妈喊他回家吃饭。"

谁也没反应过来，辛弃疾直接扛了叛徒扔到马背上就跑，留下一群蒙圈的金国将领。

那年辛弃疾二十三岁。[2]

---

1 《宋史》：僧义端者，喜谈兵，弃疾间与之游。及在京军中，义端亦聚众千余，说下之，使隶京。义端一夕窃印以逃，京大怒，欲杀弃疾。弃疾曰："丐我三日期，不获，就死未晚。"度僧必以虚实奔告金帅，急追获之。义端曰："我识君真相，乃青兕也，力能杀人，幸勿杀我。"弃疾斩其首归报，京益壮之。

2 《宋史》：安国方与金将酣饮，即众中缚之以归，金将追之不及。献俘行在，斩安国于市。仍授前官，改差江阴金判弃疾，时年二十三。

他直接把张安国带回朝廷审判，对于整体走软弱风格的南宋来讲，这事儿当然又刷爆了整个宋朝圈子，也震惊了当时的皇帝赵构，也就是宋高宗。宋高宗十分欣慰："我很中意你啊！"

辛弃疾也很欣慰，自己终于有机会一展拳脚了。

然而并没有，宋高宗大手一挥，给了他个文官职位，虽说挺重要，但专业不对口啊。辛弃疾一下就傻了，他不知道自己的主角光环从进入南宋领地的第一步，就"啪嚓"碎了。原来关键就在于，南宋当时并不想打仗啊，虽然之后的宋孝宗也表现出杀敌的热血心思，但很快就被现实一盆水给浇灭了。

但这些事辛弃疾哪儿能懂？他在这期间又写了不少慷慨激昂的文字，例如《美芹十论》《九议》，大体意思没变，还是：收复失地，干掉金人野心狼！北伐去！[1]

如果当时有个论坛，那屠版 ID 肯定是辛弃疾。

《皇上今天下令北伐了吗？》

管理员 [皇上] 未回复。

《皇上今天下令收复失地了吗？》

帖子未回复。

《皇上今天发表动态了吗？》

帖子已被管理员 [皇上] 屏蔽。

皇上跷着腿看帖子，一阵厌烦。这个中二病，好端端地嚷着收复失地干啥呢？"暖风熏得游人醉，直把杭州作汴州"，这儿也不比那故都汴州差，该享乐享乐，何必得罪那些劳什子呢。

帖子的热度噌噌地往上涨，大家都是冲着文采造诣去的，"大大写得好""超级爱大大"。游吟诗人辛弃疾很郁闷，咋就没人注重阅读理解的中心思想？眼看着那边金国压境，这边朝廷却依然

1 《宋史》：时虞允文当国，帝锐意恢复，弃疾因论南北形势及三国、晋、汉人才，持论劲直，不为迎合。作《九议》并《应问》三篇、《美芹十论》献于朝。

粉饰太平，辛弃疾空留一腔热血无处倾诉，他只好将热血洒在纸上，化作了文字。

> 郁孤台下清江水，中间多少行人泪。西北望长安，可怜无数山。
>
> 青山遮不住，毕竟东流去。江晚正愁余，山深闻鹧鸪。

——《菩萨蛮·书江西造口壁》

"长安"代指汴京，出自《九日》原句，"愁余"出自《九歌》。周济曾给出了精简的评价"借水怨山"，西北望向长安，无奈被青山遮挡，可青山遮不住流水，流水还要往东流，这首词表面写山水，实则是辛弃疾满腔苦闷的倾诉。

辛弃疾主要以爱国词闻名，词中慷慨激昂，多用典故，例如"长安""愁余"等词汇，嵌入自然，但也因常典故被人评价"掉书袋"，无论如何，从他的几百首词中皆能感受到这种深沉的爱国之情，与好友陆游有相似之处。但辛弃疾不止拘泥于豪放词，对于婉约词，他也相当得心应手。

> 东风夜放花千树，更吹落，星如雨。宝马雕车香满路。凤箫声动，玉壶光转，一夜鱼龙舞。
>
> 蛾儿雪柳黄金缕，笑语盈盈暗香去。众里寻他千百度，蓦然回首，那人却在，灯火阑珊处。

——《青玉案·元夕》

这首词表面写了极美的繁华景象：宝马香车，烟火如花。最后一句被称为点睛之笔，更被《人间词话》列为人生三境界之一。词中带着几分寥落的味道，因为当时南宋粉饰太平的模样，让辛弃疾每每望着这繁华盛景之时，难免生出几分落寞唏嘘。

一晃已是过去多年，就像大多数人的人生，我们总以为自己是命运选中的勇者，等到我们长大，才发现我们只是芸芸众生的一员。辛弃疾从二十五岁入仕，整整过了二十余年也没能实现自

辛弃疾：听说有人想要和我比战斗力？

己的心愿。

自从主角光环"咔嚓"碎了之后，这年年看着秋风复始，远方的金人尚在中原土地肆虐，他不禁想起少年时对着祖父辛赞说过的话："我是将种，生来就是当勇者的命！"

少年不识愁滋味，爱上层楼。爱上层楼。为赋新词强说愁。

而今识尽愁滋味，欲说还休。欲说还休。却道天凉好个秋。

——《丑奴儿·书博山道中壁》

这歌儿唱得很悲。

他想起了涉世未深的岁月，那时他还坚信自己可以实现抱负，金人也可以被打败，少年辛弃疾拎着剑，站在辛赞领他登的高楼上，不懂愁苦是何物。如今已经过了好些年，也算是尝尽苦涩滋味了。

公元 1180 年，辛弃疾又被调任湖南，当时有黑恶势力"乡社"欺压百姓，百姓苦不堪言，辛弃疾又一拍大腿，发现了一个令人振奋的事实。这些湖南大汉都是战斗民族啊，徒手干翻巨熊的那种！

他便兴冲冲地在湖南招兵买马，组建了一拨队友，名曰"飞虎军"，在百姓手中购买砖瓦，又以减刑为条件让罪犯去开凿垒石，省下一大笔经费让朝廷闭了嘴，千百年之后的飞虎队绝对想不到，自己高大上的名号早在南宋就被辛弃疾玩儿剩下了。[1]

有人问了："你辛辛苦苦培养这么一支部队，是要搞什么事呢？"

辛弃疾兴冲冲回答："为了打败金国大魔王！"

皇帝："头疼，他这中二期咋还没过去？"

当时这支"飞虎队"以两千五百人威名震慑一时，主要作用

---

1 《宋史》：军成，雄镇一方，为江上诸军之冠。

是震慑蛮夷，甚至连着金人也一起震慑了，但在皇上再次调任辛弃疾之后，这支部队就渐渐松懈，解散掉了。

太认真的人总是格格不入。

后来辛弃疾任江西安抚使时，在带湖一带建了座庄园，自嘲"人生在勤，当以力田为先"，从此改字号"稼轩居士"。为什么改成稼轩？因为辛弃疾早已预料到自己性格刚直不被朝廷所容，果然不久之后，他就提前被皇上强制退休了。

实际上，除了两次出任官职以外，辛弃疾的下半生大半时间都是在庄园隐居，终日以诗词聊以自慰，有人说辛弃疾写词用的不是笔，而是血，而他最泣血写就的那首词，莫过于那首《破阵子·为陈同甫赋壮词以寄之》。

醉里挑灯看剑，梦回吹角连营。八百里分麾下炙，五十弦翻塞外声。沙场秋点兵。

马作的卢飞快，弓如霹雳弦惊。了却君王天下事，赢得生前身后名。可怜白发生！

"那次喝醉之后，我又做了那个梦。"

"还是那个杀敌的梦？"

"对，我又梦见年轻时兄弟们的脸，梦见他们手里闪烁的剑，大营外号角传成一片，分明都喊着杀金狗，杀金狗。他们喊我走啊，杀敌去，我连忙跨上马拎着弓，一头闯进秋风战鼓声里……"

"然后呢？"

"然后？我醒了，我还发现，自己已经老了。"

这首词写于南宋词人陈亮拜访辛弃疾，二人在鹅湖亭相聚，豪杰心未了，满怀唏嘘，互相激励，唱和应答数首，这首词也正是在这期间被写出。当时有两次鹅湖之会，第一次指的是朱熹与陆九渊的两派哲学辩论，而陈亮与辛弃疾的相聚，被誉为第二次鹅湖之会。

五十六岁那年，辛弃疾在带湖的庄园失火，举家搬到了瓢泉。或许是这些年的冷落，终于让这个热血少年看到了自己头上的白发，让他猝然从号角声漫天的梦中惊醒，他终于承认，自己老了。

邑中园亭，仆皆为赋此词。一日，独坐停云，水声山色，竞来相娱。意溪山欲援例者，遂作数语，庶几仿佛渊明思亲友之意云。

甚矣吾衰矣。怅平生、交游零落，只今余几！白发空垂三千丈，一笑人间万事。问何物、能令公喜？我见青山多妩媚，料青山见我应如是。情与貌，略相似。

一尊搔首东窗里。想渊明、停云诗就，此时风味。江左沉酣求名者，岂识浊醪妙理。回首叫、云飞风起。不恨古人吾不见，恨古人、不见吾狂耳。知我者，二三子。

——《贺新郎·甚矣吾衰矣》

小序交代写作背景，这首词连用典故，感慨自己白发已生，此生心愿却未实现的愁绪，对于"料青山见我应如是"的名句，记载中辛弃疾作词之后，是"每至此，辄拊髀自笑，顾问坐客何如"。

辛弃疾的词风传承了苏轼的豪放，读来多有种豪迈之感，且范围不限于爱国，田园风光、日常哲理也在辛弃疾现存的百首词篇中常有表现。如果说苏轼是"以诗入词"，那么辛弃疾便是"以文入词"，他将古文章法、议论与对话融入词句中，且大量地使用了口语，使词节奏明快，朗朗上口，写出了"天下英雄谁敌手？曹刘"这样的名句。

他又进一步延伸苏轼的豪放词，拓宽了词的范围，自成一派，对后世影响极大，甚至出现了刘过、陈亮一类的"辛派词人"，可以说是宋词的一个标志人物。

人望青山，青山回望，两相成趣，究竟是何等洒脱的失意人，何等落寞的狂客，才能写出这样的语句来？其实有些词，已经超脱了作者本身的境遇，超脱了时间甚至空间，之所以流传千古，就是因为能让世代人产生共鸣，读来心中一震。

最唏嘘是英雄迟暮，人活一生几十年，已经六十四岁的辛弃疾还能等多少年？

就在辛弃疾开始追忆此生的时候，一个机会似乎姗姗来迟，当时的权相韩侂胄主张北伐，他派人找到了白发苍苍的辛弃疾："走哇，咱北伐去，组织需要你啊！"

辛弃疾一点儿也不傲娇，兴冲冲地丢了拐杖一拍大腿，去了。不久，他便被任命为绍兴知府。[1]然而这次也以调任为结局，韩侂胄只是利用他的名气来号召群众，不久之后，辛老爷子又因为得罪人再次被雪藏了。

老爷子挂着拐杖登临京口北固亭远眺，泪水模糊了眼睛，谁还记得四十三年前那个纵马挥鞭的青年？

千古江山，英雄无觅孙仲谋处。舞榭歌台，风流总被雨打风吹去。斜阳草树，寻常巷陌，人道寄奴曾住。想当年，金戈铁马，气吞万里如虎。

元嘉草草，封狼居胥，赢得仓皇北顾。四十三年，望中犹记，烽火扬州路。可堪回首，佛狸祠下，一片神鸦社鼓。凭谁问、廉颇老矣，尚能饭否？

——《永遇乐·京口北固亭怀古》

是啊……当行军曲变成悲歌，当英雄生了满头华发，只留下文字里那泣血到嘶哑的形象，谁会来询问，廉颇尚能饭否？

等到辛弃疾六十八岁，卧病在床的时候，就像是命运的戏弄，

---

1 《宋史》：久之，起知绍兴府兼浙东安抚使，四年，宁宗召见，言盐法，加宝谟阁待制、提举佑神观，奉朝请。寻差知镇江府，赐金带。

辛弃疾：听说有人想要和我比战斗力？

始终在主战和求和之间摇摆不定的南宋朝廷，终于又一道圣旨下来，命辛弃疾赴任去杀贼。

可他们忘了，那个一辈子嚷嚷杀敌的中二病，他老了。

就像是《冰雪奇缘》里的台词"你想和我去堆雪人吗？"

"你想和我去堆雪人吗？"

"……"

"你想和我去杀贼吗？"

"……"

"你想和我去收复山河吗？"

"……"

叮——管理员发来私信。

"走哇，我们去杀贼！"

用户 [辛弃疾] 已永久下线。

诏令还未至，辛弃疾病逝的消息就已传回了京城，他病逝于九月初十，秋风萧瑟的时节。

"陛下，那个中二病……他死了。"

"他可曾说过什么？"

"临死之前，他说……杀贼，杀贼。"

那个曾想把沙场当作家乡的英雄，到最后，连剑也没能拾起。

根据记载[1]，在即将撒手人间之际，辛弃疾闭眼之前，曾竭力高呼："杀贼！杀贼！"

听说人死之前，会回顾自己此生的光景，是听见远方传来的金戈铁马声了吗？是眼前浮现出辛赞痛心的脸庞了吗？是想起四十年前那个自己了吗？我们无从知晓。

1 《康熙济南府志》。

辛弃疾的故居至今有郭沫若留下的挽联"铁板铜琶，继东坡高唱大江东去；美芹悲黍，冀南宋莫随鸿雁南飞"。陆游也评价过辛弃疾是"大材小用古所叹，管仲萧何实流亚"。[1]

根据记载，"咸淳间，史馆校勘谢枋得过弃疾墓旁僧舍，有疾声大呼于堂上，若鸣其不平，自昏暮至三鼓不绝声"。[2]

谁又能料到这命运呢？意气风发的辛弃疾提着敌人的头，骑马进入南宋境内，他怎么也不会想到，前路等待自己的会是长达四十年的落寞人生。他以为自己的血会洒在战场，却未料到是洒在了诗词之间。他这一生都在等待一个机会，他临死前也没有实现这个机会。

什么是少年心？是阅尽千帆后的希望尚存，是饱尝冷暖后的鲜血犹热，是昂首面朝前方的赤子之心，是一辈子风霜交叠也无法磨灭的骄傲。

他是战歌，他是悲曲，他登临青山前长笑，他于醉里挑灯拭剑，他在死后鸣不平。

有人死在了前半生的颠沛流离，于酒杯相撞时听见梦碎的声音。

还有人十年饮冰，热血难凉。

1 《送辛幼安殿撰造朝》。
2 《宋史》。

辛弃疾：听说有人想要和我比战斗力？

宋·朝·茶·话·会　第五章

辩 论 赛

TEA PARTY
CHAPTER.5

等等，别打架，有话好好说，婉约豪放本是一家！

文/////拂罗

很久很久以前，有个朝代叫宋朝。

和唐诗的边塞、山水诗派一样，宋词也有两大派别，多年来一直相爱相杀。它们就是婉约派和豪放派。和老大哥唐诗比起来，这两个大佬的年纪都要小不少，从南朝开始孕育，真正出生是在隋朝（以隋炀帝的《寄辽东》为证）。到了唐朝，这两个派系才开始摇摇晃晃地走路，传唱在民间游吟诗人的口中。

根据记载，隋唐时期主要有雅乐、清乐和宴乐[1]。等等，婉约派和豪放派呢？他俩谁先谁后？其实啊，这个时候的词还没分出婉约派和豪放派呢，它们才刚从唐诗里分裂出来，变成可以唱出来的"曲子词"，不过那时候的歌词文化底蕴还没那么高，毕竟出自民间，所以大多被风雅人士瞧不起。

权贵们直翻白眼："土老帽的玩意，哪比得上高大上的诗。"

张志和："哎有意思，我来填一首试试。"

词对唐朝文化的渗透是很有心机的。你看唐朝整整二百九十

---

1 《梦溪笔谈》：以先王之乐为雅乐，前世新声为清乐，合胡部者为宴乐。

年，当大家习惯了歌词的存在，总该有人第一个吃螃蟹吧？是的，初唐张志和的《渔歌子》，再到中唐白居易的《忆江南》，就是初步完成了从诗到词的转变。更有大佬温庭筠写了本《花间集》，连着自己写的、带收录别人的，词终于登上了大雅之堂。

第一个诞生的是婉约词，它最早的画风是华丽丽的，只歌颂爱情一万年。后来南唐后主李煜和红灯区歌手柳永等人主动跳出了这个怪圈，开始写意境更广阔的歌词抒发自我。"艳科"才像阵风吹过去，翻了页。婉约词大佬就是个多情的（高龄）美男子，凭栏浅唱，底下一群迷弟、迷妹疯狂打 call。

豪放词是什么时候诞生的呢？这就不得不提到范仲淹和苏轼大大了，在一群卿卿我我的凄美画风里，这群汉子唱着"路见不平一声吼"，气势汹汹地跳了出来，杀入歌坛。豪放词大佬的画风就是个提枪纵马的武将，气势恢宏、包罗万物，大块吃肉，大碗喝酒。

这一天，美男子和糙汉子相遇了，那一瞬间的对视，立刻磕碰出了小火花，当然，是斗争的小火花。

"今个儿可算让我遇见你了，来吧，咱们打一架！"豪放派仰天大笑。

婉约派很淡定："我比你大。"

"别跟我提这个，你就说你敢不敢跟我比吧！咱们先从北宋这些牌开始比，一决高下！"

"我比你大。"

"……你能不能说点儿别的？"

"哦，北宋是我的主场。"

等等，有话好好说啊，你俩本是一家啊！这事儿唐诗老大哥最有话语权……好吧，战争还是开始了，在双方大佬的赞助下，

等等，别打架，有话好好说婉约，豪放本是一家！

这场辩论赛轰轰烈烈地拉开了序幕。

第一场 北宋主场

其实正如婉约派所说，北宋之初对豪放派是大大的不利，尤其是北宋初年经济繁荣，大家更喜欢赏赏花儿，唱唱小曲儿，虽然有苏轼这些大佬出场，但当时是"学苏词者十之一二，学曹柳者十之七八"。总而言之，这个版本，婉约派很强势……

豪放派："你有完没完？！"

咳咳，下面双方辩手出场，让我们掌声欢迎！

婉约派 李煜、柳永、晏殊、晏几道、欧阳修、张先、苏轼……

豪放派 苏轼、苏辙、王安石、黄庭坚……

李煜选手第一个出场了："不想当词人的暖男不是个好国主，我站婉约一票，尤其是亡国之后，我觉得词应该跳出风花雪月，去表达更多东西。"

严格来讲李煜选手不能算在大宋之内，不过说到婉约，他绝对是有发言权的，因为就是他从初步"艳科"风格跳出来，开始刻画内心情感，提高了词的意境。咱们来看看他的作品风格"梦里不知身是客，一晌贪欢"[1]，妥妥的温柔系男神国主啊。

李煜也的确是个温柔的佛系国主，根据记载，他猝不及防被扔上皇位之后，每次听说谁要判死刑，就忍不住垂泪。

"皇上……我们大理寺觉得这个人有罪，您看判死刑成不成？"

"那可是人命啊。"

"可是他有罪啊。"

"可那是一条人命啊。"

---

1 《浪淘沙令·帘外雨潺潺》。

正当大理寺官员在心里默默翻个大白眼，碎碎念"你行你来"的时候，自家国主还真撸起袖子往大理寺跑了，亲自查案审案，化身名侦探·李煜，最后还真释放了不少无辜的倒霉蛋。

大理寺官员惊呆了，这不是啪啪打脸吗？

后来中书侍郎韩熙载，对，就是那个《夜宴图》里的韩熙载，他上奏李煜，语气挺客气，但大概意思是："您一个皇帝干嘛天天跑监狱去，这不是乱了礼数吗？您要是实在想帮忙，臣请求皇上从自己腰包里掏三百万，资助国事。"

这要是碰着个暴脾气的皇上，韩熙载估计当场就 GG 了，但李煜是什么人？知名的温柔国君，他没同意，但也没生气，相当佛系。

说到佛系，李煜也的确信佛，甚至有点儿脑残粉的程度。野史记载南唐苟延残喘那几年，北宋知道李煜信佛，干脆派了个法号"小长老"的间谍，专门去教李煜佛法，李煜对他深信不疑，要啥给啥，掀起了一阵崇拜热潮。小长老就这么花言巧语地搬空了南唐最后一点资本。据说这厮有次站在城墙上一挥袖，正在进攻的宋军居然真退了退，从此更被李煜当作神人崇拜。

后来宋军终于再次打进来，李煜赶紧再去让小长老大显神通，小长老这次却技术性地病了："不不不……不行啊国主，我病了。"

李煜这才幡然醒悟，这厮是个坑蒙拐骗的大骗子！他一怒之下赐毒给小长老，技术性地把小长老"咔嚓"了。

但南唐也终究从历史上被"咔嚓"了。所以李煜的文风有了改变，被囚禁在幽宫期间，李煜对婉约词做出了突出贡献，例如创作了《相见欢·无言独上西楼》等，生活的苦难促使文采的升华，李煜这才变成了婉约派的一个标志。

第二个选手是柳永，他一出场，下方小迷妹疯狂打 call。

"皇上让我填词，我不得不填啊，我是喜欢写慢词的柳永，我觉得写词应该通俗易懂，多用白描，俗雅共赏，像我一样。"

柳永大大在婉约界绝对是响当当的人物，风格自成一家，也不怪苏轼暗搓搓跟人家较劲了，甚至后来的苏轼、黄庭坚、秦观他们，其实都是受了柳永大大的影响。有句话是"凡有井水处，即能歌柳词"[1]，什么意思？就是你随便上哪打个水，都能听见有人在唱柳永的歌词。

这流传度，太广了。为什么会有这种风靡的现象？当然是因为柳永大大说的"多用白描"啊！你看看"和我。免使年少，光阴虚过"[2]多通俗。敲黑板，要是你的受众群体是民间百姓，那么尽量多用"我""伊"之类的口语词，保证成为流量大 V。

下面有请父子二人组出场！他们就是晏殊和晏几道！

晏殊："小七啊，能跟爹说说，爹退圈之后你为啥混得这么惨吗？你一天天都做什么了？"

晏几道："白天想小苹……"

晏殊："晚上呢？"

晏几道："晚上想小苹……"

晏殊："……"

哎哎，请晏殊大大克制克制，别把辩论现场变成家暴现场哈……晏殊与晏几道的人生的确是两个极端，晏殊虽然身居高位，但特别清醒，从他的作品里就能看出来，多是"独上高楼，望断天涯路"[3]这样的画风，所以被称作"北宋倚声家之初祖"。

因为家道中落，儿子晏几道的词风多半沉迷美梦无法自拔，

1 《避暑录话》。
2 《定风波·自春来》。
3 《蝶恋花》。

尤其喜欢给歌女小苹作词,可以说,他的词风是他老爹的传承与改良,虽然"二晏"未彻底脱离"艳科",但在婉约派里也影响非凡。

晏几道:"爹你干吗离柳永这么远?我知道你不喜欢人家,但也别……唔唔。"

哈哈……让我们插播一段广告,等父子俩处理完私事再回来哈。话说晏殊不喜欢柳永,确切来讲是不喜欢他的词,这个的确是有目共睹。

柳永有次去拜访晏殊,晏殊一看,呵,来了个红灯区民间歌手?他心里瞧不起柳永,问他:"你最近还写歌词呢?"

柳永这小子没听出画外音来,恭恭敬敬地回答:"和您一样写歌词呢。"

和本官一样,写歌词?晏殊当时听着就有点儿不痛快,回了句:"写歌词?是,我虽然也写歌词玩,但我可没写'彩线慵拈伴伊坐'之类的东西。"[1]

这句歌词就出自柳永的《定风波》,柳永吃了个闭门羹,闷闷不乐地走了。哎,还别说,这锅还跟当时北宋的词作风气有关,晏殊写的是什么?是大雅,是炫富不提"富"字。柳永呢?用现在的话讲就是个三俗写手,还是一介"白衣卿相",人家丞相瞧不起。

让我们回到现场,现场辩手们气氛有点儿尴尬哈,我们有请下一位选手!

欧阳修:"我投婉约派柳永一票,歌词应该通俗又有内涵,也不应该只谈情爱,尤其应该注重每个字的用处,简洁凝练最好。"

欧阳修主职业是官员,副职业是写手,如果按字数领钱他肯

---

1 《画墁录》:柳三变既以词忤仁庙,吏部不放改官,三变不能堪,诣相府。晏公曰:"贤俊作曲子吗?"三变曰:"只如相公亦作曲子。"公曰:"殊虽作曲子,不曾道'彩线慵拈伴伊坐'。"柳遂退。

等等,别打架,有话好好说婉约,豪放本是一家!

定拿不到多少稿费，因为欧阳修主张用字简练。据说他有次跟朋友出去玩儿，半路看见一条狗被马车撞死，欧阳修灵机一动，指着狗："谁能给我把这事儿复述出来？"

复述还不容易？大家拍着胸脯就开了口，有"有黄犬卧于道，马惊，奔逸而来，蹄而死之"的，还有说"黄犬卧于通衢，逸马蹄而杀之"[1]的。

欧阳修保持笑而不语，最后才哈哈大笑，把这个最完美的出场留给了自己："逸马杀犬于道。"

短短几字表达清晰，可见文字功底深厚，旁边几人立刻给跪了。

欧阳修对字句苛刻到什么程度呢？还有一次他写了篇叫《昼锦堂记》的文，写完差人骑马给朋友送过去。转眼到了晚上，欧阳修"噌"一声从床上惊坐起，高呼下人："快，快过来！"

下人吓了一跳，赶紧跑过来："老爷有何吩咐？"

"你快骑上马，把稿子给追回来！"

下人："老爷，人家已经在千里之外了，大晚上怎么追啊……"

欧阳修："那就算是到他家了，你也给我抢回来！"

行吧，仆人骑上最快的马出发了，辛辛苦苦地追上那位快递小哥，快递小哥也吓了一跳："你家老爷莫不是把机密文件错寄啦？"

两人头碰头凑近欧阳修的留言一看："给我在结尾添上俩'而'字。"

"哈哈哈哈，老师你真是……"

咦，现场谁在笑呢？

1 《古今梗概》。

啊，原来是欧阳修那个最逗的学生苏轼，还有下一位即将出场的选手张先，这两个哈哈党正凑一块儿笑呢。行吧，咱们就让他们一起出场，排除张先比较老司机的词，他其实对小令转向慢词功不可没，就是为人嘛……有点儿好色，他八十岁纳十八岁妾的时候，好基友苏轼就吟（开）诗（车）一句："鸳鸯被里成双夜，一树梨花压海棠。"

张先辩手："婉约派嘛，还是应该多写写风花雪月的，我喜欢风花雪月，所以我站婉约。"

说完张先，咱们说说苏轼。作为宋词的开山人物，苏轼的婉约词有《水龙吟·次韵章质夫杨花词》等，主要受晏殊、柳永等人的直接影响，在他们的基础上进一步扩展。

等等，好像有哪里不对。

苏轼："哪里？"

你不是豪放派的吗！你跑来婉约队伍干啥，东坡居士！

苏轼："哎呀……分得那么清楚干吗，我是插科打诨派的。"

……好了，我们和蔼的工作人员已经把居士挪到豪放派小队去了，下面有请豪放派第一个选手上场……天呐，还是苏轼。

苏轼："大家好，我超喜欢美食和豪放词，目标是比过柳永那小子。我用尽一生来推广豪放词，我觉得任何词都应该开阔界限，更要以诗为词，虽然婉约词我也喜欢，不过我觉得豪放词更有发展前途。"

苏轼的词已经有太多人学过了，比如"大江东去浪淘尽"[1]，"会挽雕弓如满月"，[2] 那都是咱们课本上必学的。这位大佬致力于发展豪放词，可以说是豪放词的一大奠基人，没有苏轼，就没有豪放词的飞速发展。

---

1 《念奴娇·赤壁怀古》。
2 《江城子·密州出猎》。

等等，别打架，有话好好说婉约，豪放本是一家！

苏轼是个吃货，估计大家都知道，当然，他自己倒也没推辞，还写了首叫《老饕赋》的诗，表示猪后颈肉最好吃，蛤蜊要半熟时候佐酒吃……简直不要太懂，这首诗翻译过来其实也就是《老吃货之歌》。

除了吃货之外，其实苏轼的毒舌也是一绝，拍马屁的人他一向瞧不起，尤其是司马相如这类的家伙，苏轼就写过一句话："司马相如谄事武帝，开西南夷之隙。及病且死，犹草《封禅书》，此所谓死而不已者耶？"[1]

哎呀，这个司马相如特别喜欢拍皇上马屁啊，为了拍马屁他不惜劝皇帝去开战打人家，狂拉人家仇恨，到最后司马相如拍马屁到啥程度？眼看着都快重病领便当了，居然还写《封禅书》来拍马屁！哎哟呦，真是到死都要拍马屁啊。

幸好司马相如不在咱们今天的现场。

苏轼连朋友都不放过，他有个朋友叫陈季常，是个妻管严。知道这事后苏轼乐坏了，甚至还写诗调侃人家。写的什么？"龙丘居士亦可怜，谈空说有夜不眠。忽闻河东狮子吼，拄杖落地心茫然。"[2]

你以为苏轼只对朋友开玩笑呢？不！他见一个开一个！王安石写过一首《金陵怀古》，在当时特别火，苏轼也拜读了人家的大作，前排发了个评论。

他发了啥呢，"此老乃野狐精也"。

这老头儿真是个野狐精啊。

苏轼对自己也毒舌吗？不，这你可就想错了，苏轼是怎么形容自己文采的呢？"吾文如万斛泉源，不择地皆可出。在平地，滔滔汩汩，虽一日千里无难。"[3]

1 《跋仙帖》。
2 《寄吴德仁兼简陈季常》。
3 《文说》。

其他选手："……令人窒息。"

哎，现场下一位选手头上直冒问号，表示自己要上台："我是王安石，苏轼你说我啥？"

咳咳，王安石的作品《金陵怀古》与开创北宋豪放派先河的范仲淹风格神似，可惜范仲淹今天并没有到场。作为宋朝老干部官员，王安石也是第一批影响词坛的人物。他跟苏轼结梁子不是一天两天了，快到退圈的时候才和解。

这也怪苏轼自己作死，据说有次苏轼跑到王安石家做客，正看见人家没写完的两句诗"西风昨夜过园林,吹落黄花满地金"[1]。

苏轼当时就笑了，秋天这菊花哪儿有掉满地的？老王真是没见识，我好心给你续上吧，苏轼就续了两句"秋华春华落不比，说与诗人仔细吟"。

老王回来之后：？！

然后苏轼就接到了上头通知：您已被贬到黄州。

后来苏轼到黄州一看，黄州的菊花还真是骨骼清奇，秋天掉瓣的……

王安石：臭小子跟我斗，呵。

然后他看到了苏轼在黄州发的动态：啊，黄州猪肉好好吃，还便宜！！

老王：……

说实话，老王对"吃"的欲望可比苏轼差多了，差到什么程度呢？有人向王夫人告状，说你丈夫挑食啊，每次吃饭就吃鹿肉丝，别的不动。

王夫人很淡定："你们把菜放什么地方了？"

"啊？摆他正前面了……"

---

1 《咏菊二首其一》。

等等，别打架，有话好好说婉约，豪放本是一家！

"调换一下你再看看。"

后来还真有人给调换了一下，大家惊恐地发现，王安石只慢悠悠地朝着自己眼前最近的菜伸筷子，至于被挪到边沿的鹿肉丝，他居然一口没动……

其他人员："……令人窒息。"

下面出场的两位选手，比以上这些灵魂辩手正常点儿。

苏辙："我叫苏辙，请大家多多包容我哥哥，我和黄兄就是打酱油的。"

黄庭坚："我叫黄庭坚，我和很多人都是朋友，请大家多多包容我朋友晏几道。我觉得婉约词的范围不比豪放词小，一样包罗万象。"

黄庭坚被称为"苏门四学士"之一，其实比起词，他的诗造诣更高——开辟了江西诗派。黄庭坚也写过《念奴娇》。悄悄说一句，其实黄庭坚选手是半路改行的，他年少轻狂的时候总写艳科词，后来才往苏轼风格靠拢的。

而苏轼他弟弟苏辙，性格要比哥哥内敛许多，相比怒怼朝廷的哥哥，苏辙的画风更沉默。他不仅深信道教，还尝试转职过炼金师，也就是"黄白术"，只不过有次火刚点上，就看见有只大猫站在炉子上，不一会儿就入水没影了。

苏辙上看下看左看右看，深深感受到自己是个愚蠢的凡人："果然是神仙的东西，我实在不是把这技能传下去的人啊！"遂作罢。

北宋可以说是婉约派最风光得意的时候，婉约派辩手一个比一个更出名，所以上半场婉约派胜了一筹，等宋朝开启了战乱副本，到了南宋，双方又有谁呢？

下半场 南宋主场

当"太平宰相"晏殊等人都已成为历史，随着远方金人的不断入侵，靖康之耻过后北宋彻底灭亡。宋人满怀亡国之恨，在这个时代，无数优秀的豪放词诞生了，以辛弃疾、陆游等人为首，用激昂的风格唱出了一曲曲悲歌。可以说，南宋是豪放派的主场。

婉约派美男子："哦？"

双方辩手。

辛弃疾、陆游、李清照、贺铸……

咦，为什么是合着来念的？我们先让第一位选手入场。

辛弃疾："我觉得写词应该包罗万象，少用什么花草伊人的意象，要爱国，要用名山大川，高大上的东西，我站豪放派一百年。"

是的，在豪放词高速发展的南宋，辛弃疾俨然是领军人物，他不仅以文为词，内容还包罗万象，有青山有大河，从刘裕写到孙权。"醉里挑灯看剑""了却君王天下事，赢得生前身后名"[1]这些咱们肯定都读过，甚至带动了后世一批"辛派词人"。

然而辛弃疾不仅是豪放派大佬手里的牌，还是婉约派手里的牌。

辛弃疾："忘了说，我也喜欢写婉约词。"

没错，大佬们都是德智体美劳全面发展的，辛弃疾就又写豪放又写婉约，例如他的《青玉案·元夕》等，也是婉约词的代表作。

所以说，咱们下半场的辩手是相当辛苦，又要辩这方又要开马甲辩那方。

陆游："大家好我叫陆游，我站豪放词，在我的时代背景里，

---

[1] 《破阵子·为陈同甫赋壮词以寄之》。

等等，别打架，有话好好说婉约，豪放本是一家！

241

写词要爱国不要战争，其实我的主职业是个诗人，不过并不妨碍我写词。"

陆游可谓是"辛派词人"的标志性人物，和老辛一样，他的豪放词也大多悲愤激昂，十分接近辛弃疾的风格，例如《诉衷情·当年万里觅封侯》等，分分钟爱国给你看。

陆游："大家好我叫柒游，虽然作品不比我哥陆游多，但我站婉约词。"

苏轼："啊哈哈哈哈……"

令人窒息的操作 ×3。

陆……不是，柒游的词正如他所说，南宋的婉约词大多包含着更深更沉重的情感，哪怕是那首写爱情的《钗头凤·红酥手》，也可以看出，此时的宋词已经脱离了"艳科"花间词的习气，开辟了更广阔的天地。

陆游的诗词一般都是什么画风呢？他在某个风雨交加的夜里写下两首诗《十一月四日风雨大作二首》，这二首咱们可能都听过："夜阑卧听风吹雨，铁马冰河入梦来"。

这一首的传唱度很高，听风听雨，铁马冰河入梦，可到了第二首就画风骤变了，嘿，原来老陆怀里还抱着个猫主子呢！

溪柴火软蛮毡暖，我与狸奴不出门。

有请著名猫奴博主陆游上线。其实吧，老陆一开始也没意识到自己是个猫奴，直到家里闹老鼠才养了猫，有诗为证：《鼠屡败吾书偶得狸奴捕杀无虚日群鼠几空为赋》，"服役无人自炷香，狸奴乃肯伴禅房"。

"无人伴我，只有猫才是一生爱啊，你还别说，这猫还真有用。"

然后老陆就无法自拔了，还给自己的猫起名叫"雪儿""粉鼻""小於菟"。等等，最后一个是什么玩意？就是小老虎的意思。

说是"前生旧童子，伴我老山村"。[1]

"雪儿上辈子肯定是个可爱的小书童，这辈子舍不得我，又跑来陪我来喽。"

想象下，陆游这么个经过情场、官场失意又满腹才华的老头儿，蹲在地上逗猫："雪儿，雪儿过来呀，小老虎你也过来。"

猫：冷漠。

后来猫主子可能被老陆喂多了，撑着了，整天懒洋洋睡大觉，老鼠也不捉了。

老陆：生气，写诗给猫看。

甚矣翻盆暴，嗟君睡得成！

但思鱼餍足，不顾鼠纵横。

——《嘲畜猫》

"雪儿你瞧见没有，老鼠都上蹿下跳了你都不管，你还睡大觉？"

猫：冷漠，你是大诗人又奈我何？呵。

陆游真的好惨一猫奴。

"李清照小姐姐！"

"哇，是李清照！"

咱们下一位选手，是在群众的欢呼声里缓缓登场的，如果说以上词人是男神，那么这位辩手就是女神。

李清照："我只有一首豪放词，所以总体来讲，我站婉约词，不过无论是豪放还是婉约，我觉得写词应该和写诗区分开，别像苏轼、秦观他们，尽写些不合规矩的。"

在场男词人受到一千点暴击。

---

1 《得猫于近村以雪儿名之戏为作诗》。

等等，别打架，有话好好说婉约！

（豪放本是一家！）

是的，李清照唯一一首有记载的豪放词叫《渔家傲·天接云涛连晓雾》，气势文采都不比在场的男词人差。不过李清照的作品也的确都是以婉约为主，少女时期她写"和羞走，倚门回首，却把青梅嗅"[1]，这段时期的作品文学价值不是那么高。那李清照作品巅峰是什么时候呢？正是她南渡之后，道尽了凄凉，她的词也被称作"易安体"。

这也和李清照早年的苦心研究文学有关系，她喜欢书到什么程度？据说有次李清照穿着美美的新衣服出街去，看见个老头儿卖书，李清照拿起一本《古金石考》就放不下了，钱没带够，怎么办呢？

李清照一咬牙，把衣服给典当卖钱，美滋滋地买书回去了。

——这可是为了书连小裙子都能卖掉的女人啊，她不是文豪，谁是文豪？

李清照退场了，下位贺铸辩手一出场，全场忽然静了静。

"瞅啥？没见过虎头相啊！我可是知名的既能写婉约词又能写豪放词的大大，啥也不说了，我两方都站。"

咳，这位贺铸选手的长相是惊人了点儿，但不耽误人家"油菜花"啊是不是？贺铸可是写过婉约的《青玉案》，还写过豪放的《水调歌头》的人啊。豪放派日渐崛起的时候，贺铸就站在中央，他既是苏轼等人的过渡阶段，也是接下来豪放派大发光彩的起承阶段。婉约方面，他偏向晏几道等人的风格，情深意切。

除却这些全才的妖孽，站婉约派的辩手还有那些人呢？

---

1 《点绛唇》。

秦观："东坡居士是我的老师，老师站婉约，我也站婉约。"

苏轼有一个特别出名的弟子，秦观。是的，就是咱们经常听说的秦少游，可惜苏轼貌似并没有一个可爱的妹妹叫苏小妹。他是坚定的婉约党，词多半都是清幽冷寂的风格，例如《踏莎行》，当年秦观退圈，苏轼就写过"少游已矣，虽万人何赎"[1]，意思是少游一死，万人都赎不回来他。

秦少游写过一首《鹊桥仙·纤云弄巧》，我一读，大家肯定纷纷一拍脑袋，啊，是这个！

纤云弄巧，飞星传恨，银汉迢迢暗度。金风玉露一相逢，便胜却、人间无数。

柔情似水，佳期如梦，忍顾鹊桥归路。两情若是久长时，又岂在、朝朝暮暮。

姜夔："我其实不大站婉约，也不站豪放来着，对了，你听说过骚雅派吗？"

姜夔辩手比较清奇，因为南宋的创作风格趋向"清空"，审美理想却是"骚雅"，而姜夔选手完美地将两者结合，跟婉约不一样，又不是豪放派，后人把姜夔、史达祖、吴文英这一类的文人称作"骚雅派"。

豪放派大佬："那你来干啥？安利骚雅派来了？踢出去踢出去。"

这也不怨姜夔辩手，其实在豪放派与婉约派之后，也就是南宋后期，又涌出了许多风格不同的词人，堪比百家争鸣。

而身处南宋末年的豪放派辩手，有"词坛双璧"之称的张孝祥和张元干，还有刘辰翁，随着南宋的举国飘零，宋朝末期的文

---

1 《冷斋夜话》。

等等，别打架，有话好好说婉约，豪放本是一家！

人们作品大多透出一种无奈的凄凉感。

所以产生了"秋千外，芳草连天，谁遣风沙暗南浦"[1] "湘妃起舞一笑，抚瑟奏清商。唤起九歌忠愤"[2] 这样满载悲愤的词风。

这些辩手沉默很久，只深深长叹一声："国之不国，国之不国啊……"

听着这悲泣，辩手们纷纷沉默下去。

其实这场辩论赛说完，宋朝也就消亡了，宋词宋词，"词"依然活跃于千百年后的舞台，可"宋"却是再不会回来了。其实我们不难听出，尤其到了下半场，婉约派和豪放派的界限已经不再那样分明，有人曾临江嗟叹心情澎湃，同时也有人凭栏看遍灯火阑珊。

到了最后，无论是以婉转的唱腔还是以悲凉的曲调，一声声，一字字，分明都透着一个"国"。

诗词尚可分派别，人却不能，这场辩论其实注定无果。

辩手退场之前，让我们宣布结局：没有赢家，没有输家。

到最后，婉约派的笑容里添了几分高阔悠远的凉，豪放派头盔下的面孔添了几道沧桑哀伤的伤，当褪去华丽的袍、敛了狂怪的歌后，他们唱出的都是同一种东西。

是思想。

宋朝三百多年，期间有无数声音唱出风格各异的曲，两个派系站在南宋末年的风里，终究相视一笑，深深一握手，双双归隐于泛黄的书里。

1 《兰陵王·丙子送春》。
2 《水调歌头·泛湘江》。

我们女词人向来看不上你们男词人

文 ///// 拂罗

号外号外，世纪辩论大赛，宋朝男女词人终于要开战啦——咦，我为啥要说终于。

其实吧，这场辩论赛是迟早要办的。为什么？因为女词人再不发声，千百年后的学生党都不知道还有她们的存在了！你想想，咱们平常看过的、学过的词，大多数都是男词人写的对不对？虽然温庭筠、晏殊什么的，名字有点像妹子，但他们是实打实的真汉子。

男词人是文人，女词人也是文人，凭啥传唱度就不如男人高？对于这些大猪蹄子霸占各大课本的事儿，女词人们已经不爽很久了，比如李清照第一个不服，写了篇《词论》把男词人全怼过一遍。

这场辩论赛轰轰烈烈地拉开了序幕，双方情绪一度非常激动，我们这次赛事分成上中下三场，按写词的风格来比。话不多说，让我们开始！

247

第一场 闺怨与思妇词主场

这闺怨词和思妇词乍看挺像，都是以凄凄惨惨戚戚为主色调的哀曲，但你知道吗？它们实际上是两个不太一样的概念，准确来讲，闺怨词的范围更广阔，它包括少女怀春、想念情郎等，主要基调是刻画自己的心境。而思妇词顾名思义，就是妇女思念外出丈夫而写的词，重在刻画思念，所以也被包括在闺怨词分类中。

有请双方辩手出场！

女词人 魏玩、朱淑真、吴淑姬

男词人 张先、欧阳修、温庭筠

魏玩："你们好，我字玉如，封号鲁国夫人，我觉得女性的闺怨思词要更生动些，最好能灵活运用借喻手法来写作。"

魏夫人是盛装来出席辩论赛的，十分有大女主的气场，其实对于她的名字，不少人可能觉得一头雾水，但在宋朝时，魏夫人的名气可不比易安居士低多少。朱熹就把她们列在一起，说"能文者仅此二人"[1]，可见其文采有多出众。

当然，按着时代背景来讲，魏玩能如此出名受尊重，不仅仅因为她大才女的名号，更因为她是堂堂的宰相夫人。她丈夫叫曾布，曾布这名儿咱们也不咋熟悉，但我一提曾巩大家肯定都熟悉，曾布就是曾巩的弟弟。

曾家兄弟俩职业意愿不一样，曾巩是文人，曾布是政治家。除了晏殊那样逆天的妖孽，大多数政治家沉浮官场，其实都没啥闲心写文填歌词，而曾布整天因为公务东跑西跑，虽然写过词，但也仅仅停留在"写过"的水平而已。

魏玩是曾布的结发妻，早在曾布还是个没考功名的小子的时候，两人就成了婚。

---

1 《朱子语类》：本朝妇人能文，只有李易安与魏夫人。

两人婚后的画风是这样的。

魏玩："你看，我又写了一首歌词。"

曾布："啊，好的好的，挺好挺好。"

魏玩："……"

尤其是当官之后，曾布更是四处奔波于仕途，把魏玩孤零零地一个人丢在家乡。有人可能要问了，曾布为啥不带着老婆一起上任呢？不可以吗？不，其实完全是可以的，只不过曾布不想带，他对妻子并没有太多感情。

所以魏玩的词大多是思妇词，以哀怨为主调，比如这一首《江城子》。

别郎容易见郎难。几何般、懒临鸾。憔悴容仪，陡觉缕衣宽。门外红梅将谢也，谁信道、不曾看。

晓妆楼上望长安。怯轻寒、莫凭阑。嫌怕东风，吹恨上眉端。为报归期须及早，休误妾、一春闲。

从这首词我们可以看出来，魏玩对这位郎君的感情也处于一种破裂的状态。曾布当县令的时候，手下一位监酒使早年去世，留下个可爱的小姑娘。魏玩特别喜欢这孩子，像亲生母亲一样对她。这孩子长大后凭着文采入了宫当值。

魏玩十分欣慰。然后魏玩发现，曾布居然一直有意靠近人家姑娘，跟小姑娘玩起了恋爱！后来曾布去世，这姑娘还哭着写了诗。

这是什么神奇的操作。

在场的女嘉宾表示十分震惊、诧异加愤怒："大猪蹄子啊！"

咳咳，虽然我也很想……但咱们毕竟是节目现场，不可以太暴力哈，易安居士麻烦把手里的鞋子穿回去，莫扔。为什么说魏玩是大女主呢？因为她其实不仅写闺怨词，她写的诗还有这个画风的，"滔滔逝水流今古，楚汉兴亡两丘土。当年遗事总成空，慷慨尊前为谁舞"。[1]

　　霸气吧，恢宏吧，丞相夫人还是相当有气场的，但咱们要说的下一位，在讲魏夫人故事的中途，她早已哭得梨花带雨。

　　朱淑真："嫁了个大猪蹄子是什么滋味……我懂，我觉得闺怨词就应该抒发自己想说的，不必在意他们说什么，男人？你们不懂的。"

　　我们知道，朱淑真的人生与魏夫人其实有许多相似之处，朱淑真嫁给了一个不解风情的小吏，在很久以前的旧时代，虽然我们不愿回顾这段不平等的历史，但在当时，"丈夫"这个词真的决定了女性的一辈子。

　　朱淑真的文风是"此情谁见，泪洗残妆无一半"[2]，她的词作不仅仅包含了对丈夫的怨念，还包含了对幻想中"男神"公子的留恋，更加上有"和衣睡倒人怀"[3]这种大量香艳镜头在内，往往被当时的人认为是"开车"。

　　古代女性往往不能轻易走出大门，因为常年深居闺中，朱淑真的词有一定的局限性，她想拯救自己，却做不了自己的英雄。但下一位辩手，她做到了。

　　吴淑姬："我生命中没有踩着五彩祥云来救我的盖世英雄，我自己是自己的英雄，写歌词能救自己一命，你们男人能做到吗？"

　　一个相似，两个相似，三个相似，那便是这个时代的悲剧，吴淑姬也未能幸免，她因为早年家穷，嫁给了一个家暴的垃圾出轨男，当她想逃出去的时候，反而被渣男告上了官府。

　　在场女嘉宾："啊？"

　　罪名是"奸淫"。

---

1 《虞美人草行》。
2 《减字木兰花·春怨》。
3 《清平乐·夏日游湖》。

在场女嘉宾："啊！"

哎，别急别急，听我讲，幸好当时的官员不糊涂，而且早就仰慕这位才女的大名，让她作词一首自辩。吴淑姬略加思索，写了首《长相思令》，把在场官员们收入粉丝团，安然无恙地出来了，有惊无险。

吴淑姬的词风总带着些冰肌玉骨的意味，例如"谢了荼蘼春事休"[1]等。可以说，她打了一手漂亮的翻身仗。女性笔下的闺怨词，总带着一丝丝彻骨的忧郁，正因为切身体会过这凛冬的寒冷，才能让笔下留有余冷。可你知道其实大部分的闺怨词……都是汉子们写出来的吗？

让我们有请男嘉宾上台！

张先刚一上台，就感受到了女辩手们幽幽的目光。

张先："咳，老夫，那个……咱们今天只讲老夫的作品哈，老夫是带着作品《一丛花令》上台的，老夫觉得男子代入女子视角，也未必不真实。"

魏夫人："你敢说说你那《一丛花令》是怎么写出来的吗？"

这是个大瓜。张先万万没想到，他是因为什么事而名传千古的呢？就像咱们之前说的，这人，老司机，每次开车都是一脚踩油门，然后把车门焊死的那种。

比如传说这厮年轻的时候，居然跟一个妹子眉目传情……什么，你说谈恋爱不是很正常？那我可以告诉你，这个妹子她身份特殊，是个小尼姑。张先不知用了什么法子，把人家给撩到手了。

这是要上演一出禁断的爱恋吗？

老尼姑当然不能允许他们俩眉目传情，更不允许这头猪来拱白菜，于是把小尼姑给关在池塘小岛上的一处阁楼里。所谓上有

---

1 《小重山》。

政策下有对策，你以为这样能阻挡张先的脚步吗？不！张先他大半夜偷偷划船过来，小尼姑大半夜再偷偷放梯子下来……等等，这剧情怎么哪里相似？

"公主啊公主，把你的长发放下来。"

"王子啊王子，你看我有头发吗？"

咳，后来这段感情当然是被老尼姑"咔嚓"给断了，传说张先万般不舍，就做了首《一丛花》给人家[1]，里面"沉恨细思，不如桃杏，犹解嫁东风"都成了名句。

当然，这事儿几乎找不到记载，所以真实性存疑，不过可以确定的是这首词还被欧阳修疯狂点赞，根据记载是"永叔尤爱之，恨未识其人"[2]。

现场的欧阳修捂住了脸。

下一位选手缓缓上了台："我是温庭筠，花间词的开创人，我带了作品《望江南》过来，我是花间派开创人，你们说我这个大猪蹄子写的词好不好？"

梳洗罢，独倚望江楼。过尽千帆皆不是，斜晖脉脉水悠悠。肠断白蘋洲。

《望江南》是一首小令，相比温庭筠写过的其他花间词，这首显得别具一格，不动声色中道尽思念之意，不愧是从诗到词过渡的开创型人物。但准确来讲，温庭筠他串场了，因为他是唐朝的，但他对后世宋词的影响实在太大，也可以算在今天的辩手里。

不过说实话，别被温辩手这么正经的话给骗了，他这名儿看似是美男子，真实反差挺大，简单来讲，他长得其实不好看，还经常留恋青楼，甚至喝醉酒打掉人家大门牙，简直是地痞流氓啊！

---

1 《古今词话》：张先字子野，尝与一尼私约。其老尼性严。每卧于池岛中一小阁上，俟夜深人静，其尼潜下梯，俾子野登阁相遇。临别，子野不胜惓惓，作一丛花词。
2 《过庭录》。

不过温庭筠的才华着实是大大的，多到都溢出来了。

为什么说溢出来了？因为每次进考场，我们都能听到这样的对话。

"温兄，我这次的考试靠你啦！"

"好哒！"

嗯？什么情况？是的，你们真的没有猜错，温庭筠真的是个枪手……还是任劳任怨的枪手。唐朝的科考难度是地狱级别的，三根蜡烛燃尽之内写完八韵，年年答不完被抢卷的学子遍地都是，偏偏有温庭筠这样的天才。他考试的时候连底稿都不用打，把手叉在袖子里，叉一下，写完一韵，年年第一个出考场，所以大家都叫他"温八叉"。

按说答完了，您就第一个出考场吧？不！温同学左看看，右看看，瞅着邻桌考生抓耳挠腮，他看着特捉急："你别考了，我替你答！"

"啊？"

就这样，年年考试温庭筠都来，年年都帮人家当枪手，都出名了，主考官一看这小子又来了，差点昏过去。

这人……图的啥呢。

监考这么多年，还偏不信镇不住你一个考生了！主考官大手一挥："你丫单独隔个帘子答题！"

答题就答题。

帘子里传出温庭筠的嘀嘀咕咕："我跟你们讲哦，第一题选 A，第二题选 B……"

众考生："……"

温庭筠就这么口授传答案，又帮了八个学渣。[1]

---

[1] 《新唐书》：大中末，试有司，廉视尤谨，廷筠不乐，上书千余言，然私占授者已八人。

这已经不是学霸和学神了，我看这是学疯。他是活脱脱把自己给作出名的啊，这要是让他考上了，他估计反而没这么出名。为啥没考上？我估摸着多半也是他自己作的……

在场的欧阳修揉了揉额头。

作为也当过主考官的人，欧阳修辩手已经沉默了很久，据对当事人的采访，不想透露姓名的欧阳公子如实回答："在这两个'蛇精病'中间我感觉压力很大。"

作为绝对的文坛大佬，欧阳修是带着作品《临江仙》上台的，其中"庭院深深深几许，杨柳堆烟，帘幕无重数"[1]都是现代也经常传唱的名句。欧阳修的闺怨词生动地写出了一个被困在庭院中的贵族女性，要是隐去姓名，这文风，这意境，根本猜不出是个汉子写的。

这么说，欧阳辩手可以说是个比较乖巧的男神了，起码没做出啥奇葩的事儿来。话是不假，不过欧阳修在钱惟演手底下当官儿的时候，也隐晦地用闺怨词开过车。

当朝规定乐妓不可与官员过夜，只可在宴会场上助兴。有次上司钱惟演举办宴会，迟迟看不着这小子的影，过了好一会儿，才看见欧阳修喜气洋洋地牵着一个小乐妓的手进来了。

"你俩干啥去了？"

乐妓回答："我睡着之后不小心把金钗丢掉了。"

你俩眉目传情，骗傻子呢？

钱惟演妥妥是个护犊子的老父亲角色，生气归生气，倒也没怎么追究，但也不能轻易放过这小子，就对欧阳修出了个题目："行，只要你为她作词一首，本官就送她一只金钗。"

在小乐妓闪亮亮的目光里，欧阳修就做了这么一首《临江

1 《蝶恋花》。

仙·柳外轻雷池上雨》，词中"玉钩垂下帘旌""水精双枕，傍有堕钗横"都刻画出夏日里佳人百无聊赖的动作。

正所谓写闺怨词只有一次和无数次，这些男词人啊，代入女性视角一个比一个巧妙，难道他们内心都有什么难以言喻的爱好？不不不，当然不是，大多数情况下，他们写出来的闺怨诗词只是借着女性视角来一吐为快而已，所以男性笔下的闺怨作品，更多地是表达自己有才华无处施展的苦闷。

有时候闺怨诗词还可以含蓄地表达不好表达的东西，例如张籍写过"恨不相逢未嫁时"的《节妇吟》，其实就是当年李师道想强行招募张籍，张籍只想效忠自己的朝廷，就写了这首闺怨诗来拒绝，发了个好人卡。

闺怨场结束了，我们以"爱情经历"为题目，开始下一场！

第二场 爱情词主场

女词人 张玉娘、唐婉

男词人 苏轼、陆游

和上一场某些"蛇精病"选手的画风比起来，这四人静静对视半晌，画风截然不同。

张玉娘先开了口："能写出爱情词的莫过于亲身经历过爱情的，尤其是我们女性，体会更多。其实这世上最痛彻心扉的不是求而不得，是得到过，又失去了，你们谁若看见了沈郎，代奴家说一声，我还爱他。"

在场其他男女辩手潸然落泪。

和上一场婚姻比较不幸的女辩手不同，我们今天的辩手都体会过"得而复失"是什么感觉。张玉娘辩手和李清照、朱淑贞、吴淑姬并称"宋代四大女词人"，她生于官宦世家，所以打小底子深厚，十五岁那年，她便和年龄相仿的书生沈佺订了婚。

和现场另一对曾经的爱人相同，他们俩也是青梅竹马，志趣相投，身边还有两个聪明要好的小婢女，霜娥和紫娥。

这段婚姻羡煞旁人，接下来的发展也有些神似，只不过这次被嫌弃的是男方。因为眼看着沈家日渐没落，沈佺又迟迟没有参加科考的念头，张玉娘的爹娘看着犯愁，觉得这小子没前途，就想给女儿改嫁。

没料到张玉娘死活不同意，又写下《双燕离》来表达其心意坚定，她爹娘一看，自己疼爱的女儿这么爱那小子，只好让了步："小子，只要你考中，我们就不计较。"

于是沈佺出发赶考，在等待沈郎的这段时日里，张玉娘写下许多思妇词抒发愁绪，例如"蓟燕秋劲，玉郎应未整归鞍"的《玉蝴蝶·离情》，还有肝肠寸断的《山之高》："拟结百岁盟，忽成一朝别。朝云暮雨心来去，千里相思共明月。"

从女性口中缓缓道出的相思，比起男词人的作品，话语里总带着那么一丝真切的断肠痛苦。但张玉娘不仅写爱情，她也有足够的文采写出"落雁行银箭，开弓响铁环。三更豪鼓角，频催乡梦残"[1]这样的句子来。

她的情郎果然不负她所望，二十二岁那年沈佺就考中了榜眼，名动京城，眼看着前途一帆风顺，老天却偏偏喜欢看残缺的结局，年仅二十二岁的沈佺竟然落了病根，眼看着便要客死他乡了。

张玉娘听说此事，寄信一首"妾不偶于君，愿死以同穴也"。

沈佺自知重病不愈，回诗"何当饮云液，共跨双鸾归"[2]后离开人间。意思很清楚了，玉娘，咱们在奈何桥头再见面吧。

沈佺辞世后张玉娘不愿改嫁，日夜思念情郎，就这样过了六

1 《塞上曲》。
2 《赠张玉娘》。

年，她也郁郁而终。不久之后，两位小侍女紫娥、霜娥竟也因悲痛相继而死，就连张玉娘生前养的鹦鹉也离开了人间。两家父母悲痛欲绝下将二人合葬，中间是一双人，左冢是两位侍女，右边则是那只鹦鹉，后人也称之"鹦鹉冢"。

这件事我们无从分辨真假，我们只能推测，或许这一家人真的在九泉下永远团聚了吧。

苏轼辩手一改诙谐性格，这次，他罕见地寡言："十年生死两茫茫，不思量，自难忘，这是我带来的作品，我们男子对于爱情也同样深切的。还有……希望阿弗能看到这首词。"

以豁达著称的苏轼，也曾有过伤心的感情往事吗？有的。

可能有人早就听说过，苏轼的初恋叫王弗，是个才华横溢的姑娘。传说王弗是苏轼老师家的女儿，二人一见钟情。成婚那年苏轼十九岁，王弗十六岁，都是最好的岁月，后来苏轼在《亡妻王氏墓志铭》中写"君与轼琴瑟相和仅十年有一"，二人的日子真的是琴瑟和鸣，苏轼读书，王弗静静陪着，苏轼便好奇问她书里讲了什么，王弗都能一一作答。

每次苏轼会客，王弗就悄悄在屏风后听着来客的话语，之后再告诉苏轼这个人如何，往往都能一语中的。

十年有一，十一年，王弗仅仅陪伴了苏轼十一年便匆匆病逝，苏轼后来写的《江城子·乙卯正月二十日夜记梦》正是夜里忽然梦见了王弗"小轩窗，正梳妆"，所以悲痛之下写下"相顾无言，惟有泪千行"。

王弗死后，苏轼又续弦了王弗的堂妹王闰之，可能会有人觉得很诧异，怎么，"十年生死两茫茫"的时候你居然正跟别人同床共枕？其实啊，我觉得，就算是放在现代的视角，亡妻已故，苏轼续弦真的有错吗？一定要做到形同古代"守节"般的忠诚，

看不上你们男词人

我们女词人向来

才是对爱情的忠诚吗？这漫漫颠簸的一生，总要有个人在风霜中抚平他眉间的皱纹吧。

斯人已逝，只是葬在心里，外人看不见，并不代表不撕心裂肺，所以苏轼才写出这样的爱情词来。后来王闰之陪伴了他二十五年，苏轼写过《少年游·润州作》，来表达对这位妻子的思念。

苏轼人生中的第三个女子是王朝云，年方十二，与其说是苏轼的妾，不如说是被苏轼夫妻当作小姑娘来养。多年后王闰之逝世，是朝云陪伴苏轼走过了人生最后的时光。

苏轼的爱情诗总是深情到令人惊叹，且不论文学价值高下，从真情流露的方面来讲，与张玉娘分庭抗礼。

两位辩手平手，那么第二场成败在此一举，就看接下来两位辩手了。

唐婉正欲开口："我……"

对面陆游轻声道："我认输。"

观众席纷纷擦眼泪。

最前排的赵士程沉默很久，对唐婉温柔地笑了笑。

这个……这个情况，我们的赛场上还从来没有出现过。

关于陆游与唐婉的故事，大家一定都非常熟悉。唐婉与陆游本是青梅竹马成婚，因陆游沉迷爱情不愿科举，也因唐婉久不能生育，最终在陆游老母的阻碍下，陆游休掉了唐婉。唐婉家气不过，就将唐婉另嫁给了赵士程。

赵士程是当时另一个有名的才子，而且是皇室血统。在和唐婉成婚后，赵士程其实并没有充当恶人的角色，相反，他是故事里温柔却注定悲剧的男二号。他对唐婉深情脉脉，在那个不开明的时代，包容了她的一切。

这段往事本该这样轻轻翻页，无奈几年后偶然在沈园的某次相遇，又拨乱了两人的人生。

当时正是大好春光，陆游考场失利后散心，信步踱过小径，远远听见有两人谈笑对饮的声音，他无意间抬起头一看。这一眼，让他沉寂许久的心再次剧烈跳动起来。

原来转眼过去这些年，在与赵士程的相处之下，唐婉将上一段死灰般的爱情埋葬在心里，已经渐渐接受了赵士程。命运有时候就是这么赶巧，赶巧到残忍，正是在这好春光里，她与赵士程出来游玩。[1]与赵士程饮酒谈笑间，余光瞥见角落里某个熟悉的身影，唐婉心中一震，也同时回过头去。

谁曾是谁的天作之合？

一刹那死灰复燃，复又灼成死灰。

拜伦有句诗的大意是，如果多年后，我再遇见你，该如何致以问候？以沉默，以眼泪。

半晌。

陆游转身消失在唐婉的视线里，唐婉黯然神伤，再无游园的心情。

他日遇故人，陆游在沈园大醉之后，信笔在壁上题词一首，那首痛彻心扉的绝唱叫《钗头凤·红酥手》。

后来唐婉再来沈园，在壁上一眼认出熟悉的字句和笔迹，站立良久，心中悲痛欲绝，于是提笔附和一首，从此落下病根，不久后病逝。

后来陆游再来沈园，重回自己当年题词之处，竟在下方看见了唐婉的笔迹，那首《钗头凤·世情薄》。

这段故事终究随着唐婉的辞世而翻过下一页。

唉，有情人难成眷属啊，在这一点，无论男女都同样深情，

---

1 《后村诗话》：某氏改事某官，与陆氏有中外。一日通家于沈园，坐间目成而已。

看不上你们男词人
我们女词人向来

难分高下。随着陆游辩手的认输，我们的第三场也缓缓拉开序幕。讲完了思念与爱情，这次我们来换个画风不一样的，第三场的主题是豪放！

第三场 豪放词主场

男词人 李纲

女词人 李清照、徐君宝妻

李纲："我是真正上过战场的男人，什么，你问我在南宋过得怎么样？挺好的，就是头上有点儿凉。我站我们男人写的豪放词一票，上过战场才能写出真豪放嘛！"

读过李纲故事的观众可能知道，李纲这辈子为北宋操碎了心，后来随着靖康之耻，北宋亡后又在南宋当宰相，当了不到一百天，被罢相了。

传说被罢相之前，还曾发生过这么个事件，一切都是因为鱼，这是怎么回事？当时秦桧的妻子王氏入宫参加宴会，有一道菜是清蒸鲻鱼，也叫子鱼，当时举国动荡不安，这种鱼只有皇室能吃到。

吴皇后问王氏吃没吃过："妹妹可吃过这种鱼？"

这句话在王氏耳朵里，可能意思扭曲了几分，王氏当时就不乐意，你是说我连个鱼都没吃过喽？我家里可是有一大堆贡品呢。

王氏就回答吃过，不仅吃过，还承诺回去给皇后也带点儿鱼。

回去之后王氏把这事儿告诉秦桧："我跟你讲哦今天皇后问我吃没吃过鱼，真是笑话，咱们这么多子鱼呢，我就告诉她……"

秦桧大惊失色："等等，你告诉她啥？！"

皇室才有的贡品，你家怎么可能有这么多？

秦桧差点昏过去。

他冷静了一下，想了个一石二鸟的好主意。等到皇上问起来，秦桧就命人挑了几十条个头小的青鱼给皇上送过去，又挑了上百条个头大的鲻鱼给李纲丞相送过去。

李纲一头雾水地收下了。

【李纲提问】政敌没事儿送我好多鱼，几个意思？在线等急。

"可能他要和你手拉手做好朋友了吧。"

等秦桧把这些青鱼送进宫，皇后一看，乐了："我说你家怎么能有鲻鱼，你真是糊涂了，青鱼、鲻鱼都分不清，我说那村婆子怎么能有这鱼呢。"

塑料姐妹花真可怕。

秦桧松口气，趁机对皇上打小报告："不过李纲大人家里可是有不少鲻鱼呢。"

他领着皇上来李纲家，指明皇上要吃鲻鱼。李纲依然一头雾水，赶紧让人把这些大鲻鱼给做菜了，谁知皇上眼睁睁地看着鱼上桌，只连连说了几个好字，回宫了。

岂有此理，这小子府里的鱼居然比朕皇宫里还大。

【李纲提问】皇上没事儿要来我家吃鱼，吃完表情古怪地说了几个"好"字，几个意思？

"可能你把鱼做咸了吧。"

醉翁之意不在酒，其实在记载里，只记载了秦桧"送错鱼"的事儿，[1] 对于他是否顺便坑了李纲一回，这个只当个故事。但无论如何，李纲当了七十多天便被罢相，其实是他跟赵构意见不合所致，注定这丞相是当不下去。

仕途无望，李纲只好寄托于作品，写下《水龙吟·光武战昆阳》等作品，他立足于南宋豪放词的巅峰时期，词风慷慨悲凉，为自

---

1 《鹤林玉露》：秦桧之夫人，常入禁中。显仁太后言近日子鱼大者绝少。夫人对曰："妾家有之，当以百尾进。"归告桧，桧咎其失言，与其馆客谋，进青鱼百尾。显仁拊掌笑曰："我道这婆子村，果然！"盖青鱼似子鱼而非，特差大耳。观此，贼桧之奸可见。

己队伍拉回一分。

李清照："你以为，只有你们男人能写豪放词？"

这自古以来，豪放词就好像和金戈铁马离不开关系，所以豪放词也成了汉子们的主场，似乎跟古代女性们联系不上。真的是这样吗？不，豪放词的范围可不仅仅是战场，它是一种表达的方式，可别小瞧了李清照辩手，她也是带着作品上来的。

天接云涛连晓雾。星河欲转千帆舞。仿佛梦魂归帝所，闻天语，殷勤问我归何处。

我报路长嗟日暮，学诗谩有惊人句。九万里风鹏正举。风休住，蓬舟吹取三山去！

——《渔家傲·天接云涛连晓雾》

这首《渔家傲》气势恢宏，打破了现实与梦的界限，表现出居士非同常人的开阔想象里，甚至遥遥传话天帝，毫无粉黛之气。

最后一位辩手有些特殊，她在记载里没有姓名，只提到是南宋末年人，徐君宝的妻子。易安居士牵着她的手缓缓上台时，台下立刻响起了不息的掌声。

她一生中只留下一首词，这词也许读着并不豪迈，却有种撕心裂肺的惊心，她用生命赚取了沉重的一分。

南宋元人入侵时，京城沦陷。根据记载，她在乱世中被敌军俘虏，押送到抗金名将韩世忠的故居里。

元兵主帅垂涎她的美色，意图强行占有她，几次落空，恼羞成怒。这个柔弱的女人便平静地说道："你何必生气呢？先让我祭奠一下亡夫吧。"

元将应允。

这位无名的女子，她给自己化好了妆容，焚香拜了拜，在墙壁上题一首《满庭芳》后，投水入池而死。[1]

汉上繁华，江南人物，尚余宣政风流。绿窗朱户，十里烂银钩。一旦刀兵齐举，旌旗拥、百万貔貅。长驱入，歌楼舞榭，风卷落花愁。

清平三百载，典章文物，扫地都休。幸此身未北，犹客南州。破鉴徐郎何在？空惆怅，相见无由。从今后，断魂千里，夜夜岳阳楼。

——《满庭芳》

这也是整个南宋末年的哭泣声。

本次辩论赛到此结束了。

南北宋其间涌出无数位名气或轻或重的词人，深情有陆游与唐婉等人，断肠有张玉娘与苏轼他们，豪放则有"济南二安"坐镇。感情细腻的女词人更喜欢用意象作词，但我们也不得不承认事实，在"大门不出"的环境里，女词人们的词多见于闺怨哀叹，范围难免拘于一隅，所以相比男性词人，能写出的题材比较少，男性们更有机会能见到更广阔的天地，写出更深远的字句。

但这仅仅是时代导致的作品差异性，是完全按着文学价值来讲的，按意义，它们的分量同样沉重。

你看，那些出自男女词人笔下的词，是那分离的思念不痛心吗？是那亡国的绝唱不哀恸吗？

不，它们同样哀恸。

真正的公平是承认双方各方面的不同，并以此为基础，最大限度地尊重这种不同，理解它，然后才能做出决定。

所以我宣布，这场交锋辩论赛，双方辩手，同样可敬。

1　《辍耕录》：岳州徐君宝妻某氏，亦同时被掳来杭，居韩蕲王（韩世忠）府。自岳至杭，相从数千里，其主者数欲犯之，而终以计脱。盖某氏有令姿，主者弗忍杀之也。一日主者怒甚，将即置焉。因告曰："俟妾祭谢先夫，然后乃为君妇不迟也。君奚怒哉！"主者喜诺。即严妆（盛妆）焚香，再拜默祝，南向饮泣，题《满庭芳》词一阕于壁上，已，投大池中以死。

我们女词人向来看不上你们男词人

史上最强词牌名争霸赛开始报名了

文/////拂罗

正式开始之前，先告诉各位观众一个消息，这次的辩论跟往常不太相同，出于大赛清晰度考虑，我们不将词人划分站队，我们这次按词牌分站队。

怎么分？嘿嘿，马上你就懂了。词牌，顾名思义，就是一首曲子固定的韵律格调，词人们以此为依据填歌词，特别方便。不过，有时候也因为平仄对仗和字数要求太麻烦，难度猝然增大。

可能有想填词的小伙伴问了，我能用"路见不平一声吼"风格的词填《声声慢》吗？这个……理论上来讲是可以的，毕竟人是活的，不过要注意的是每个词牌都有自己不同的调子，就像有的音乐凄凉哀伤，有的音乐豪放不羁，《声声慢》就是典型的前一种，填"路见不平一声吼"画风的词，唱出来的时候，有可能唱出一种"他刚出场就被砍死了"的凄凉英雄感。

那么，如何选择好的词牌呢？

首先，词牌其实没有明确的豪放、婉约界限之分，只不过因为每首歌韵律节奏不同，也就决定了歌词的画风。敲黑板！看词牌最忌讳只看名字，比如《贺新郎》，看着挺喜庆是吧。不，实际上《贺新郎》特别慷慨激昂，咱们不能在人家婚礼上放这种战斗进行曲。

既然是最强词牌争霸赛，那么词牌子一共有多少个？上千个，有热门的、小众的，比如《满江红》《十六字令》《一剪梅》《天仙子》《破阵子》……以上九百多种我念的名字，它们今天都没有到达现场。

咳，皮一下很开心，咱们今天的赛事，是把八大热门词牌分为两小队：战争进行曲小队、诗与远方小队，有请双方辩手出场！

　　战争进行曲小队《念奴娇》《定风波》《水调歌头》《贺新郎》
　　诗与远方小队《蝶恋花》《菩萨蛮》《虞美人》《浣溪沙》

首先出场的是《念奴娇》："别看我名字妖艳，可我声韵豪迈啊，有没有听说过反差萌？我在辛弃疾这些豪放派大大笔下可是站 C 位的，我不单指谁是'辣鸡'，我是指在场各位都是'辣鸡'。"

咳，《念奴娇》选手请尊重赛场礼仪哈，黄牌警告。咱们这第一位选手就气场满满啊！《念奴娇》选手的名字是源于唐代一个叫念奴的歌伎，据说这位歌伎特别漂亮，"善歌每岁楼下关宴，万众喧溢"[1]，至于调子从何起源已经不得而知。严格来讲，是《念奴娇》选手自己报名战争小队的，其实它的调子不仅慷慨激昂，还带着一丝丝悲凉，所以婉约派也是可以填的。

主动报名战争小队，《念奴娇》同学的确有它狂的资本，咱们在课本上都学过苏轼大大的《念奴娇·赤壁怀古》，可以说是名留史书了，让我们在大屏幕放送这首金曲！

1　《连昌宫词》。

史上最强词牌名争霸赛　开始报名了

265

趁着现场观众沉醉于听歌的时候，咱们来悄悄讲讲苏轼大大的八卦吧！苏轼大大不仅是吃货，还开嘴炮，还是自己一生的小粉丝，还有啥事儿是他没做出来的？我想没啥事了，因为据说连帮人作弊他都做过。

"震惊：知名文豪苏轼帮弟子考场作弊，弟子却名落孙山。"

标题党害死人啊，虽然话是这么说，但当时是啥情况呢？和疯狂试子温庭筠不一样，苏轼的确是当考官的时候帮学生作弊的。当时他看中一个特别有才华的考生，叫李方叔。但李方叔这风格不太适合考场作文，心理素质也不太行，怎么办呢？苏轼思来想去，先按着作文题目自己写了篇作文，悄悄塞在一个小竹筒里，藏在李方叔的桌子里。

这次可是十拿九稳喽，东坡大居士美滋滋地回去了。不过万事就赶在一个阴差阳错上，李方叔考生由于考前腹痛上厕所去了，邻桌考生正是宰相的俩儿子章持、章援，这俩人早就瞅见李方叔桌子里有小抄，拿过来一看，居然就是一篇符合题目的作文！

两兄弟乐了，等一开考就开始抄，一边抄还一边抬头瞅李方叔，本来就有考试恐惧症的李方叔就更紧张了，居然写得一团乱，考糊了。

苏轼还不知道这事儿呢，等批卷的时候他果然瞅见一篇文采特别好的作文，就得意扬扬地跟同为考官的黄庭坚说："哎呀，这个肯定是我徒弟李方叔的啊！"

等名字一掀开，章持。

黄庭坚：尴尬。

苏轼：？！

苏轼不甘心，继续哗啦哗啦往下翻，又看见个特别像自己文风的答卷，一看是第十名，好歹也是名列前茅，苏轼叉腰一声笑：

"这个肯定是了！"

名字一掀开，章援。

黄庭坚：……

苏轼：？！

结果直到最后，苏轼也没找到自己爱徒的大名，李方叔那倒霉孩子就这么阴差阳错与机会擦肩而过。帮人作弊这事儿具体是在《鹤林玉露》上详细记载[1]，与苏轼同朝代的陆游写的《老学庵笔记》也记了此事，不过只说苏轼误以为李叔同必定考中，结果没中，并没记载作弊之事。野史毕竟是野史，难免添加作者的主观推测，我们看看就好。

哎，说着说着《赤壁怀古》就放完了。《念奴娇》选手还带了另一篇作品来，那就是男神姜夔的《念奴娇·闹红一舸》，写的是在荷塘游玩赏花的情景。姜夔的文风一向是"嫣然摇动，冷香飞上诗句"这样空灵漂亮的。你看，《念奴娇》的厉害之处，就在于它连这种风格也能驾驭。

《定风波》也开了口："我的填词难度比较大，不过你要是能填好，肯定是热门神曲啊！因为我属于那种细水长流时忽然拔个调那种，挺复杂，所以既能写闺情，也能写酬赠、豪放什么的，我为我自己打 call。"

《定风波》选手也属于定位比较中性，所以自主报名的那种，他这名儿还不少，还有别名"定风流""醉琼枝"等，具体名源于敦煌曲子词的两句问答"谁人敢去定风波""便知儒士定风波"。不仅柳永写过《定风波·自春来惨绿愁红》，苏轼和辛弃疾也写过，

---

1 《鹤林玉露》：将锁院，坡缄封一简，令叔党持与方叔，值方叔出，其仆受简置几上。有顷，章惇厚二子曰持日援者来，取简窃观，乃"扬雄优于刘向论"一篇。二章惊喜，携之以去。

267

和苏轼一起当主考官的黄庭坚也填过，可谓热门抢手。

苏轼的《定风波》咱们大多听说过，是《定风波·莫听穿林打叶声》，辛弃疾的名字也实在太如雷贯耳了，那么黄庭坚写过什么呢？他的作品叫《定风波·次高左藏使君韵》，"戏马台南追两谢，驰射，风流犹拍古人肩"。

《定风波》选手带上来的三人，可以说是"和尚三人组"了。等等，跟和尚有啥关系？当然不是他们仨都当了和尚，是他们三个都神奇地跟和尚有缘，就比如辛弃疾月下斩义端和尚，这是一个和尚。

黄庭坚与和尚的故事比较和谐，他经常去一个叫花光寺的地方，庙里有个和尚叫仲仁，特别喜欢寺庙里的梅花，也特别喜欢画梅花，可以说是相当大触的一个和尚。黄庭坚就被人家圈了粉，天天往人家那儿跑，日常打 call，终于得到了爱豆的亲笔画。多年后，黄庭坚追忆这事儿，还写了首诗叫《花光仲仁出秦苏诗卷思二国士不可复见开卷绝叹因花光为我作梅数枝及画烟外远山追少游韵记卷末》，看看，多清晰，主题目的内容都有了。

那苏轼跟和尚的故事呢？呃……大家知道苏轼骨骼清奇，他认识的和尚当然也不是啥正经和尚。这个不正经的和尚叫佛印，与他相爱相杀，有些故事大家可能从小就听过。

说是苏轼住在黄州时，跟佛印的寺庙隔了条河，有次他挥笔写了首诗给佛印寄过去，"稽首天中天，毫光照大千。八风吹不动，端坐紫金莲"[1]。

苏轼对自己的文采评估一直是"吾文如万斛泉源"，得给佛印那老小子见识见识，让他做我的小迷弟。

几天之后佛印回了封私信，简简单单俩字：放屁。

---

1 《东坡志林》。

苏轼：？！

我东坡居士这暴脾气，岂能容这秃驴辱骂！苏轼马上就气势汹汹地过了河，叉腰要踢了佛印和尚的馆，没想到佛印这厮早有准备，全程笑而不语，笑得人毛毛的。

苏轼："你笑什么？"

佛印："居士你不是八风吹不动么，怎么一屁就过江来了？"

苏轼："……"

关于佛印和苏轼的故事简直不要太多，各个版本大同小异，还有一次他俩坐船时互怼，佛印忽然一把抢过苏轼题诗过的扇子，丢入水里："水流东坡诗（尸）。"

这秃驴嘴炮了得啊，苏轼憋着大招，后来终于逮着个机会，指着一条狗哈哈大笑："狗啃河上（和尚）骨！"

众迷弟迷妹："呜呜呜，那可是苏轼的亲笔周边啊，两位大佬莫扔，莫扔……"

偶尔他俩还会拉上黄庭坚，有次苏轼和黄庭坚在寺庙里做饼吃，不告诉佛印。做完了饼，得上供给菩萨几张。于是，这两人就贡上几张饼开始下拜祷告。

苏轼一抬头，我的天，案上的饼少了两张！东坡居士万分激动，以为神仙显灵："菩萨啊，你既然都吃过饼了，为什么不出来跟我俩见面？"

佛像后悠悠传来佛印的声音："本座如果有面，就和你们一起烙饼吃了。"

黄庭坚："……"

互怼到最后，就连佛印家的小和尚都知道怎么怼东坡居士了。有次苏轼推门而入，见佛印不在，房里只有个小沙弥，就傲声问："秃驴何在？"

史上最强词牌名争霸赛　开始报名了

小沙弥淡定地一指远处:"东坡吃草!"

苏轼:"……这年头的熊娃子。"

和尚三人组的八卦讲完了,下一位选手特出名,叫《水调歌头》,相比其他词牌子,战争小队的《水调歌头》辩手可以说是个安静的美男子了,他带来的作品大家都特别熟悉,叫《水调歌头·明月几时有》。

《水调歌头》辩手:"我的豪放和婉约界限也不好区分,不过既然苏轼是豪放派的,那我也加入战争小队好了,比起'凯歌''花犯'之类的名字,我还是喜欢用《水调歌头》,麻烦投我们队一票。"

这位辩手的名字出自《水调》曲,是隋炀帝作曲的,"歌头"指的就是歌头部分。直到现在人们还在传唱。作为古今热门词牌,写它的人可是特别多,比如辛弃疾、范成大、李纲、苏舜钦……很多时候都是把它当 C 位的。不过提到苏舜钦,大家可能有点儿疑惑,这谁?

苏舜钦的作品叫《水调歌头·潇洒太湖岸》,"潇洒、潇洒",可见其人也特别潇洒。据说他特别喜欢喝酒,每次一边读书一边喝酒,能喝一大斗。他岳父纳闷:"这小子是咋喝这么多的?"就偷偷派人去瞧。

"可惜啊,真可惜,没打中!"

那人刚凑近窗下,就听见一声高呼,吓得一哆嗦,暗暗探头过去,原来是苏舜钦正读书呢。他读的是《汉书》里张良行刺那段,张良和刺客潜伏道旁,向秦皇抛掷铁椎,却只砸中了行车上。

苏舜钦喝一大口酒继续读,又读到"良曰:始臣起下邳,与上会于留,此天以臣授陛下",遂拍案大喝:"君臣相遇,其难如此!"

这人是读书读嗨了吧，太可怕了。

那人哆哆嗦嗦地回去禀报，他岳父欣慰笑："有书佐酒，一斗都不算多啊！"[1]

硬核臣子范成大跟这位有神似之处，他的《水调歌头·细数十年事》里就有一句"老子个中不浅，此会天教重见，今古一南楼"。是的，没看错，"老子"不是指孔子、老子的老子，"老子"是指他自己。

《水调歌头》看着像个美男子，实际上……真实硬核了。

下一位辩手就是咱们开头提过的《贺新郎》："再说一遍，别带着我去婚礼现场，我这儿没新郎。我这个调子属于沉郁型的，挨打别找我啊，我站豪放悲凉派一百年，豪放派欢迎来找我。"

《贺新郎》好惨一词牌，所以说起名还是很重要的，不过相比"貂裘换酒"之类的名字，还是"贺新郎"比较好记，如果实在记不下来就记它的另一个名儿，"贺新凉"，凉凉的凉，如何？现在没有用它填结婚曲的冲动了吧？

最早收录《贺新郎》词牌的曲子是苏轼的词，后来才渐渐传开，例如刘克庄的《贺新郎·送陈真州子华》，还有"樱桃进士"蒋捷的《贺新郎》系列，以及叶梦得、张元幹、卢祖皋等许多人的作品中都有它。

张元幹这个人可是抗金大臣李纲的超级粉丝，还加入了李纲的一线队伍，在靖康之耻前参战保卫京都，亲自上阵指挥。后来金兵被打退，张元幹还写了诗欢呼。再后来李纲当了短时间的丞

---

1 《中吴纪闻》：子美豪放，饮酒无算，在妇翁杜正献家，每夕读书以一斗为率。正献深以为疑，使子弟密察之。闻读《汉书·张子房传》，至"良与客狙击秦皇帝，误中副车"，遽抚案曰："惜乎！击之不中。"遂满饮一大白。又读至"良曰：始臣起下邳，与上会于留，此天以臣授陛下"，又抚案曰："君臣相遇，其难如此！"复举一大白。正献公闻之大笑，曰："有如此下物，一斗诚不为多也。"

相，他还写了首《贺新郎》寄过去《贺新郎·寄李伯纪丞相》。

你看，这才是《贺新郎》的标准用法。

眼看着战斗小队辩完了，对面诗与远方小队也是跃跃欲试。

《蝶恋花》第一个坐不住了："别以为苏轼只写过你们，苏轼可是什么都写过的，何况我这边还有晏殊、柳永、李煜他们呢。我的调子怎么唱？你看我的名儿就知道了，还是我们婉约歌好唱。"

没错，《蝶恋花》辩手是由原本的唐教坊曲转行成词牌的，现在是忠实的诗与远方小队一员，例如两位最知名的婉约大大，李煜写过《蝶恋花·春暮》，柳永写过著名的《蝶恋花·伫倚危楼风细细》。

蝶恋花，蝶恋花，你是风儿我是沙，李煜和柳永可以被誉为风流蝴蝶二人组了。为什么？因为这两人真的都是"为伊消得人憔悴"画风的多情男子，一个多情词人国主，一个多情白衣卿相。看看，在座的迷妹已经开始疯狂打 call 了。

李煜当然不必多说，柳永连死都是死在名妓家的，当时三位知名歌姬都跟他有密切来往，她们是谢玉英、赵香香和陈师师。谢玉英算是柳永的初恋，当时她和柳永分别后，忘不了这位白衣卿相，于是又来到东京名妓陈师师家找到柳永，三人幸福快乐地生活着，咳。

最后柳永却是死在了赵香香家，《喻世明言》小说原文写着"香香视之，已死矣。慌忙报知谢玉英，玉英一步一跌的哭将来。陈师师、徐冬冬两个行首，一时都到。又有几家曾往来的，闻知此信，也来到赵家"。

花心美男子《蝶恋花》说完了，另一位特别有敦煌异国风情的美男子站起来了:"我四郭歪果仁,希望大家夺夺光照。我……"

"这小哥说啥?"

"不知道啊,咱们鼓掌就行了。"

这位小哥叫《菩萨蛮》,由于是根据唐朝女贞舞蹈队起名的,所以《菩萨蛮》的确是个"歪果仁",既是词牌也是曲牌,上从皇帝下到文人都特别青睐它。唐朝的温庭筠、宋朝的韦庄、张先和晏殊都特别喜欢让它站 C 位。

其中温庭筠就属于那种特别狂热的,他写的《菩萨蛮》有十来首,但温庭筠这性格咱们都知道……跟他的大名一点儿也不相符,因为这首《菩萨蛮》,他还的罪过宰相,原因又是他自己作的。

本来吧,敲门砖他有,大大的有,因为当朝宰相当时是他的小迷弟,还邀请他入自己书馆工作。由于当时唐宣宗特喜欢《菩萨蛮》的调子,所以这位叫令狐绹的宰相就向温庭筠要了二十首《菩萨蛮》献给皇上。

"到时候我就说是我写的,你把嘴管住喽。"

"好嘞!"

皇上一听,一看,果然特别高兴。能让皇上欣赏的歌词当然马上就火遍了半边天。温庭筠那叫一个得意,按不住自己的洪荒之力了,他四处发动态"那几首《菩萨蛮》其实是我写的啊""我厉害吧""嘿嘿嘿对,就是我温庭筠写的"。

温庭筠敲锣打鼓:"《菩萨蛮》是我写的,宰相他也太没才华啦——"[1]

令狐绹:"……"

还有一次,还是令狐绹这位倒霉宰相。有次皇上作诗里有"金

1 《北梦琐言》:令狐相国假其新撰密进之,戒令勿泄,而遽言于人,由是疏之。温亦有言曰:"中书堂内坐将军。"讥相国无学也。

步摇"一词，思来想去不知道对个什么，就唤温庭筠来对。温庭筠一看，简单，对玉条脱嘛！

玉条脱指的是一种手臂装饰，玉做的，令狐绹哪知道这是什么梗，抓抓脑袋问温庭筠："这是哪个典故？"

温庭筠翻了个大白眼："是《南华经》啊，这哪儿是什么冷门书，丞相你真该读读书了。"

令狐绹："……"

第二天，温庭筠因为左脚先迈入公司大门被开除。

咳，开没开除咱不知道，咱们只知道从此以后温庭筠再也没考中过……由此可见，情商很重要，不过如此坦荡直率，也算是文人们共同的一个萌点吧。

成也《菩萨蛮》败也《菩萨蛮》啊，不过温庭筠的《菩萨蛮》的确是一绝，最出名的一首《菩萨蛮·小山重叠金明灭》咱们都眼熟——"小山重叠金明灭，鬓云欲度香腮雪。懒起画蛾眉，弄妆梳洗迟。"

"歪果仁"小哥之后是《虞美人》辩手，这位美人姑娘一上台，观众们和其他辩手的眼睛立刻亮了一亮："我的来源是虞姬，所以调子比较悲，辛弃疾就为我写过主题曲'拔山力尽忽悲歌。饮罢虞兮从此、奈君何'[1]。我觉得曲子还是要悲一点才有韵味，谢谢。"

《虞美人》也是唐教坊曲，当年汉军围项羽，虞姬拔剑自刎，"虞美人"可能就得名于此，除此之外还有"一江春水"之类的别名，深受广大婉约派词人喜爱。例如李煜的《虞美人·春花秋月何时了》，还有秦观和蒋捷这些词人也填过《虞美人》。

1 《虞美人·赋虞美人草》。

秦观的作品叫《虞美人·碧桃天上栽和露》，其中有句"为君沉醉又何妨，只怕酒醒时候断人肠"，传说是秦观受邀赴宴，举办宴会的官员有个漂亮的宠姬叫碧桃，秦观乘兴请碧桃喝酒，那官员怕碧桃有埋怨，就说"碧桃不善饮酒啊"。

碧桃倒是个性格开朗的姑娘："今天为了秦学士，我一醉又何妨！"

秦观当时就填了这首词送给这姑娘。

秦观字少游，一提到秦少游，大多数人可能立刻冒出另一个神仙眷侣的名字"苏小妹"。在故事里，翩翩才子与俏皮小才女，互怼式恋爱，给百年后的咱们猛塞狗粮。传说苏小妹是苏轼的妹妹，经常跟哥哥和夫君互怼，特别可爱，不过所有的故事都是民间传说，所有的记载里，苏轼都没有一个叫苏小妹的妹妹。

现实很残忍，苏轼的妹妹在年幼时就去世了，他只有哥哥和姐姐，姐姐叫苏八娘，十六岁的时候出嫁，后来被夫家虐待致死。兄弟姐妹六个里，终究只有苏轼和苏辙活了下来，老爹苏洵就曾写过"有子六人，今谁在堂？惟轼与辙，仅存不亡"[1]。对于苏八娘的死，苏洵感到深深的自责。

咱们这最后两位辩手都是漂亮小姐姐啊，《虞美人》缓缓下场，随后又上来一位柔柔弱弱的小姐姐，她叫《浣溪沙》。《浣溪沙》一开口："其实我的调子很明快，豪放派也能用，兄弟们莫怕，晏殊他们能写，辛弃疾他们其实也能写，放一百个心吧。我觉得词牌就该这样，面向大众，只能哭哭啼啼或随便乱吼的算个什么东西。"

台下观众："……"

---

1 《祭亡妻文》。

是的……《浣溪沙》也是自主报名的，不过她的来源可是相当美丽，"浣"的洗涤的意思，她在小溪边洗纱布，鱼儿看见她的容颜都忘了游泳，沉下去了。"沉鱼落雁"的"沉鱼"，没错，浣溪沙的来源就是春秋时期的美女西施。

既然她加入诗和远方小队，那咱们就说说婉约派词人有哪些吧，正如她所说，有晏家父子，有跟皇帝抢女人的周邦彦，还有不大出名的吴文英，太多了。

等等，中间什么奇怪的东西飘过去了？跟皇帝抢什么？你没看错，抢女人，确切来讲是李师师。当然，这只是个故事。说宋徽宗是李师师的头号粉丝，有天宋徽宗没来，周邦彦来了，两人正花前月下，忽然听闻宋徽宗毫无征兆地赶过来了。

我的天啊，周邦彦很熟练地躲到了床底下，看着宋徽宗老大跟自己心爱的女人你侬我侬，那叫一个气，干脆写了首歌词来描述当时的情景。后来李师师心大，居然当着皇上的面儿把床下老周视角写的歌儿给唱出来了。

宋徽宗当时就炸了，再然后就把周邦彦踢出了京城。幸好周邦彦临别前挥泪写了首《兰陵王》，宋徽宗一看，哎哟这文采不错哟，反而将他留下了，还给了个职位。

《兰陵王》词牌没来咱们今天的主会场，不过据说他常年戴獠牙面具，面具下是一张绝世男主角的脸，和它的来源高长恭一样。

《浣溪沙》麾下的得意之作，除了晏殊的"一曲新词酒一杯"[1]以外，还有苏轼的"人间有味是清欢"[2]。

随着《浣溪沙》辩手的下场，咱们这届的辩论赛也圆满结束

1 《浣溪沙·一曲新词酒一杯》。
2 《浣溪沙·细雨斜风作晓寒》。

了。以上这些词牌子，你最喜欢哪一个呢？

其实啊，你看以上这些辩手的作品，词牌并没有确切的豪放、婉约之分，就像长江滔滔，西子灵秀，各有各的魅力，以上八位选手的作品都相当精彩，所以我宣布，这场辩论赛平局。

"怎么又是平局？"

"哦，这个主持人的主持风格一向就是平局，你不知道吗？"

看透不说透啊各位……你们这样让我很难说总结语的。

从《清平乐》到《破阵子》，从《青玉案》到《兰陵王》，长有《九张机》，短有《十六字令》，华夏的文字向来字字如画，当这些画交织在一起，就成了千百年不能磨灭的长歌。有人怒发冲冠，临江高唱《满江红》；有人在酒醉之间，追忆盛世之际那一曲《临江仙》；还有人独自徘徊花下，将一首《浣溪沙》低吟浅唱。

从长安城的一百零八坊，到杭州的三秋桂子十里荷花，从安史之乱到靖康之耻，再远至名山大川醉翁亭间，但凡有人之处，皆传唱词声。

我想，这已经不仅是中国千年来国粹传承的至幸了，这是我们人类诞生文化以来最大的至幸。

更多延展阅读
关注"古人很潮"微信公众号

有态度、有料的历史趣味科普

图书在版编目（CIP）数据

宋朝茶话会/古人很潮编著．

—武汉：长江出版社，2019.9

ISBN 978-7-5492-6671-5

Ⅰ．①宋… Ⅱ．①古… Ⅲ．①宋词－通俗读物Ⅳ.

① I222.844

中国版本图书馆 CIP 数据核字（2019）第 198605 号

本书经古人很潮委托天津漫娱图书有限公司正式授权长江出版社，在中国大陆地区独家出版中文简体版本。未经书面同意，不得以任何形式转载和使用。

宋朝茶话会 / 古人很潮编著

出　　版	长江出版社	
	（武汉市解放大道1863号　邮政编码：430010）	
选题策划	漫娱　杨宇峰	
市场发行	长江出版社发行部	
网　　址	http://www.cjpress.com.cn	
责任编辑	钟一丹	
特约编辑	郭　昕	
总 编 辑	熊　嵩	
执行总编	罗晓琴	

封面插图	heng	开　本	880mm×1230mm　1／32
装帧设计	肖亦冰	印　张	8.75
印　　刷	武汉鸿印社科技有限公司	字　数	220千字
版　　次	2019年9月第1版	书　号	ISBN 978-7-5492-6671-5
印　　次	2023年2月第2次印刷	定　价	36.00元